ROLAND MULLER

EIS
RAUSCH

atb aufbau taschenbuch

ROLAND MULLER ist Texter und Kreativdirektor. Bereits während seines Ethnologie-Studiums in Göttingen und Mainz faszinierten ihn die Arktis und ihre Bewohner. Später startete er in Frankfurt eine Werbekarriere und fand Gelegenheit zu ausgedehnten Reisen an den Polarkreis, nach Dänemark, Kanada und in die USA. Bis heute lässt ihn das »Arktis-Virus«, wie er es nennt, nicht los. Muller ist verheiratet und lebt mit seiner Frau und mehreren Sibirischen Katzen in Hofheim am Taunus.

Zwei Arbeiter einer Tagebaumine in Südgrönland werden harpuniert – für die Polizeidirektorin von Aarhus die Gelegenheit, ihren zwar begabten, aber unbeliebten Ermittler John Kaunak loszuwerden. In Grönland wird John über die dunkle Seite des lukrativen Projekts aufgeklärt: Der Damm des Rückhaltebeckens, das den giftigen Abraum aufnimmt, droht aufgrund steigender Temperaturen zu brechen, was eine Umweltkatastrophe für ganz Grönland und die indigene Bevölkerung bedeuten würde. John gerät zwischen die Akteure und ihre Interessen; Umweltaktivisten, Baukonzerne, Separatisten. Einzig die junge Einheimische, Aka Høegh, für die er eine wachsende Zuneigung entwickelt, hält zu ihm. Doch ihre Freundschaft und seine Ermittlungen werden auf der Insel nicht gern gesehen, und bald erfährt John am eigenen Leibe, was es bedeutet, ums Überleben zu kämpfen.

ROLAND MULLER

EIS
RAUSCH

THRILLER

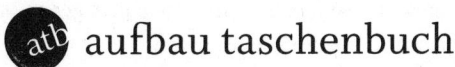

aufbau taschenbuch

MIX
Papier | Fördert
gute Waldnutzung
FSC® C083411
www.fsc.org
FSC

ISBN 978-3-7466-4086-0

Aufbau Taschenbuch ist eine Marke der
Aufbau Verlage GmbH & Co. KG

1. Auflage 2024
© Aufbau Verlage GmbH & Co. KG, Berlin 2024
www.aufbau-verlage.de
10969 Berlin, Prinzenstraße 85
Der Verlag behält sich das Text- und Data-Mining nach §44b UrhG vor,
was hiermit Dritten ohne Zustimmung des Verlages untersagt ist.
Umschlaggestaltung und Motiv www.buerosued.de, München
Satz LVD GmbH, Berlin
Druck und Binden CPI books GmbH, Leck, Germany
Printed in Germany

PROLOG

Eis. Ein Ensemble aus Kuppeln, Türmen, Kathedralen – regelmäßig klatschten Trümmerstücke in die vom Sturm aufgewühlte arktische See.

Einen Kilometer entfernt fraßen sich die Abbauterrassen des Tagebaus immer tiefer in den Berggipfel, der das Kvanefjeld-Plateau überragte. Das Geheul einer Sirene ertönte. Kurz darauf krachte die Sprengung. Tonnen von Gestein brachen aus dem Berg und donnerten zu Tal, wirbelten Steinstaub und Schneewolken auf, die im letzten Schein des Tageslichts zu Boden sanken.

»Elendes Scheißwetter!« Ole schob sich den Schild seines Schutzhelms tiefer über die Augen. Nicht, dass das etwas nützte. Der Wind peitschte Eiskristalle auf jeden Zentimeter Haut seines Gesichts, den die Sturmhaube ungeschützt ließ. Schnee um diese Zeit? Normal war das nicht. Sein Kollege, der unmittelbar hinter ihm durch den Schnee stapfte, klopfte ihm mit der behandschuhten Hand auf die Schulter.

»Lass uns eine Pause machen, bis der Sturm sich etwas legt.«

»Das kann aber dauern,« erwiderte er.

»Und wenn schon«, beharrte sein Kollege. »Bei dem

Wetter wird keiner merken, dass wir eine Viertelstunde später zum Schichtwechsel kommen.«

Er nickte. Dann deutete er auf zwei Schaltkästen zwischen den Stützstreben eines Flotationsbeckens, und sie stapften darauf zu. Im Windschatten des Schaltkastens holte sein Kollege einen Flachmann aus der Innentasche seiner Polarjacke.

»Hier, das wärmt. Aber lass mir was übrig.«

»Danke. Du hast was gut bei mir, Morten.«

»Verdammtes Neodym. Hätte ich damals geahnt, unter welchen Bedingungen wir hier fördern, hätte ich mir zweimal überlegt, ob ich den Vertrag unterschreibe. Von dem Dreck, der dabei anfällt, ganz zu schweigen.«

Er nahm einen großen Schluck und schüttelte sich. »Immerhin verdienen wir gutes Geld. Nur auf den Bohrplattformen zahlen sie noch besser.«

»Nicht mein Ding!«, sagte Morten. »Ich werde zu leicht seekrank. Hier haben wir wenigstens festen Boden unter den Füßen.« Er nahm den Flachmann wieder an sich, zog sich seine Sturmhaube bis unters Kinn und leerte ihn in einem Zug.

Ole bemerkte den ungläubigen Blick seines Kollegen zu spät. Eben lehnte er noch seitlich am Schaltkasten, jetzt rutschte er wie in Zeitlupe daran herab und fiel mit dem Gesicht nach vorn in den Schnee. Eine rote Spur zog sich über das Blech. Aus seinem Rücken ragte ein langer Stahlstab.

»Was zum –« Bevor er den Satz vollenden konnte, spürte er einen stechenden Schmerz. Von hinten war etwas mit Wucht unterhalb seines linken Schulterblatts eingedrungen – und an seiner Brust wieder ausgetreten.

Ein Schwall Blut schoss in den frischen Schnee und versickerte. Eine Pfütze helles Rot im allumfassenden Weiß.

KAPITEL 1

John Kaunak hasste Friedhöfe. Zu viele Opfer von Straftaten landeten hier. Den Friedhof oberhalb des Fischereihafens verabscheute er besonders. Er kniff die Augen zusammen und rümpfte die Nase. Spätsommersonne, Flieder und Fisch, diese Kombination vertrug sich nicht. Bei auflandigem Wind wehte eine stete Brise und verbreitete den Gestank von Salzlake und Fischabfällen, der sich jetzt mit dem Duft des blühenden Fliederstrauchs neben der Doppeltür der Aussegnungshalle vermischte und wie eine schwere Wolke über der Menschenmenge hing, die sich vor dem Eingang drängte. Viele der Anwesenden trugen die Ausgehuniform der Aarhuser Polizei, wie auch er selbst. John zupfte an seinem Krawattenknoten.

»Stell dich nicht so an!«, zischte seine Mutter. Gudrun Kaunak stieß ihn mit dem Ellenbogen in die Seite.

»Du hast mir die Krawatte zu eng gebunden«, gab John zurück.

»Bei einer Beerdigung läuft man nicht so verlottert herum, wie du es sonst immer tust.« Die Flügeltüren der Aussegnungshalle öffneten sich. Gudrun drapierte den Schleier ihres schwarzen Strohhuts vor ihrem Gesicht und schob John vor sich her in Richtung Eingang. Der

Vikar führte die Trauergemeinde an, begleitet von Johns Vorgesetzter, der Polizeichefin von Aarhus. Gudrun erkannte sie sofort.

»Das ist Katharina Hagelund, nicht wahr?«

»Ja.« John zögerte. »Vermutlich wird sie eine Rede halten. Sie liebt Reden.«

»Eine eindrucksvolle Frau«, sagte Gudrun. »Ich habe sie leider in all den Jahren nur ein paarmal getroffen. Franklin hat nie viel über sie gesprochen.«

»Er wird seine Gründe gehabt haben.« John zog einige zusammengefaltete Blätter aus der Innentasche seiner Uniform, während sie weiterschritten. Der Vikar nickte ihnen zu, als sie ins Halbdunkel traten.

»Ich hoffe, deine Trauerrede ist angemessen, John. Du hast deinem Vater viel zu verdanken.« Gudrun schlug einen mahnenden Tonfall an. »Du hättest sie mir gestern ruhig vorlesen können.«

John unterdrückte gerade noch die Antwort, die ihm auf der Zunge lag.

Sie nahmen in der ersten Stuhlreihe links des Mittelganges Platz, der mit Blumengebinden geschmückt war. Rechts vor ihnen war der Sarg platziert. Im halbrunden Alkoven dahinter war eine kleine Bühne mit zwei Kerzenständern und einem Rednerpult. John atmete tief durch.

»Mein aufrichtig empfundenes Beileid.« Hagelund setzte sich neben John in die Bank. Gudrun nickte kurz, er schwieg. Dann trat der Vikar ans Rednerpult. Er begrüßte die Trauergemeinde, kondolierte und winkte John zu sich auf die Bühne.

John stand auf und trat vor. Als Sohn des Verstorbenen war es nun an ihm, die passenden Worte zu finden.

»Liebe Kolleginnen und Kollegen, liebe Trauernde, liebe Katharina.« Er stockte und ordnete seine Notizen. Dann fuhr er mit fester Stimme fort.

»Franklin Lee Kaunak war ein guter Vater. Bei aller Strenge hatte er stets ein offenes Ohr für seinen einzigen Sohn. Er brachte mir bei, Recht und Unrecht auseinanderzuhalten und für das Gesetz einzutreten. Und auch, wenn es nicht immer leicht war, seinen Ansprüchen zu genügen, hielt er in schwierigen Zeiten stets zu mir. Er hat mich zu dem gemacht, der ich heute bin. Franklin Lee Kaunak war ein guter Ehemann. Bei einem Austauschprogramm mit Dänemark lernte er meine Mutter kennen. Als er sie traf, haderte sie mit ihrer Herkunft, aber er sah sie als die, die sie ist: eine bildschöne Frau mit einem eisernen Willen und einem großen Herz. Es war Liebe auf den ersten Blick und bis zum letzten Tag. Franklin Lee Kaunak war ein guter Polizist. Er arbeitete sich bis zum Superintendenten der Royal Canadian Mounted Police hoch, diente bei der V Division Nunavut in Iqaluit, im Norden Kanadas. Zusammen mit seiner Partnerin Katharina Hagelund reformierte er den Polizeibezirk Kopenhagen und machte den Kriminaldienst der Hauptstadt zum erfolgreichsten des ganzen Landes, bevor er hierher nach Aarhus wechselte.

Franklin Lee Kaunak war ein guter Mensch. Vielleicht ein besserer als die meisten von uns, und sein überraschender Tod hinterlässt eine schmerzhafte Lücke. Er wird meiner Mutter fehlen. Er wird mir fehlen. Und er wird uns allen fehlen.«

John nickte dem Vikar zu und eilte zurück zu seinem Platz. Seine Mutter legte ihm eine Hand auf den Unterarm.

»Gut gesprochen, John. Ich weiß ja, wie schwer es dir fällt, Gefühle zu zeigen.«

Hagelund beugte sich zu John hinüber und raunte: »Das war vermutlich die längste Rede, die ich je von Ihnen gehört habe.« Dann erhob sie sich, um im Namen der versammelten Polizeiangehörigen zu sprechen.

Zwei Stunden später war es überstanden. Alle Reden waren gehalten, der Sarg war zur Grabstelle getragen und hinabgelassen worden. Der Vikar sprach die üblichen, wohlgesetzten Worte, und die Trauergemeinde zerstreute sich. Nicht jedoch, ohne sich herzlich von John und Gudrun zu verabschieden. Als sie aus dem Schatten der von Bäumen umgebenen Grabstätte ins Licht der Sommersonne traten, gesellte sich der Vikar zu ihnen.

»Mit Gottes und Ihres Sohnes Beistand werden Sie den schmerzlichen Verlust ihres Gatten bewältigen, liebe Frau Kaunak, da habe ich keinerlei Zweifel. Der Herr hält seine Hand über die, die reiner Seele sind. Und Sie sind schließlich christlich getauft, nicht wahr?« Er lächelte.

Gudrun schoss einen flammenden Blick auf ihn ab.

Der Geistliche wandte sich John zu. Sein Lächeln war wie festgetackert.

»Ihnen, John, möchte ich einen Vers aus dem Lukas-Evangelium mitgeben. Kapitel 22, Vers 43, der da lautet: ›Es erschien ihm aber ein Engel vom Himmel und stärkte ihn.‹ Ich hoffe, der Herr gibt Ihnen die Kraft, Ihre Last zu tragen.« Dann verabschiedete er sich und wandte sich zum Gehen.

John wischte sich über die Stirn – die Hitze war wirklich unerträglich – und reichte seiner Mutter den Arm. Sie hatten die Bushaltestelle noch nicht erreicht, als die Polizeichefin zu ihnen aufschloss.

»John, könnten Sie morgen um Punkt neun Uhr bei mir im Büro vorbeischauen? Ich möchte etwas mit Ihnen besprechen«, sagte sie. Bevor er antworten konnte, wandte sie sich an seine Mutter. »Sollten Sie in der kommenden Zeit Beistand suchen, zögern Sie bitte nicht, mich anzurufen. Franklin war mir ein treuer Freund und der beste Partner und Kriminalist, mit dem ich je das Privileg hatte, zusammenarbeiten zu dürfen.« Dann verschwand sie so eilig, als könne ihr die Spätsommersonne nichts abhaben. Diese Frau war ihm ein Rätsel. Was wollte sie bloß von ihm?

In diesem Moment wehte vom Hafen her ein Schwall des typischen Duftgebräus aus Algen, gammeligem Fisch und Salzlake herauf. John rümpfte die Nase und ertrug es wie alles andere an diesem Tag.

Am nächsten Morgen betrat John das Polizeipräsidium von Aarhus in seinem üblichen Outfit: Jeans und darüber ein abgetragenes Tweedjackett. Was würde ihn in Hagelunds Büro erwarten? Die halbe Nacht hatte er sich das Hirn zermartert. Ohne Ergebnis.

Er trat durch die Glastür am Eingang, wies sich aus und steuerte auf den Fahrstuhl zu. Die Büros seiner Abteilung und das Zimmer seiner Chefin lagen im obersten Stockwerk. Auf seinem Weg durch die Gänge grüßte ihn kaum jemand. John quittierte das mit einem Lächeln. Er kannte es nicht anders. Vor Hagelunds Bürotür verharrte er kurz und sah auf die Uhr. Neun Uhr dreizehn. Er trat ein, ohne anzuklopfen.

»Ah, da sind Sie ja. Unpünktlich wie immer«, begrüßte ihn Katharina Hagelund. Sie klappte ihren Laptop zu und lehnte sich zurück. »Lassen Sie die Jalousien herunter und nehmen Sie Platz.«

»Wenn das hier ein Anschiss wird, bleibe ich lieber stehen.« Er rührte sich nicht vom Fleck.

»Seien Sie nicht so renitent, John. Ich will nur mit Ihnen sprechen. Und nun schließen Sie endlich die Jalousien.«

»Also gut, meinetwegen.« John drückte einen Knopf, und die Lamellen des elektrischen Sichtschutzes vor dem Glasfenster zum Gang falteten sich raschelnd übereinander. Sie waren nun vor neugierigen Blicken geschützt. Er setzte sich.

Katharina Hagelund musterte ihn kurz und wandte sich dann wieder der Zigarette zu, die sie sich gerade zu drehen begonnen hatte. Verbotene Freuden – Rauchen im Büro war nicht erlaubt, aber die seit der Pandemie installierte Entlüftungsanlage würde es vertuschen.

»Lassen Sie uns nicht um den heißen Brei herumreden, John. Sie haben die beste Aufklärungsquote aller meiner Leute. Aber nach den Ausrutschern, die Sie sich geleistet haben, muss ich Sie ... aus der Schusslinie nehmen.«

»Bin ich suspendiert?« John blickte sie unverwandt an.

»Nein, natürlich nicht. Auch wenn die Kollegen von der unabhängigen Polizeibeschwerdestelle seit Monaten darauf drängen.«

»Hätte ich mir denken können.«

»Sind sie trocken, John?« Hagelund legte die Zigarette beiseite und zog eine Flasche Aquavit und zwei Gläser aus einem Schubfach ihres Schreibtischs.

John erstarrte. Kalter Schweiß trat ihm auf die Handflächen.

»Ich meine, wirklich trocken?« Sie goss sich ein Glas ein, nippte daran und beobachtete ihn gespannt.

»Ja, verdammt, ich bin trocken. Und ich bleibe es! Vermutlich liegt irgendwo auf Ihrem Schreibtisch der Schlussbericht der Polizeipsychologin. Was soll die Frage?«

»Dr. Raasted scheint tatsächlich der Meinung zu sein, dass Sie es geschafft haben. Diesmal.« Hagelund leerte ihr Glas in einem Zug.

»Menschen machen Fehler. Ich habe für meine bezahlt.« John erhob sich. »War's das?«

»Bleiben Sie bitte sitzen.« Hagelund schüttelte fast bedauernd den Kopf. »Ich weiß, dass Sie immer wieder Probleme mit Ihren Kolleginnen und Kollegen haben. Und mir ist zu Ohren gekommen, dass keiner mehr mit Ihnen zusammenarbeiten will. Sie sind zu oft im Einsatz handgreiflich geworden, John.«

»Sagt wer? Die Polizeibeschwerdestelle?«

»Das sagen alle hier.«

»Vielleicht, weil mich die geschätzten Kolleginnen und Kollegen nicht als der akzeptieren, der ich bin?«

»Hier wird niemand aufgrund seiner Herkunft diskriminiert. Nicht, solange ich das Sagen habe. Das wissen Sie.« Sie sah ihn durchdringend an.

»Aber es wäre gut, wenn Sie für ein paar Monate von der Bildfläche verschwinden. Damit Ruhe einkehrt. Ich bin es langsam leid, meine Hand über Sie zu halten, und Sie hätten die Chance, sich zu rehabilitieren. Beweisen Sie allen, dass Sie unser bester Ermittler sind.« Katharina

Hagelund zog einen Schnellhefter aus der Schreibtisch-ablage und warf ihn vor John auf den Tisch. »In Grön-land!«

John glaubte, sich verhört zu haben. »Grön- im Eis?«

»Ein Studienkollege von mir leitet das Seltene-Erden-Tagebauprojekt in Kvanefjeld, das von einem australisch-dänischen Bergbauunternehmen betrieben wird. Vor ein paar Wochen hat es dort zwei Tote gegeben. Unter sehr merkwürdigen Umständen.«

John griff nach dem Schnellhefter und begann, darin zu blättern.

»Sie werden als neuer Sicherheitschef des Tagebau-projekts angestellt. Und dann finden Sie heraus, was geschehen ist.« Hagelund schob ihm über den Tisch einen Umschlag mit dem Logo der Air Greenland zu. »Ihr Flug geht von Kopenhagen nach Narsarsuaq. Über-morgen.«

John schluckte. Ohne aufzusehen, sagte er: »Das ist verdammt kurzfristig. Was sage ich meiner Mutter? So kurz nach der Beerdigung ...«

»Machen Sie sich darüber keine Gedanken. Gudrun und ich kennen uns seit Jahren. Ich werde mich um sie kümmern, das bin ich ihr schuldig.« Sie fuhr sich mit der Hand über das kurzgeschnittene graue Haar. »Wir wollten uns sowieso bald treffen.«

John hob den Blick von der Akte. Die Umstände des Doppelmords schienen, gelinde gesagt, bizarr zu sein. Seine Neugierde war geweckt.

»Was muss ich sonst noch wissen?«

»Nur zwei Dinge. Erstens werden Sie Kontakt aufneh-men zum Chef der Polizeistation in Narsaq, das ist acht

Kilometer vom Tagebau entfernt. Er ist bereits informiert. Und zweitens: Passen Sie auf sich auf. Da oben geht
irgendetwas sehr, sehr Merkwürdiges vor sich.«

KAPITEL 2

Pling! Birte Poulsen warf einen Blick auf ihr Smartphone, auf dem sie bereits ihren Boardingpass geöffnet hatte.

»Das ist Nils!« Sie überflog die Nachricht und stieß ihre Freundin Liv aufgeregt in die Seite. »Wir können bei ihm auf dem Boot wohnen, bis wir etwas gefunden haben. Er holt uns am Flughafen ab. Und er lässt dich grüßen.«

»Auf dem Boot? Das wird doch zu eng«, sagte Liv stirnrunzelnd. »Außerdem ist er sich bestimmt zu schade dafür, in der Kombüse zu stehen. Das bleibt nur wieder alles an mir hängen.«

»Das kommt davon, wenn man so gut kochen kann wie du«, sagte Birte.

»Es geht los!« Der Mann hinter ihnen drängte sie ungeduldig vorwärts.

Birte zog Liv am Ärmel mit sich. Die Schleuse zum Andocktunnel war geöffnet worden, und die Gruppe der Wartenden schob sich darauf zu, die Smartphones mit den QR-Codes gezückt. Der Air-Greenland-Airbus nach Narsarsuaq war startbereit.

»Zweiter Gang, gleich dort hinten, beidseits am Gang«, sagte die Stewardess, als Birte ihr ihren Boardingpass zeigte. Sie zwängten sich an den Passagieren vorbei, die den Mittelgang blockierten, weil sie ihr Gepäck verstauten. Es roch nach Schweiß, Desinfektionsmittel und dem penetranten Parfum des Kabinenpersonals.

»Schade, ich hätte gern am Fenster gesessen.« Birte seufzte. »Der Blick auf die Eisberge muss toll sein.« Sie öffnete die Gepäckklappe über ihrem Sitz und schob ihren Rucksack hinein. Liv stopfte ihren Daypack daneben und setzte sich auf den Platz auf der anderen Gangseite. Die Viererreihe vor ihnen war frei. Die Maschine würde nicht einmal halbvoll sein, wenn sie abhob, und fast die Hälfte der Passagiere sah aus wie Geschäftsreisende.

»Wir können gern tauschen – 16K gegen 16G.« Der Drängler von vorhin tauchte neben ihnen auf. »Ich sitze lieber am Gang.« Er deutete auf Livs Sitzplatz. »Dann können Sie nebeneinandersitzen.« Nicht einmal die Andeutung eines Lächelns huschte über sein Gesicht.

»Das ist super. Danke!«, sagte Liv, erhob sich und ließ sich neben ihrer Freundin nieder. Birte war bereits ans Fenster aufgerutscht und musterte ihren groß gewachsenen Mitpassagier.

»Danke schön.« Sie lächelte. Dann runzelte sie die Stirn. »Sie kommen mir irgendwie bekannt vor. Habe ich sie vielleicht mal im Fernsehen gesehen? Oder online?«

Der Mann schüttelte den Kopf. »Kann ich mir nicht vorstellen.« Mit diesen Worten wandte er sich seinem Handgepäck zu.

»Ich könnte schwören, dass ich sein Gesicht irgendwoher kenne«, sagte Birte leise an Liv gewandt, nachdem sie abgehoben waren. »Vielleicht ist er Schauspieler?«

»Ich glaube, das bildest du dir ein.«

»Nein, ehrlich, ich habe ein gutes Gedächtnis für Gesichter.«

»Und ein miserables Namensgedächtnis. Vielleicht hättest du mal einen Blick auf sein Ticket werfen sollen.« Liv strich sich eine blonde Strähne aus dem Gesicht und grinste. »Birte Poulsen von New Arctic Watch im Undercover Einsatz. Das ist wirklich zum Fürchten!«

»Du nimmst mich nicht ernst.«

»Wenn du auch so einen Blödsinn erzählst ... Lass uns lieber überlegen, was wir machen, wenn wir endlich da sind. Hat Nils noch was gesagt?«

Birte schüttelte den Kopf.

»Und wie läuft es mit seinem Job in Kvanefjeld?«

»Dazu hat er auch nichts geschrieben. Er hat stattdessen ein Foto von seinem Boot geschickt.« Birte hielt ihrer Freundin das Smartphone hin.

»Von wegen sein Boot!«, schimpfte Liv. »Das ist die *Kalmar*, einer von zwei umgebauten Kuttern, die New Arctic Watch an der Westküste einsetzt. Den Kapitän und seinen Bootsmann haben wir sogar mal kennengelernt.«

»Beim Jahrestreffen in Kopenhagen?«

»Genau. Dieser Seebär. Hat Fischereiwissenschaft studiert und fährt schon mindestens zehn Jahre für die Organisation.« Liv lächelte versonnen. »Und er ist ziemlich attraktiv.«

»Apropos attraktiv ...«, flüsterte Birte und beugte sich so weit vor, dass sie ihren Sitznachbarn ansehen konnte.

»Darf ich fragen, was Sie nach Grönland führt?«, fragte sie ihn. »Zwischen Narsarsuaq und Narsaq sagen sich doch nur Polarfuchs und Eisbär gute Nacht.«

»Das könnte ich Sie genauso fragen.« Der Mann sah kurz von seiner Lektüre auf, verzog aber keine Miene.

»Wir sind keine Touristinnen. Wir arbeiten für die Umweltschutzorganisation New Arctic Watch«, erklärte Liv. »Auf der Halbinsel zwischen dem Sermilik- und dem Tunulliarfik-Fjord gibt es einen riesigen Tagebau. Haben Sie davon gehört? Dort werden seit Kurzem Seltene Erden gefördert, vor allem Neodym. Wir wollen uns das mal anschauen.«

»Interessant.« Der Mann kniff die Augen zusammen. »Sie sind also Klimaaktivistinnen? Generation Thunberg, schätze ich?«

»Genau. Vor allem wollen wir die rücksichtslose Ausbeutung der arktischen Rohstoffe verhindern.« Livs Augen blitzten.

Birte stieß sie mit dem Ellbogen in die Seite und sagte beschwichtigend: »Das ist für eine Seminararbeit. Wir studieren Umweltwissenschaften in Kopenhagen.«

»Im Hauptfach«, ergänzte Liv. Sie hatte verstanden. »Birte ist im vierten, ich bin im fünften Semester.«

»Angehende Wissenschaftlerinnen.« Der Mann nickte anerkennend. »Davon brauchen wir mehr.« Er wollte sich wieder seiner Lektüre zuwenden, einem dünnen roten Schnellhefter, doch Birte hakte nach: »Und was haben Sie vor, wenn wir gelandet sind? Wie ein Tourist sehen Sie auch nicht aus, Herr ...«

»John, ich heiße John.« Der Mann musterte sie.

In diesem Moment wurde ein Rollcontainer mit Getränken und Snacks in den Gang zwischen ihnen geschoben und ihr Blickkontakt unterbrochen. Eine Stewardess beugte sich zu ihnen hinunter und fragte nach ihren Wünschen. Zwei Tonic Water später wandte sie sich an ihren Gangnachbarn. Er bestellte kein Bier, wie die meisten Passagiere, sondern Tomatensaft. Die Frau in Himbeerrot bediente ihn und schob ihren Rollcontainer weiter.

Birte versuchte, das Gespräch wieder aufzunehmen. Dieser Typ kam ihr so seltsam bekannt vor.

»Ist es etwas Berufliches?«

»Nichts, was Sie interessieren würde.«

»Ach, kommen Sie. Niemand fliegt einfach so nach Grönland!« Birte wollte nicht lockerlassen.

»Ich möchte nicht darüber sprechen. Und ich habe zu tun.«

Der Mann griff demonstrativ nach einer Mappe, die vor ihm auf dem Klapptisch lag und widmete sich den Dokumenten darin.

»Ich könnte schwören, dass ich diesen John von irgendwoher kenne«, zischte Birte. »Ich komme noch drauf.«

»Lass gut sein, Birte. Du siehst doch, dass du ihn mit deiner Fragerei nervst. Obwohl er tatsächlich gut aussieht. Erinnert mich an Mads Mikkelsen.« Liv schlürfte ihr Tonic Water.

Als sie zum Landeanflug ansetzten, hatte sich das Wetter verschlechtert. Der Flugplatz von Narsasuaq bestand aus einer einzigen Piste und lag am Ende eines engen, sich nach Westen öffnenden Fjords, umgeben von Bergzügen und einem Gletscher, und schon bei schönem Wetter bereitete der Anflug Schwierigkeiten. Jetzt hingen die Wolken bedrohlich niedrig, und ein böiger Ostwind rüttelte die Maschine durch.

»Das wird holprig«, sagte Birte und konnte ein leichtes Zittern in ihrer Stimme nicht unterdrücken. Seit Minuten blinkten die Warnleuchten und ermahnten sie, ihre Sicherheitsgurte anzulegen.

Liv tat gelassen. »Da haben wir beim Segeln im Belt schon Schlimmeres erlebt. Denk nur an unsere Sturmfahrt damals, als –« Das Flugzeug sackte in ein Luftloch. Sie fielen – zwanzig, dreißig, fünfzig Meter. Liv verstummte. Birte warf einen Blick hinüber zu John und bemerkte einen grünlichen Schimmer auf seinen Wangen. Er hatte die Lippen zusammengepresst und hielt die Augen geschlossen. Dann sah sie aus dem Fenster und erschauderte.

»Da vorne liegen Wracks neben der Piste«, hauchte sie, »ziemlich viele.«

Liv beugte sich über sie und blickte ebenfalls aus dem Fenster.

»Halleluja.« Ihre Gesichtsfarbe ähnelte jetzt der von John, was sie aber wohl nie zugegeben hätte.

Mit quietschenden Reifen und einem Schlingern setzte der Airbus schließlich auf. Der Pilot wendete die Maschine und parkte auf einer markierten Fläche am Rande des Rollfelds.

Birte atmete tief durch. »Wir sind da.«

Nach und nach verließen die Passagiere die Maschine. Am Fuß der Gangway warteten zwei Shuttlebusse, die sie zum Empfangsgebäude des Flugplatzes bringen würden. Das Gepäck wurde auf Elektrokarren verladen.

»Triste Gegend«, stellte Liv fest. »Hast du schon eine Nachricht von Nils, wie es jetzt weitergeht?«

Birte checkte ihr Handy, während sie die Alustufen der Gangway hinuntergingen. Von See her peitschten Windböen über das Flugfeld, vermischt mit Graupel.

»Wir sollen mit dem Heli nach Narsaq fliegen. Er hat uns in einem Hostel ein Zimmer reserviert. Bis übermorgen. Dann holt er uns ab und bringt uns zum Boot. Wann genau, ist noch unklar. Er hängt gerade auf der Arbeit fest. Ach ja, gute Nachricht: das Hostel hat freies WLAN!«

»Na, wenigstens etwas«, sagte Liv und versuchte, ihre blonde Mähne zu bändigen, die vom Wind völlig zerzaust war.

Die beiden Shuttlebusse benötigten nur wenige Minuten, bis der Terminal in Sicht kam – was eine hochtrabende Bezeichnung war für den eingeschossigen Satteldach-Zweckbau, auf dem der Tower thronte wie ein kleines Krönchen.

»Könnte auch eine Feuerwache in Kopenhagen sein, nur in hellblau«, bemerkte Liv. Birte schaute sich um. Der Typ aus dem Flieger war stehen geblieben und umklammerte mit weißen Knöcheln eine der Haltestangen. Er sah immer noch aus, als sei ihm schlecht. Und da wusste sie es plötzlich.

»Jetzt fällt's mir wieder ein!«, zischte sie.

»Was denn?« Liv riss ihren Blick vom Fenster los.

»Na, dieser John.« Birte schüttelte den Kopf; sie konnte nicht fassen, dass sie erst jetzt darauf gekommen war. »Das ging damals durch alle Medien. Ein Polizeioberkommissar in Aarhus ... hat im Alleingang eine jugendliche Dealerbande hochgenommen und den Anführer fast totgeprügelt. Zuvor muss er ganz schön gebechert haben.

Jedenfalls hat ihn die Polizeibeschwerdestelle daraufhin aus dem Verkehr gezogen. Er soll einen Entzug gemacht haben.«

»Bist du dir sicher?« Liv legte die Stirn in Falten.

»Ganz bestimmt. Wenn wir im Hostel sind, google ich das noch mal.« Birte schüttelte den Kopf. »Was der hier wohl will?«

KAPITEL 3

Den Kragen der Polartec-Jacke hochgeschlagen stemmte sich John gegen den eisigen Wind, der vom Fjord hereinwehte. Nach wenigen Metern erreichte er den Windschatten des Shuttlebusses, der zum Terminal fuhr. Er war einer der Letzten, die einstiegen. Er zwängte sich durch eine Gruppe Mitpassagiere und blieb in der Nähe der Tür stehen. So ganz wohl im Magen war ihm nicht. Im Gegensatz zu den anderen Reisenden – Touristen mit Rucksäcken in allen Formen, Farben und Größen und Geschäftsreisende mit unifarbenen Trolleys – hatte er nur einen zerkratzten Alukoffer dabei. Gerade groß genug, um seinen Laptop, ein paar Klamotten und die Unterlagen mitzunehmen, die seine Chefin ihm gegeben hatte. Ein Aufgabegepäck hatte er nicht. Aus alter Gewohnheit ließ er seinen Blick über die Anwesenden streifen, versuchte, sie einzuordnen. Die beiden Studentinnen aus Kopenhagen, die Kleinere, brünett und ein bisschen zu gesprächig für seinen Geschmack. Die Größere, hellblond und zurückhaltender. Sie saßen vorne, beim Fahrer, und unterhielten sich angeregt, hinter ihnen eine Gruppe Trekking-Touristen. Auf der anderen Seite war eine junge Familie mit zwei Kindern. Hatten sie die Großeltern in Dänemark besucht? Möglich. Vielleicht arbeitete der Vater in der Mine von Kvanefjeld. Ihnen gegenüber saßen zwei in teure Anzüge gekleidete asiatisch anmutende Männer. Diplomaten? Geschäftsleute? Investoren? Seit das zurückweichende Eis die Bodenschätze freilegte, kam vor allem chinesisches Kapital auf die Insel.

»Sind Sie zum ersten Mal in Grönland?« Die Stimme riss ihn aus seinen Überlegungen. Die junge Frau, die auf dem Einzelsitz neben der Haltestange saß, die er umklammerte, sah lächelnd zu ihm auf.

John nickte. »Ja.«

»Man könnte meinen, Sie sind von hier«, fügte sie hinzu und lachte. Ein offenes, perlendes Lachen voller Unbeschwertheit, das winzige Risse in Johns Eispanzer hinterließ.

»So?« Er musterte sein Gegenüber. Sie mochte Mitte zwanzig sein, trug einen Daunen-Parka und hatte das dunkelbraune Haar zu einem Pferdeschwanz gebunden. Hohe Wangenknochen, blitzende schwarze Augen; war das ein Tattoo an ihrem Hals? Womöglich eine Inuk?

»Haben Sie Verwandte hier?«

»Weiß nicht, vielleicht?«

Sie streckte ihm eine Hand entgegen, die John ergriff. Sie ruhte warm in seiner und ein wenig länger, als es die Höflichkeit gebot. »Ich heiße Aka Høegh. Wie die berühmte Künstlerin. Meine Eltern haben eine kleine Farm unweit von Narsaq.« Aka strahlte. »Wir bauen dort Erdbeeren, Äpfel und versuchsweise Orangen an. Seit ein paar Jahren schon.«

»Orangen auf Grönland? Tatsächlich?«

»Irre, oder? Und ein paar Schafe haben wir auch. Die weiden im Sommer oben auf den Hängen. Es ist wirklich schön bei uns.« Sie zog ein Kärtchen aus der Seitentasche des Rucksacks auf ihrem Schoß. »Besuchen Sie uns doch mal. Ich würde mich freuen.«

»Danke.« John warf einen Blick auf die Visitenkarte. *Høegh-Farm, Kommune Kujalleq, Distrikt Narsaq. Wo Grönlands Orangenbäume blühen.* Gefolgt von einer unaussprechlichen Adresse. Bevor er weitere Fragen stellen konnte, hielt der Bus vor dem Terminalgebäude. Zischend öffneten sich die Hydrauliktüren, und die junge Frau erhob sich.

»Die Høegh-Farm kennt hier jeder. Bis dann!«, rief sie und schwang sich nach draußen.

John konnte sich ein Lächeln nicht verkneifen. Er griff nach seinem Koffer und reihte sich in den Strom aussteigender Passagiere ein.

Nachdem John die Formalitäten hinter sich gebracht hatte, erfreut über die grönländische Unkompliziertheit, trat er durch die Glastüren des Terminals nach draußen. Der Wind hatte ein wenig nachgelassen. Direkt vor dem Gebäude parkte ein blauer Polizei-Land-Cruiser. John steuerte zielstrebig darauf zu. Als er sich dem Wagen näherte, sprang die Beifahrertür auf.

»Kriminalhauptkommissar Kaunak aus Aarhus?«, fragte die junge Polizistin hinterm Steuer.

»John Kaunak, ja.«

»Herzlich willkommen auf unserer Insel! Sie können Ihren Koffer auf die Rückbank legen. Und dann steigen Sie schleunigst ein.«

John folgte ihrer Aufforderung. Kaum saß er auf dem Beifahrersitz, trat die junge Frau auch schon aufs Gaspedal. Der Land Cruiser machte einen Satz nach vorn, und dann rasten sie auf die Zufahrt zur Verbindungsstraße zu.

»Sie haben Glück. Dank des Infrastrukturprogramms unserer chinesischen Freunde gibt es hier seit Kurzem eine nagelneue Straße«, sagte sie. »Wie war Ihr Flug?«

»Die Landung war etwas holprig«, sagte John. Er hielt sich mit beiden Händen an dem Haltegriff am Armaturenbrett fest.

»Das ist ganz normal. So schön unser Flughafen auch liegt, die Piloten fürchten ihn. Hin und wieder crasht sogar einer. Speziell bei so schlechtem Wetter wie heute. Narsasuaq hat einen ziemlich miesen Ruf.« Sie lachte.

»Sehr beruhigend.«

»Entschuldigung, ich habe mich noch gar nicht vorgestellt.« Die junge Frau warf einen Blick auf ihn und seine am Haltegriff verkrampften Hände. »Polizeihauptmeisterin Silpa Skov Jørgensen. Ich bin die Assistentin des Polizeichefs von Narsaq, Carl Vittus Olsvig. Sie werden ihn gleich kennenlernen.«

»Wie schön.«

»Entspannen Sie sich. Er ist zwar nicht begeistert über die Verstärkung, aber im Moment passieren hier eigenartige Dinge. Sie werden sich schon zusammenraufen.«

Mit quietschenden Reifen schossen sie um eine Kurve.

»Geht's auch ein bisschen langsamer?«, meldete sich John zu Wort. Er fühlte wieder Übelkeit in sich aufsteigen, aber Silpa ignorierte ihn.

»Sie werden bis morgen bei uns in der Polizeistation bleiben. Dann bringe ich Sie die paar Kilometer hinauf nach Kvanefjeld zum Tagebau, wo Sie der Geschäftsführer schon sehnlichst erwartet. Gut dotierter Job übrigens, Sicherheitschef von Kvanefjeld. Wie sind Sie da drangekommen?«

»War nicht meine Entscheidung.«

»Ach? Hätte mich auch gewundert. Wer geht schon freiwillig nach Grönland, wenn er eine gute Position in Dänemark hat.«

»So gut war die nun auch wieder nicht.« John biss die Zähne zusammen.

»Man hört ja so einiges online. Sie sollen einen Dealer halb totgeschlagen haben. Das Handy-Video war echt übel ...«

»Lassen Sie uns das Thema wechseln.«

»Schon gut, Ihre Sache. Hier ist die Kacke jedenfalls ziemlich am Dampfen. Normalerweise passiert nicht viel. Hin und wieder ein Selbstmord. Häusliche Gewalt, Diebstahl, Alkoholdelikte, solche Geschichten. Aber seit ein paar Monaten ...«

John horchte auf.

»Das Seltene-Erden-Tagebauprojekt in Kvanefjeld war lange umstritten. Nach der letzten Wahl wurde es dann endlich freigegeben. Das ist jetzt drei Jahre her. Anfangs lief alles reibungslos. Im Frühjahr kam es dann erstmals zu Zwischenfällen. Kleinigkeiten zuerst, durchgeschnittene Stromleitungen, manipulierte Ventile, Störungen im Kommunikationsnetz.« Silpas Miene verdüsterte sich. »Das meiste konnte schnell behoben werden. Dann gab es zwei Morde.«

»Die beiden Minenarbeiter?« John dachte an die Akte, die er dabei hatte.

»Genau. Irgendjemand muss ihnen während des Schichtwechsels aufgelauert haben. Beide wurden von hinten harpuniert. Grauenhaft! Man hat sie erst Stunden später unter einer Schneewehe gefunden. Ich war selbst bei der Spurensicherung. Aber da war nicht viel zu sichern. Zu viel Schnee. Nur dieses Püppchen ...«

»Was für ein Püppchen?« John sah sie an. Davon hatte nichts in den Akten gestanden.

»Ein *Tupilak*. Eine knapp zwanzig Zentimeter große Figur aus geschnitztem Walrosselfenbein. Ziemlich gruselig. Für die Inuit hatten sie früher irgendeine spirituelle Bedeutung. In den einsam gelegenen Dörfern weiter draußen ist das wohl heute noch so. Bisher ist unbekannt, wie der an den Tatort kam. Vielleicht ein Souvenir von einem der beiden Minenarbeiter.«

»Kann ich diesen *Tupilak* mal sehen?«

»Klar. Wenn wir in der Station sind, können Sie ihn sich gern anschauen.«

Den Rest der Fahrt schwiegen sie. Kurz vor Ende der Halbinsel wurde die Strecke kurvenreicher und wand sich einen steilen Berghang hinunter. Sie erreichten Narsaq unversehrt, wie John erfreut registrierte. Vor einem grün gestrichenen, eingeschossigen Holzhaus kam der Land Cruiser zum Stehen. »Politi« stand in großen weißen Lettern auf der Seitenwand. An einem Fahnenmast vor dem Gebäude flatterte der Dannebrog im Wind.

»Da wären wir.« Silpa setzte eine ernste Miene auf. »Carl erwartet Sie sicher schon. Er legt großen Wert auf Pünktlichkeit.« Sie schaute auf die Uhr im Cockpit. »Kurz nach drei. Sorry, dass ich ein bisschen auf die Tube drücken musste.«

»Kein Problem.« John hievte seinen Koffer aus dem Wagen und folgte Silpa zum Windfang der Polizeistation. Neben den fünf Holzstufen, die hinauf zur Eingangstür führten, lag ein großer Hund, der sie aufmerksam beäugte.

»Die lungern hier überall herum«, sagte Silpa. »Die Inuit lassen ihre Schlittenhunde grundsätzlich draußen, meist angekettet, auch im Winter bei minus 40 Grad. Nur so überleben sie. Für Tierschützer ist das schwer zu akzeptieren.«

John stellte seinen Koffer ab und beugte sich zu dem Tier hinunter. Der Hund ließ ihn nicht aus den Augen.

»Sie sollten vorsichtig sein. Der ist halbwild wie alle anderen hier. Taucht immer mal wieder bei der Station auf. Der Teufel weiß, warum.« Silpa klang besorgt. »Wahrscheinlich wurde er von seinem Rudel verstoßen.«

»Da haben wir was gemeinsam.« John hockte sich hin und betrachtete ihn. Er hatte schmutzig weißes Fell, eines seiner Ohren und der linke Hinterlauf zeigten Spuren früherer Verletzungen. Als John ihm vorsichtig die Hand entgegenstreckte, legte er den Kopf schief und knurrte leise. Dann schnupperte er an seiner Handfläche und leckte darüber. Es wirkte fast beiläufig.

John erhob sich wieder und griff nach seinem Koffer. »Können wir?«, drängte Silpa. Sie hatte die Eingangstür bereits geöffnet.

»Ah, da sind Sie ja!« Ein groß gewachsener Däne mit schütterem, angegrautem Haar, die Ärmel des blauen

Polizeihemds hochgekrempelt, stand im Flur zu den Büros. Er nickte Silpa kurz zu und nahm dann ihren Begleiter ins Visier. »Sie sind also John Kaunak, den mir Aarhus angekündigt hat? Der Ermittler, der mit der Polizeibeschwerdestelle aneinandergeraten ist? Dann kommen Sie mal rein!« Er machte einen Schritt zur Seite.

Sie betraten den Empfangsbereich der Polizeistation. Ein breiter Tresen teilte den Raum in zwei Hälften, dahinter ein niedriger Schreibtisch mit einem Bürosessel. Ein runder, mit Akten vollgepackter Besprechungstisch stand in der Ecke, neben einem Kaffeeautomaten. Vor dem Tresen, an der fensterlosen Wand, standen eine Reihe Besucherstühle ordentlich nebeneinander.

Olsvig durchquerte den Raum und blieb vor der Kaffeemaschine stehen.

»Kaffee?«, fragte er.

Silpa zwinkerte John zu.

»Gern«, sagte John. »Der Kaffee an Bord war, nun ja ...« Er stellte seinen Koffer ab, entledigte sich seiner Polartec-Jacke und der Dockermütze und schaute sich um. »Wir könnten auch irgendwo auf Fünen sein. Wie lange sind Sie schon hier, Carl? Ich darf Sie doch Carl nennen?«

Olsvig lachte rau. Der Automat rumpelte, dann erfüllte der Duft von frisch gebrühtem Kaffee die Station. Der Polizeichef stellte zwei gefüllte Becher auf den Tresen und schob einen dritten unter den Kaffeeauslauf.

»Elf Jahre, acht Monate und vierundzwanzig Tage.« Olsvig strich sich über seine beginnende Stirnglatze. »So lange schon gebe ich den Vertreter der dänischen Staatsmacht hier in Narsaq. Elf Jahre, acht Monate und vierundzwanzig Tage versuche ich die Einheimischen vor den

Versuchungen der modernen Welt und vor sich selbst zu schützen. Ich stifte Ehen, schlichte Streitigkeiten und schlage mich mit Vorschriften herum, die sie sich in der fernen Hauptstadt Nuuk ausgedacht haben.«

Der Polizeichef drehte sich um und grinste.

»Tagesgeschäft gewissermaßen.« Dann gefror seine Miene plötzlich. »Was sich seit ein paar Monaten im Tagebau von Kvanefjeld abspielt, ist allerdings eine andere Geschichte. Aber deshalb sind Sie ja jetzt hier, richtig?«

John nickte. »Können sie mich auf den aktuellen Stand bringen? Ich hatte nur eine dünne Akte zur Verfügung, die wenige Informationen enthielt. Und schon gar keine aus erster Hand.« John nahm einen Schluck von seinem Kaffee. »Und was hat es mit dieser Figur auf sich, die man am Tatort gefunden hat?«

»Aha, Silpa hat es Ihnen bereits erzählt?« Olsvig umrundete den Tresen, trat an den Schreibtisch und zog eine Schublade auf. Er entnahm einen Plastikbeutel und legte ihn auf den Tresen. »Ein *Tupilak*. Sagt Ihnen das etwas?«

John öffnete den Beutel, zog die knapp zwanzig Zentimeter große Figur heraus, wog sie in der Hand und betrachtete sie von allen Seiten.

»So etwas sehe ich zum ersten Mal. Ist das Handarbeit?«

»Ja, handgeschnitzt, vermutlich aus Walross-Elfenbein«, sagte Silpa. »Das auf der Vorderseite sollen wohl zwei Masken sein und das auf der Rückseite ein Seehund- und ein Bärenkopf. Die Touristen lieben so was.«

Olsvig warf ihr einen strengen Blick zu. »Ich glaube nicht, dass wir es mit einem Souvenir zu tun haben. Da steckt mehr dahinter.«

Er hatte die Stirn in Falten gelegt.

»Vor dem Eintreffen der Europäer gab es diese kleinen *Tupilak*-Figuren nicht. Im alten Grönland waren damit gefürchtete, Unglück und Tod bringende Zauberwesen gemeint. Vor allem Schamanen erschufen sie aus den Knochen verschiedener Tiere, die sie zusammenbanden und mit Torf und Stofffetzen umwickelten. Es heißt, manchmal bedienten sie sich sogar Teilen von Kinderleichen. Der Zauberkundige erweckte den *Tupilak* mit Beschwörungen zum Leben und platzierte ihn an seinem Geschlechtsteil. Dort sollte er saugen, wachsen und erstarken. Das dauerte eine lange Zeit. Wenn er groß genug war, setzte der Schamane ihn in einen Fluss, der ihn Richtung Meer treiben sollte. Nachdem er ins Wasser gelassen wurde, rief der *Tupilak* seinem Schöpfer zu: ›Was soll ich tun?‹ Der Schamane nannte daraufhin den Namen eines Feindes, wonach der *Tupilak* diesen aufsuchte und tötete. Diese Elfenbeinfiguren gibt es nur, weil sich die Europäer nicht vorstellen konnten, wie ein *Tupilak* aussieht.«

Olsvig machte eine kurze Pause. »So wird es jedenfalls in der wenigen Literatur beschrieben, die es zu diesem Thema gibt.« Er ging zum Automaten, um sich einen weiteren Kaffee zu machen.

»Heutzutage sind geschnitzte *Tupilait*, so die Mehrzahl, typische Souvenirs für Touristen. Die meisten werden im Osten Grönlands hergestellt. Dort gibt es etliche Werkstätten«, sagte Silpa. »Schwer zu sagen, wie alt der hier sein mag. Geschnitzte *Tupilait* gibt es seit dem Ende des 19. Jahrhunderts.«

»Irgendeine Idee, wie das Ding an den Tatort kam?« John starrte die Figur in seiner Hand an. Sie war irgendwie gruselig.

»Ich weiß nicht. Es kommt mir so vor, als sei es mit Absicht dort hinterlassen worden.« Silpa seufzte. »Falls es nicht einem der beiden Toten gehört hat.«

»Es könnte eine Botschaft gewesen sein.« Olsvig kramte in einer Schublade. »Wenn man bedenkt, wie die beiden Minenarbeiter zu Tode kamen, ergibt das durchaus Sinn.«

Er legte zwei Ausdrucke vor John auf den Tresen. »Das hier sind Aufnahmen aus der Pathologie.« Als er Johns fragenden Blick sah, ergänzte er: »Wir haben die beiden Leichen nach ihrer Bergung unverzüglich mit dem Heli nach Nuuk geschickt. Im dortigen Polizeihauptquartier gibt es eine rechtsmedizinische Abteilung.«

John legte die Figur zurück auf den Tresen und schaute sich die Fotos genauer an. »Das sind Stichwunden, offenbar sehr tief«, stellte er fest. »Die Ränder sind ausgefranst, wie zerrissen. Das ist das erste Mal, dass ich eine Wunde sehe, die von einer Harpune stammt.« Er sah zu Olsvig.

»Ja, das sieht übel aus. Beide Männer wurden harpuniert, wie man traditionell einen Seehund oder eine Robbe erlegt. Und zwar mit großer Wucht und so gekonnt, dass sie regelrecht aufgespießt waren. Widerlich! Alles muss sehr schnell gegangen sein, denn die beiden lagen dicht beieinander, die Köpfe nebeneinander. Es gab keinerlei Abwehrspuren, und die Harpunen sind von hinten eingedrungen. Wir müssen also davon ausgehen, dass es zwei Täter waren, die nahezu gleichzeitig angegriffen haben, und so ungesehen bleiben konnten.«

John hob die Augenbrauen. »Glauben Sie, die Täter waren Einheimische?«

»Ich kann es mir eigentlich nicht vorstellen, auch wenn alles darauf hindeutet: die Tötungsart, der *Tupilak* neben den Leichen, das Fehlen von weiteren Spuren. Das könnte eine Warnung sein, den Tagebau bei Kvanefjeld einzustellen. Von wem auch immer. Zumindest sollte den Minenarbeitern wohl Angst gemacht werden. Was zu funktionieren scheint.«

»Die Arbeiter haben tagelang gestreikt und erhöhte Sicherheitsmaßnahmen gefordert. Die Geschäftsleitung hat sich deshalb entschlossen, einen Sicherheitschef einzustellen und zusätzliches Sicherheitspersonal.« Silpa deutete auf John. »Deshalb hat man Sie hergeschickt.«

»Trauen Sie den Inuit hier in der Region eine solche Gewaltbereitschaft zu? Nach allem, was ich weiß, sind sie zutiefst friedliebende Menschen«, sagte John. »Und was könnten sie gegen die Seltene-Erden-Mine haben? Sie bringt immerhin Arbeitsplätze und eine Menge Geld hierher.«

»Arbeitsplätze für Dänen, Norweger, Isländer, sogar Kanadier, die hier mit einem hoch dotierten Zweijahresvertrag in der Tasche ankommen. Von den Inuit aus der Region arbeiten gerade mal eine Handvoll im Tagebau. Und auch die sind allenfalls Hilfskräfte. Kaum jemand hier hat die nötige Ausbildung.«

»Das mit dem Geld ist auch so eine Sache«, ergänzte Silpa. »Im Containerdorf unten am Hafen wird zwar einiges ausgegeben, aber hauptsächlich für Alkohol und illegale Glücksspiele. In den Ort verirrt sich kaum mal ein Minenarbeiter.«

»Es ist immer dasselbe. Als vor zwei, drei Jahren die Chinesen herkamen, um den Great Greenland Circle zu bauen und die ganzen neuen Heliports und Flugplätze, dachten wir auch, dass unsere Bevölkerung davon profitieren würde. Und was ist passiert? Die chinesische Baugesellschaft hat ihre eigenen Arbeiter eingeflogen und sie im Nirgendwo kaserniert. Das war wohl billiger als einheimische Arbeiter einzustellen. Sie blieben unter sich und ließen sich nicht einmal hier im Supermarkt blicken.« Olsvig schlug mit der flachen Hand auf den Tresen, so dass die Löffel in den Kaffeebechern schepperten.

»Die Straße, über die wir vom Flughafen hierhergefahren sind, ist Teil des Great Greenland Circle. Ein Ring von Straßen, Brücken und Heliports, der vom Osten bis zur Südspitze und dann die Westküste hoch über Nuuk bis nach Ilulissat reicht, einem beliebten Touristenziel. In drei Jahren soll das Projekt abgeschlossen sein.« Silpa rührte mit dem Löffel in ihrem erkaltenden Kaffee herum. »Die derzeitige Regierung hat ein offenes Ohr für Investoren«, sagte sie gedehnt. »Ein sehr offenes Ohr.«

Olsvig hakte ein. »Um auf ihren Einwand zurückzukommen, John: Ja, die Inuit sind außergewöhnlich friedfertig. Das zieht sich wie ein roter Faden durch ihre Geschichte. Selbst als wir sie im 18. und 19. Jahrhundert missioniert haben, gab es kein böses Wort, keinen Widerstand. Nur freundliches Verständnis.«

Silpa nickte. »Zumindest war das früher so. Aber die junge Generation legt Wert auf ihre Unabhängigkeit und lässt sich nicht mehr alles gefallen.«

»Silpa spielt auf die Söhne und Töchter Nunaats an, eine Bewegung, die für ein unabhängiges Grönland kämpft«, erklärte Olsvig.

John ließ das Gesagte eine Weile auf sich wirken und dachte nach. Dann räusperte er sich.

»Ich denke, ich werde mir morgen selbst einen Eindruck verschaffen. Der Geschäftsführer erwartet mich gegen zehn Uhr morgens.« John griff nach seinen Klamotten und dem verbeulten Koffer. »Ich vermute, ich übernachte hier in der Station?«

Olsvig nickte. »Ich zeige Ihnen Ihr Quartier.« Er hatte ein seltsames Grinsen aufgesetzt.

Kurze Zeit später verstand John, was der Grund für Olsvigs Grimasse gewesen war. Bei seinem Nachtquartier handelte es sich um eine leere Zelle im angrenzenden Gefängnistrakt. Er bestand aus zwei Räumen. Einer davon war belegt, der andere leer. Abgesehen von einem Bett, einem Stuhl und einem Konsoltisch. John versuchte, sich seinen Unmut nicht anmerken zu lassen. Er betrat die Zelle und legte seinen Koffer auf die Matratze. Sorgfältig drapierte er seine Jacke auf der Stuhllehne.

»Ist ja nur für eine Nacht«, sagte Silpa, ebenfalls ein wenig amüsiert. »Jetzt im Spätsommer sind in Narsaq alle Pensionen, Hostels und das einzige Hotel ausgebucht. Morgen früh müssen wir eh nach Kvanefjeld aufbrechen. Punkt neun Uhr, es sind nur ein paar Kilometer. Das Duschbad ist am Ende des Flurs, wenn Sie sich frischmachen möchten.«

»Danke ... und kein Problem.« John rang sich ein Lächeln ab und entriegelte seinen Koffer. »Wer ist denn mein Nachbar?«, fragte er Silpa. »Und warum habt Ihr ihn eingesperrt?«

»Ach, der ...« Die Polizistin winkte ab. »Das ist der alte Jafet. Er ist harmlos. Er leidet unter *Pibloktoq*, der Arktischen Hysterie, wie einige hier. Er versucht, sie mit Alkohol zu betäuben und schläft auf der Station seinen Rausch aus. Nicht zum ersten Mal. Eins der Probleme, mit denen wir uns hier in Narsaq rumschlagen.« Sie setzte sich auf den Stuhl und sah ihrem Übernachtungsgast beim Auspacken zu.

John deutete auf das vergitterte Fenster zur Straße. »Ist schon etwas ungewohnt, die Aussicht.«

»Kann ich mir vorstellen. Aber Carl fand es lustig, Sie hier unterzubringen.« Silpa schmunzelte und strich sich das braune Haar aus der Stirn. »Wenn Sie wollen, können wir in den Ort gehen und irgendwo einkehren. Es gibt eine ganz nette Kneipe nicht weit von hier.« Sie schlug sich die Hand vor den Mund. »Oh! Ich vergaß ...«

»Keine Sorge, ich bin trocken. Ihr werdet hier sicher auch alkoholfreie Getränke haben, oder?« John hielt inne. »Woher wissen Sie übrigens von meinem kleinen Problem?«

Silpa sah betreten aus. »Carl hat gute Kontakte nach Kopenhagen und Aarhus. Er hat ein paar Erkundigungen über Sie eingeholt.«

John nickte. »Dachte ich mir.« Er schloss den Koffer mit Schwung. »Dann lassen Sie uns mal losziehen!«

Als sie die Polizeistation verließen, lungerte vor den Stufen wieder ein Hund herum. John war sich sicher, dass es sich um dasselbe Tier handelte, mit dem er bei seiner Ankunft Bekanntschaft geschlossen hatte. Sie schlenderten die Straße hinunter, der Hund trottete gemächlich hinter ihnen her.

Das *Asiaq's Arctic Café* war nicht mehr als eine dunkelgrün gestrichene Bretterbude mit weißen Fensterrahmen und Fensterläden. Zwei Klimaanlagen wimmerten an den Ecken unter dem auskragenden Flachdach. Ein paar Stufen führten von der Straße hinauf zur hölzernen Veranda vor der Eingangstür. Hier stand ein Gasgrill – ein Zeugnis dafür, dass die Barbecue-Kultur längst Grönland erreicht hatte.

»Eigentlich sind wir ein bisschen zu früh«, entschuldigte sich Silpa. »Später am Abend gibt's hier oft Livemusik.«

»Scheint aber schon gut besucht zu sein.« John deutete auf eine Reihe von Quads und einen verschmutzten Kleinbus mit einem Aufkleber, auf dem »GREEC« stand.

»Greenland REE Corporation. Das sind Minenarbeiter aus dem Kvanefjeld. Die tauchen hier eher selten auf. Außer, wenn eine Band auftritt.« Silpa warf einen leicht beunruhigten Blick in Richtung der Fahrzeuge. »Gehen wir rein!«

Drinnen war es laut. Stimmen, das Klirren von Gläsern und zwei Flachbildschirme, auf denen laut ein Musikvideo lief, erzeugten eine ziemliche Kakophonie. Silpa verzog das Gesicht und schob John Richtung Bar.

»Ein Bier und einen Apple Cider bitte!« Sie wandte sich an John. »Das ist doch okay für Sie, oder?«

Er nickte und ließ seinen Blick umherwandern. Es gab eine kleine Bühne, bestehend aus einem Holzpodest, darauf Verstärker, Mikrophone, ein Schlagzeug, eine Akustik- und eine E-Gitarre in Standhalterungen und drei Hocker. An der Wand hing ein Poster mit der Aufschrift

Ujaleq Narsaq Jam. Allerlei verblichene Fotografien hingen daneben. Männer und Frauen standen in kleinen Grüppchen beieinander oder saßen an den wenigen Tischen. Den größten davon belegte eine Gruppe, die offensichtlich aus Minenarbeitern bestand. Von dort drang das lauteste Gejohle zu ihnen herüber.

»*Kutaa*, Silpa! Schön, dass du mal wieder reinschaust. Wer ist dein Freund?« Der Barkeeper, ein stämmiger Typ mit schwarzen Haaren – John schätzte ihn auf knapp dreißig – beugte sich zu ihnen hinüber und stellte die Getränke ab.

»Nicht so neugierig, Nuka!« Silpa lachte. »John ist zum ersten Mal auf der Insel. Mehr darf ich nicht sagen.«

»Oha! In geheimer Mission?« Der Barkeeper zwinkerte John zu. »Gutes Timing. Heute Abend haben wir eine tolle Band hier. Wird aber noch gut eine Stunde dauern, bis es losgeht.« Er blickte hinüber zu den Minenarbeitern. »Falls nichts dazwischenkommt ...«

Silpa folgte seinem Blick. »Machen die Typen Probleme?«

»Nicht mehr als sonst. Seit dem Vorfall in Kvanefjeld liegen bei denen wohl die Nerven blank.« Nuka schaute betrübt drein.

»Verständlich«, sagte John und nippte an seinem Apple Cider.

»Schon, aber sie machen uns für die Morde verantwortlich.« Er war also ein Inuk.

»Und was denken Sie darüber?«, fragte John interessiert.

»Schwachsinn! Ein paar von uns, viel zu wenige, haben in Kvanefjeld Arbeit gefunden. Warum sollten wir das aufs Spiel setzen? Außerdem stinkt die ganze Sache ...«

»Ja?« John hörte jetzt aufmerksam zu. Hin und wieder warf er einen Blick hinüber zu den Minenarbeitern.

»Kein Inuk würde heutzutage mit einer Harpune auf einen Menschen losgehen. Fast jeder hier jagt mit dem Gewehr. Und dann dieses Touristen-Püppchen ...«

»Der *Tupilak*?«

»So was kriegen Sie in jedem Souvenirladen an der Küste.« Er schürzte die Lippen. »Im Gegensatz zu einem echten *Tupilak*.«

»Gibt es da Unterschiede?« Wieder sah John hinüber zu dem Tisch mit Arbeitern. Der Lärm schwoll an.

Nuka begann, mit einem Tuch die Theke abzuwischen. »Fragen Sie einen Schamanen. Oder einen von den alten Männern unten am Hafen.«

»Danke für den Tipp.« John nahm einen weiteren Schluck aus seinem Glas.

Am Tisch der Minenarbeiter polterte es, und Silpa stieß John mit dem Ellenbogen an. Einer der Männer hatte sich erhoben und dabei seinen Stuhl umgeworfen. Er wankte in Richtung Tresen, direkt auf sie zu. Im Spiegel hinter der Theke sah John ihn näherkommen. John leerte sein Glas. Der Mann hatte mittlerweile die Theke erreicht und auf dem Weg ein paar Einheimische angerempelt. Er setzte sich auf den freien Barhocker neben John und Silpa.

»Neu hier? Hab dich noch nie gesehen.« Ein Schwall alkoholschwangeren, faulen Atems streifte Johns Wangen. »Die da kenn ich!« Er deutete auf Silpa. »Aber was bist du für einer?«

John schwieg, betrachtete konzentriert sein leeres Glas und versuchte, flach zu atmen.

»He, ich rede mit dir!« Der Minenarbeiter ließ kurz von ihm ab und fuhr Nuka an: »Zwei Bier für mich und meinen neuen Freund hier.«

John sah auf.

»Ich trinke keinen Alkohol. Ist nicht gut für mich.« John richtete seinen Blick auf Nuka und deutete mit einer Kopfbewegung auf den Unbekannten neben sich. »Aber wenn mein freundlicher Nachbar mir einen Apple Cider spendiert, sage ich nicht Nein.«

Nuka nickte, schob dem Arbeiter sein Bier über die Theke und griff nach einer Flasche Apple Cider.

»Jetzt hör mal zu!« Der Minenarbeiter hob die Stimme. Unter seinem verschwitzten Overall spannten die Muskeln. Mit einer prankengroßen Hand umklammerte er Nukas Unterarm, bevor dieser den Apple Cider in Johns Glas gießen konnte. »Weg mit dieser Apfelplörre! Ich habe zwei Bier bestellt.«

»Schon gut, schon gut«, sagte Nuka beschwichtigend.

»Jacob Sørensen, oder?« Silpa war aufgestanden. »Vielleicht solltest du dich jetzt mal beruhigen. Sonst verbringst du die Nacht auf dem Revier.« Sie deutete auf die Handschellen, die sie am Gürtel trug. »Wäre ja nicht das erste Mal.«

Aber Sørensen sah keinen Anlass, sich zu beruhigen.

»Du hast mir gar nichts zu sagen. Solange ihr den Scheißkerl nicht gefunden habt, der meine beiden Kumpels umgebracht hat, werde ich auch meinen Mund nicht halten.« Er leerte seinen Bierhumpen in einem Zug und rülpste. »Und jetzt zu dir«, sagte er an John gewandt. »Harpuniert haben sie Ole und Morten, wie zwei verkackte Robben. Ich hab dich hier noch nie gesehen. Und ich mag keine Fremden, das kann ich dir sagen. Wenn du also mit einer Harpune umgehen kannst, dann ...« Er krallte seine Rechte in Johns Schulter und griff mit der Linken nach dem leeren Glas in seiner Hand.

John reagierte blitzschnell. Er ließ das Glas los und packte Sørensens kleinen Finger, um ihn in einer abrupten Bewegung nach hinten zu biegen.

»Fuck!« Mit einem Quieken versuchte Sørensen seine Hand zu befreien und taumelte rückwärts. John ließ seinen Finger nicht los, sondern überdehnte ihn weiter, während er sich rasch vom Hocker erhob. Aus der Bewegung heraus drehte er dem Kerl den rechten Arm auf den Rücken. Dann griff er mit der anderen Hand in seine Haare und drückte seinen Kopf auf die hölzerne Platte des Tresens. Sørensen jaulte auf. Es klang, als wäre man einem Hund auf den Schwanz getreten. Er strampelte mit den Beinen. So sehr, dass sein Barhocker umkippte. John hielt seinen Kopf auf die Theke gedrückt. Er musste atmen. Durfte nicht die Kontrolle verlieren, das hier war seine Chance, neu anzufangen.

»Weißt du, Jacob, da, wo ich herkomme, nennen wir das den dänischen Tango.« John verdrehte Sørensens Arm noch ein klein wenig mehr. »Wenn du also mit mir Tango tanzen willst, dann nur zu.« Er beugte sich vor und flüsterte ihm ins Ohr: »Wenn du hingegen Ruhe gibst, vergessen wir die Sache, und ich garantiere dir stattdessen, dass ich die Mörder finden werde.« Sørensen knurrte etwas, was man mit einiger Großzügigkeit als Zustimmung interpretieren konnte. John löste den Polizeigriff und wandte sich an Nuka.

»Mein Freund hier könnte jetzt etwas Stärkeres als Bier vertragen. Was hast du denn da?«

»Wie wär's mit einem Krähenbeerenschnaps?«

»Klingt gut. Ich gebe ihm einen aus. Und für mich ...«

»... einen Apple Cider, ich weiß schon.« Nuka lachte, aber er sah ein wenig nervös aus.

Die einheimische Band spielte grauenhaft, dafür aber laut und mit Hingabe. Kurz vor Mitternacht hatten Silpa und John genug und verließen die Bar. Draußen war es schneidend kalt – die Temperatur musste mittlerweile unter den Gefrierpunkt gefallen sein.

»Ungewöhnlich kalt für Anfang September«, sagte Silpa. Sie setzten sich auf die Holzbank vor der Bretterbude.

»Danke«, raunte sie John zu.

»Wofür?«

»Dass Sie eine Schlägerei vermieden haben.«

»Wäre ein schlechter Einstand gewesen.«

»Naja, ich dachte, bei Ihrem Ruf ...«

Silpa zündete sich eine Zigarette an, und John warf ihr einen strafenden Blick zu.

»Ich weiß. Ist aber mein einziges Laster. Und irgendwie wärmt es«, sagte sie beschwichtigend.

»Ich dachte, dass es auf Grönland noch kälter sei.«

»Wir sind hier ganz im Süden, selbst im Oktober sind die meisten Nächte noch frostfrei. Die Klimakrise tut ein Übriges.«

»Gut für den Tagebau.«

»Das stimmt. Wenn man das Projekt in Kvanefjeld überhaupt gut finden mag.«

»Was ist denn daran schlecht? Durch den Abbau kommt doch sicher sehr viel Geld in die Kassen.«

»Ja, aber die Frage ist: in wessen Kassen? Zuallererst verdient GREEC daran – das australisch-dänische Unternehmen, an dem seit Kurzem auch die Norweger beteiligt sind.«

»Seit Kurzem?«

»Ja. Vorher hat ein chinesischer Konzern seine Finger mit im Spiel gehabt. Das war sehr bequem.«

»Ich dachte, die Chinesen konzentrieren sich auf Infrastrukturprojekte wie den Straßenbau und Heliports?«

»Gezwungenermaßen. Eigentlich ging es ihnen um das Neodym und das Uran im radioaktiven Abraum. Jetzt, wo die Norweger sie rausgekauft haben, müssen wir selbst mit dem Dreck klarkommen. Wenn wir morgen in Kvanefjeld sind, sollten Sie mit Dr. Liebermann reden. Eine Deutsche und die Chefgeologin des Projekts.«

»Okay«, sagte John und stutzte dann. Ein großer, schmutzig weißer Hund saß am Fuß der Holztreppe unterhalb der Veranda. Er hatte ihn bisher nicht wahrgenommen. Jetzt trottete der Hund die Stufen hoch, schnupperte kurz und ließ sich ein paar Meter von ihnen entfernt nieder. John erkannte ihn sofort. Das gleiche zerrissene Ohr, dieselbe Narbe am linken Hinterlauf. Er erhob sich und ging ein paar Schritte auf das Tier zu. Vorsichtig. Dann hockte er sich hin.

»Passen Sie bloß auf«, mahnte Silpa.

»Er hat ein blaues und ein braunes Auge«, sagte John.

»Und ganz sicher ein kräftiges Gebiss.« Silpa drückte ihre Zigarette an der Bank aus.

»Hast du auf mich gewartet, mein Freund?« John hielt

dem Hund die offene Hand hin. Der zögerte kurz, dann leckte er über Johns Handfläche und begann, mit dem Schwanz zu wedeln. John wagte es, ihn zwischen den Ohren zu kraulen. Dieser Zeitgenosse sah ganz und gar nicht gefährlich aus, eher einsam.

»Was heißt Hund auf grönländisch?«, fragte er.

»*Qimmeq*, glaube ich.«

»Bist du einsam, *Qimmeq*?«, fragte John, während er ihn weiter kraulte.

Auf dem Weg zurück zur Polizeistation wich ihm Qimmeq nicht von der Seite, und als sie das Haus betraten, rollte er sich neben den Treppenstufen zusammen, die zur Eingangstür führten.

»Ich habe noch bis zwei Uhr Schichtdienst. Danach sind Sie allein in der Station.« Silpa setzte sich an den Schreibtisch hinter dem Tresen und schaltete den Computer ein. »Gegen sechs Uhr kommt Carl, macht Kaffee und schmeißt den dann hoffentlich wieder nüchternen alten Jafet raus. Man kann die Uhr nach ihm stellen.« Sie lachte. »Um neun fahren wir nach Kvanefjeld. Schlafen Sie gut, John!«

»Danke«, sagte er und machte sich auf den Weg in seine Zelle. Nebenan schnarchte der betrunkene Jafet. Kein Wunder, dass es auf Grönland keine Bäume gab, dachte John, wenn dieser Typ nachts so beharrlich sägte. Er duschte und verkroch sich dann unter die Polartec-Decke.

John wälzte sich auf der harten Pritsche herum. Er träumte von lebensgroßen *Tupilait*, die ihn zu verschlingen suchten. Von brennenden Wracks auf der Flughafenlandebahn 07 von Narsarsuaq. Von Tango tanzenden Minenarbeitern. Von einem weißen Grönlandhund, der ihn übers Eis zerrte. Er erwachte schweißgebadet. Doch es waren nicht seine seltsamen Träume gewesen, die ihn aus dem Schlaf gerissen hatten, sondern eine Reihe gellender Schreie. Ruckartig setzte er sich auf. Es war halb vier. Die Schreie kamen aus der Nachbarzelle. Es klang wie: »*Siku kisimi! Siku kisimi! Qivittoq, Qivittoq!*«

John sprang auf, schlüpfte in seine Hose und stürzte hinaus auf den Gang. Wo war der Lichtschalter? Da! Er schlug mit der Faust darauf. Die Neonröhren an der Decke flackerten, beruhigten sich. Er hastete nach nebenan. Der alte Jafet starrte mit leeren Augen vor sich hin, hatte beide Fäuste an die Schläfen gepresst und schrie.

»He, Alter! Was ist los? Was soll das?« John rüttelte an der vergitterten Tür, in der Hoffnung, ihn so aus seinem Delirium zu holen. Nun rächte es sich, dass er Silpa nicht um den Zellenschlüssel seines Nachbarn gebeten hatte. Der Schlüssel seiner Gastzelle steckte. Ob er wohl auch auf dieses Schloss passte? John rannte zurück und zog ihn heraus, dann lief er wieder zur Ausnüchterungszelle. Aber er hatte kein Glück. Der Schließzylinder zeigte sich unbeeindruckt. Während John unschlüssig dastand, verklangen die Schreie des Alten, gingen über in ein leises Wimmern: »*Qivittoq, Qivittoq …*« Jafet rollte sich auf der Seite zusammen und umfasste seinen Schädel mit den Händen. Seine Augen starrten noch immer ins Leere. Er atmete schwer. John beobachtete ihn eine Weile. Nach ein paar Minuten schloss der alte Mann die Augen. Seine Atemzüge wurden tiefer, gleichmäßiger. Er war eingeschlafen.

Benommen tappte John zurück in sein Quartier. Er legte sich hin und grübelte. *Siku kisimi. Qivittoq.* Was mochte das bedeuten? Sinnloses Gestammel eines Verwirrten? Hing das mit dieser Arktischen Hysterie zusammen, die Silpa erwähnt hatte? Da er nun ohnehin nicht mehr zu schlafen vermochte, schnappte er sich seinen Laptop und loggte sich ins WLAN der Polizeistation ein.

Die Suchmaschine lieferte ihm zwar eine Übersetzung von »*Siku kisimi*«, aber keine, aus der er schlauer wurde. »Allein das Eis entscheidet«. Was sollte das bedeuten?

In Johns Ohren klang es wie das bedrohliche »Der Winter naht« aus George R. R. Martin's *Lied von Eis und Feuer*.

Unter »*Qivittoq*« fand er einen dänischen Kinofilm aus dem Jahr 1956. Ein Drama, das auf Grönland spielte. Aber das war es wohl kaum, was den alten Jafet in Panik versetzt hatte. John suchte weiter. Beim nächsten Eintrag wurde er fündig. Der »*Qivittoq*« stammte aus einer grönländischen Legende. Ein geisterhaftes, rachsüchtiges Wesen, das mal als Untoter, ein andermal als Mischwesen aus Mensch und Tier beschrieben wurde. Ethnologen vermuteten, dass diese Kreatur auf Indigene zurückzuführen war, die sich von ihrer Gruppe abwendeten und allein weit hinaus aufs Inlandeis wanderten, wissend, dass sie dort spätestens bei Wintereinbruch sterben würden. Ob sie freiwillig aufbrachen, aus Scham vor der Gemeinschaft flohen oder ins Exil verbannt wurden, ist unklar. Kehrten sie aus der Hölle des einsamen Eises zurück, verbreiteten sie Furcht und Schrecken.

John klappte den Laptop zu. Er rieb sich die tränenden Augen. Wo war er da nur hineingeraten? Er beschloss, sich wieder aufs Ohr zu legen, ließ die Tür aber sicherheitshalber offen. Von nebenan drangen die tiefen Atemzüge des alten Mannes zu ihm herüber. Wenig später fiel John in einen unruhigen Schlaf. Im Traum suchten ihn erneut *Tupilait* heim. Diesmal hatten sie Verstärkung von mehreren *Qivittut*, die einen Schleier aus Eiskristallen hinter sich herzogen und in einem fort »*Siku kisimi*« schrien.

KAPITEL 4

Die Universität von Grönland war jung. Vor wenigen Jahren erst hatte sich die Regierung entschlossen, direkt am Fuße eines Bergzugs nahe der Hauptstadt Nuuk einen Campus zu errichten. Im Winter, wenn fast sechzehn Stunden lang täglich alles im Dunkel der Polarnacht lag, sahen die langgestreckten, asymmetrischen Bauten zwischen moos- und flechtenbewachsenen Felsen aus, als könnten sie das Hauptquartier des bösen Oberschurken aus einem alten Bond-Film sein. So witzelte man zumindest unter den rund achthundert Studierenden.

Birte und Liv ließen sich von einem freundlichen Taxifahrer auf dem Parkplatz der Universität absetzen. Sie hatten sich nach reichlicher Überlegung gegen den Bus entschieden, der weiter nördlich an der Haltestelle Manutooq Illimarfik hielt, schließlich sollte ihr Ausflug keine Trekkingtour werden. Trotzdem waren sie viel zu spät.

Sie stiegen aus und marschierten den Hang hinauf zum hintersten der drei Gebäude. Nils Peder Byager, ihr NAW-Kontaktmann, hatte sie in einer knappen Nachricht dazu aufgefordert, ihn hier zu treffen. Außer dem Datum, der

Uhrzeit und der Nummer eines Seminarraums hatte er ihnen allerdings keine weiteren Informationen zukommen lassen.

Sein mysteriöses Getue ging Birte auf die Nerven. Ihrer Meinung nach war Nils paranoid und witterte hinter jeder Ecke eine Verschwörung. »Wahrscheinlich hat er Angst, dass unsere Handys abgehört werden«, sagte sie und seufzte. »Obwohl es natürlich nicht so ganz legal ist, was wir hier vorhaben.«.

»Entspann dich, Nils übertreibt maßlos. Da vorne müssen wir rein.« Liv deutete auf den Eingang des Gebäudes.

Ihre Schritte hallten auf den leeren Fluren. Es war niemand zu sehen.

»Ziemlich ausgestorben hier«, sagte Liv.

»Das Wintersemester fängt ja auch erst in einer Woche an.« Birte sah sich um, orientierte sich kurz und sagte dann entschlossen: »Das da drüben muss der Seminarraum sein.«

Als sie vor der Tür standen, zögerte Birte einen Moment, dann drückte sie die Klinke hinunter. Die Tür war unverschlossen. Sie blickten in einen nahezu quadratischen Raum mit einer durchgängigen Fensterfront auf der gegenüberliegenden Seite. Einige Tische standen zusammengeschoben an der Rückwand.

Nils lehnte lässig an einem Pult. Als er sie entdeckte, lächelte er. »Da seid ihr ja endlich. Kommt rein!«

Etwa dreißig Personen unterschiedlichen Alters füllten den Raum. Studentinnen und Studenten der Universität? Birte war sich nicht sicher. Einige saßen, andere standen.

Manche machten sich Notizen oder hantierten mit ihren Smartphones. Hinter Nils an der Wand war ein großer LCD-Screen montiert, auf dem ein Lageplan zu sehen war.

»Das sind Birte und Liv, von denen ich euch bereits erzählt habe.« Nils wandte sich an die Anwesenden. »Sie sind aus Kopenhagen angereist, um unsere Sache zu unterstützen. Wie ich arbeiten sie für New Arctic Watch.« Nils kürzte das freundliche Geraune, das durch den Raum ging, mit einer Handbewegung ab. Nachdem die beiden sich auf zwei freie Plätze ganz vorne gesetzt hatten, sagte er: »Lasst uns weitermachen«, und deutete auf einen jungen Mann in einem grauen Hoodie, vermutlich ein Inuk. »Wie steht es mit unserer Demo?«

Der Angesprochene räusperte sich und stand auf, bevor er mit lauter Stimme sprach. »Wir versammeln uns am kommenden Montag, Punkt elf Uhr, vor dem KNR-Rundfunkgebäude. Von da aus ziehen wir gemeinsam in die Innenstadt zum Parlament. Dort rollen wir unsere Transparente aus und stellen unsere Forderungen ...«

»Das ist klar«, fuhr Nils dem jungen Aktivisten ins Wort. »Was wir wissen wollen, ist, wie viele Demonstrierende werden wir sein? Wer hat sich nach unserem Post auf Instagram gemeldet?«

»Sorry, Nils. Das hatte ich vergessen. Haltet euch fest: Wir haben schon mehr als zweihundert Zusagen! Das ist irre viel.« Er konnte seine Begeisterung kaum verstecken. »Und es sind Leute von wichtigen NGOs mit dabei. Zum Beispiel Nunaat Avataq, ein Vertreter des Inuit Council, und Sprecher für Friends of the Earth Europe ...«

»Und natürlich New Arctic Watch«, ergänzte Nils stolz.

»Sehr gut. Das wird uns einiges an Aufmerksamkeit bringen.«

Zustimmendes Nicken im Raum, einige der Anwesenden klatschten.

»Und nun zur Anlage in Kvanefjeld.« Nils deutete auf den LCD-Screen hinter sich, und der junge Inuk setzte sich wieder. »Was ihr hier seht, ist eine Drohnenaufnahme des gesamten Tagebauprojekts. Ich habe die wichtigsten Orte rot markiert.« Nils wies mit einem Laserpointer auf einige Kringel, die er auf die Luftaufnahme gezeichnet hatte. »Das hier ist der eigentliche Tagebau am Fuße des Bergmassivs. Im Osten liegt die Raffinerie mit den Säurebecken. Nördlich davon seht ihr den Komplex mit der Aufbereitungsanlage, bestehend aus dem Kraftwerk, den Gesteinsmühlen und den Konzentratoren. Verwaltung, Kantine, Waschanlagen und kleinere Gebäude sind hier, hier und hier. Und ein Stück entfernt, im Südwesten, lagern die Sprengstoffvorräte in einer Art Betonbunker. Verbunden ist alles über eine Hauptstraße und verschiedene Stichstraßen, meist einfache Schotterpisten.«

»Ähem ...« Birte räusperte sich. Diese viel zu genaue Aufzeichnung der Tagebauanlage machte sie stutzig. Woher hatte Nils all diese Informationen? Und was hatte er damit vor? »Ihr plant doch nicht etwa eine Sabotageaktion?«

»Aber nein, natürlich nicht!«, beeilte sich Nils zu versichern. »Aber wir könnten beispielsweise eine Sitzblockade organisieren, auf der Straße, über die die Schwerlast-LKW zur Aufbereitungsanlage fahren.«

»Das klingt viel zu gefährlich«, rief Birte entschieden und erntete zustimmende Laute aus dem Publikum. »Hast du mal eines dieser 180-Tonnen-Monster gesehen?«

Nils warf ihr einen überheblichen Blick zu. »Es gibt acht Stück davon in Kvanefjeld. Ich selbst steuere einen davon«, sagte er in selbstgefälligem Tonfall.

»Wie bitte?«, Birte riss erstaunt die Augen auf. Ein Raunen ging durch den Raum. Nils hob beschwichtigend die Hände und sagte: »Ja, ich arbeite in Kvanefjeld. Wie sonst sollte ich an all diese Informationen gekommen sein?« Er grinste jetzt breit. »Ich habe vor einem Jahr als Fahrer bei GREEC angeheuert. Die haben mich sofort genommen, als sie herausfanden, dass ich schon vor Jahren in Schweden solche Laster gefahren habe.«

»Ich fasse es nicht! Liv, sag doch auch mal was!«

Liv kniff die Augen zusammen, den Blick auf den Screen geheftet. »Was würde eigentlich passieren, wenn das Sprengstoffdepot hochgeht?« Sie deutete auf den roten Kringel im Südwesten der Anlage.

»Daran hatte ich auch schon gedacht. Ohne Sprengstoff kein Tagebau.« Nils überlegte kurz. »Aber erstens ist das Depot gut gesichert. Und zweitens wollen wir erst einmal alle Möglichkeiten des zivilen Widerstands ausschöpfen.«

Birte war entsetzt. Allein an so etwas zu denken! »New Arctic Watch ist doch keine Terrororganisation!«

»Reg dich ab, Birte. Das war doch nicht ernst gemeint. Wir spinnen doch nur rum. Brainstorming. Stimmt's, Nils?«

»Logisch.« Nils wandte sich an die Versammelten. »Oder, Leute? Wie seht ihr das?«

Das Stimmengewirr im Raum hatte zugenommen. Dann meldete sich eine der jüngeren Teilnehmerinnen zu Wort.

»Ich studiere hier in Nuuk Kultur- und Sozialgeschichte. Meine Familie betreibt seit Generationen Fischfang in Narsaq. Wir alle sind Nils Einladung hierher gefolgt, weil wir Widerstand leisten wollen gegen ein Projekt, das die Umwelt zerstört, unsere Tier- und Pflanzenwelt bedroht und die Fischerei gefährdet. Der beim Abbau entstehende Uranstaub und die radioaktiven Abfälle zerstören unsere Lebensgrundlage. Und wenn die Mine irgendwann geschlossen wird, sitzen wir auf einem kaputten, verschmutzten Stück Land. Das werden wir ohnehin nicht mehr verhindern können. Aber mit jedem Jahr, in dem der Tagebau weiter betrieben wird, wird es schlimmer. Ich bin wie alle hier für ein unabhängiges Grönland. Sicher, die zweihundert Millionen Euro, die Nuuk jedes Jahr von der GREEC einstreicht, sind eine große Hilfe. Aber der Preis dafür ist zu hoch. Versteht mich nicht falsch. Ich will friedlich protestieren. Aber wenn das nichts hilft ...«

»Ich bin gegen Gewalt!« Ein anderer Teilnehmer war aufgesprungen. »Wir haben unsere Möglichkeiten noch längst nicht ausgeschöpft. Wir müssen uns nur medienwirksamer inszenieren. Ich habe Kontakte zur Online-Redaktion der *Atuagagdliutit/Grønlandsposten*, unserer größten Wochenzeitung. Die sind immer für eine gute Story zu haben.« Der junge Inuk räusperte sich. Er war ausgesprochen attraktiv, fand Birte. Groß gewachsen für einen Einheimischen, das lange schwarze Haar zu zwei Zöpfen geflochten, die ihm über die Schultern fielen. Ein Tattoo aus drei schlichten, vertikalen Linien zierte sein Kinn. Verwegen!, dachte Birte. Die Kapuze seines marineblauen Hoodies hatte er zurückgeschlagen. Seine ganze Haltung schien auszudrücken, dass er wusste, wer er war und was er wollte. Wie alt er wohl sein mochte?

»Wenn ich mich kurz vorstellen darf: Mein Name ist Kalista. Ich mache meinen Bachelor in Journalistik hier an der Uni. Meine Schwester Ina arbeitet als Redakteurin in Nuuk.« Er fing Birtes Blick auf und lächelte ihr zu. Ein warmes Gefühl breitete sich in ihrer Magengrube aus.

Nils griff Kalistas Vorschlag auf. Es entwickelte sich eine lebhafte Diskussion darüber, wie man die regionalen Medien einbeziehen könnte. Kalista hatte sich derweil zu Birte und Liv gesellt. Während Birte fahrig ihre Freundin vorstellte, ruhte sein Blick weiter auf ihr. Er lächelte immer noch. Liv runzelte die Stirn, warf Birte einen spöttischen Blick zu und wandte sich dann ab, scheinbar, um sich wieder an der Diskussion zu beteiligen. Birte bemühte sich, ihren beschleunigten Puls wieder unter Kontrolle zu bekommen; mit nur mäßigem Erfolg. War es um diese Zeit immer so heiß in Grönland? Sie rief sich zur Ordnung. Es konnte ja wohl nicht wahr sein, dass dieser Typ sie so aus der Fassung brachte! Dieses Lächeln war aber auch …

»Bis die sich einig sind, wird's wohl eine Weile dauern. Wenn du magst, können wir in die Cafeteria gehen«, schlug Kalista vor. »Normalerweise ist die am Wochenende geschlossen, aber ich habe einen Schlüssel.« Er grinste. »Ein Tee wäre nicht schlecht, oder?«

Birte nickte. Ihre Knie waren weich wie Pudding, als sie ihm nach draußen folgte.

Die Cafeteria lag im Erdgeschoss des mehrstöckigen Gebäudes, unmittelbar in der Nähe des Foyers, das Liv und Birte bei ihrer Ankunft durchquert hatten. Kalista hantierte mit einem Schlüssel, dann öffnete er eine Glastür und ließ Birte den Vortritt in einen kleinen, lichtdurchfluteten Raum, an dessen einer Wand ein Tresen und eine Auslage für Snacks waren. Sie setzte sich an einen Tisch direkt am Fenster, und kurz darauf erschien Kalista mit zwei dampfenden Tassen. Birte bedankte sich und wenig später schlürfte sie ihren Tee, während er nur gedankenverloren in seiner Tasse rührte. Er sah sie an, nachdenklich. Dann sagte er: »Warum seid ihr hier? Du und die anderen Aktivisten von New Arctic Watch. Bisher sind wir ganz gut ohne euch ausgekommen.« Er hatte einen herausfordernden Tonfall angeschlagen.

»Das ist eine komische Frage, Kalista.« Birte musterte ihn über den Rand ihrer Tasse. Sie pustete auf den dampfenden Tee, in dem vergeblichen Bemühen, ihn abzukühlen, eigentlich aber, um Zeit zu gewinnen und ihre Gedanken zu sammeln.

»Gibt's bei euch zu Hause nicht genug Umweltprobleme, um die ihr euch kümmern könnt?«

»Na ja, schon. Aber immerhin gehört Grönland doch auch zu Dänemark. Da ist es unsere Pflicht, zu helfen ...«

Kalista legte seinen Teelöffel beiseite. Als er sprach, war seine Stimme hart. »Das hier ist also nichts anderes für euch als ein Mitleidsprojekt?« Seine Augen funkelten.

»Nun mach mal halblang!«, sagte Birte entrüstet. »Ohne die Hilfe von NGOs und Aktivisten wie von New Arctic Watch habt ihr doch nicht die leiseste Chance, die Umweltzerstörung zu stoppen!«

»Mag sein. Aber es war unser grönländisches Parlament, das über den Seltene-Erden-Tagebau im Kvanefjeld entschieden hat. Mit einer recht deutlichen Mehrheit.«

»Umso schlimmer! Stehst du etwa auf deren Seite? Nach allem, was im Kvanefjeld passiert ist?«

»Nein, natürlich nicht. Aber darum geht es auch gar nicht ...«, seine Stimme war jetzt sanfter.

»Worum dann?«

»Es geht darum, dass es unsere Sache ist, Grönlands Probleme zu lösen. Die Geschichte wiederholt sich, wenn auch unter anderen Vorzeichen. Was weißt du über die Greenpeace-Kampagne gegen die kommerzielle Robbenjagd Ende der siebziger Jahre?«

»Puh, keine Ahnung, das war vor meiner Zeit.«

Kalista lächelte und wog den Löffel in seiner Hand, dann trank er einen Schluck. »Sicher. Und auch vor meiner.« Er stellte seine Tasse ab. »Damals besuchte Brigitte Bardot Kanada. Vor laufenden Kameras rief sie in die Mikrophone, dass kanadische Robbenjäger wehrlose Robbenbabys schlachten würden.« Kalista schüttelte den Kopf. »Greenpeace schaltete sich ein und startete einen medialen Kreuzzug gegen die Inuit-Jäger im Norden Kanadas und hier in Grönland. Jäger, die nichts anderes taten, als ihren Familien das Überleben zu sichern. Und dazu nur so viele Robben erlegten, wie nötig waren, um ihre Frauen und Kinder zu ernähren und einzukleiden.«

»Das wusste ich nicht. Und wie ging es weiter?«

»Die Robbenjagd wurde geächtet. Fotos von toten Robben in ihrem eigenen Blut brannten sich ins kollektive Gedächtnis der Europäer und Amerikaner ein. ›Mindbombs‹ nannten das die Tier- und Umweltschützer. Und genauso wirken die Bilder auch. Bis heute. Für die Inuit hatte das verheerende Konsequenzen. Schlimmer noch – tödliche. Die Robbenjagd war praktisch unsere einzige Einnahmequelle. In unserer Kultur galt ein erfolgreicher Jäger als Vorbild. Ein erfolgloser Jäger jedoch, der seine Familie nicht mehr ernähren konnte … Depression, Alkoholsucht und im schlimmsten Fall Suizid waren die Folgen. Die Selbstmordrate unter unseren Leuten stieg dramatisch.«

»Das ist ja furchtbar! Was sagt Greenpeace denn dazu? Die müssen doch gemerkt haben, was sie angerichtet haben?« Birte war ehrlich entsetzt.

»Haben sie. Nach Jahrzehnten. Da war es aber schon zu spät. Wer Robbenjagd betrieb, galt in den Augen der Welt als Monster. Die Bilder ließen sich nicht mehr aus den Köpfen löschen. Erst 2014 hat sich Greenpeace bei den Inuit entschuldigt.« Kalista lachte trocken, und es klang resigniert, als sei seine Wut darüber längst aufgebraucht. »Ein paar Jahre später haben sie dann eine Charta veröffentlicht, in der sie sich zur Zusammenarbeit mit den indigenen Völkern verpflichteten. Ein Hohn! Plötzlich galten wir als edle Wilde, denen man beistehen musste. Vereint gegen die Bergbaukonzerne, die unsere Bodenschätze plündern wollten.«

Birte grübelte. »Hat sich Bardot noch mal geäußert?«

Kalista machte ein säuerliches Gesicht. »Keine Spur. Paris ist verdammt weit weg von Grönland. Und sie war nicht die einzige Prominente, die an diesem Bild von uns festhielt. Im selben Jahr, in dem sich Greenpeace entschuldigte, sammelte Ellen DeGeneres, von der Show ›The Ellen Show‹ eineinhalb Millionen Dollar und spendete sie an eine Tierschutzorganisation, die die Robbenjagd bekämpft.«

»Und deine Familie? Wart ihr auch betroffen von dieser Kampagne? Immerhin studierst du doch ... Das ist doch ein Fortschritt, irgendwie ...«

Er senkte die Stimme und ein Ausdruck tiefer Trauer trat in seine Augen. »Mein Großvater, damals ein bekannter Jäger, ist irgendwann allein ins Eis gegangen und wurde nie mehr gesehen. Mein Vater hat sich zu Tode gesoffen, als er es nicht mehr ausgehalten hat, dass er uns nicht ernähren konnte. Meine Mutter ist wenig später von einer Klippe gesprungen. Ich bin bei meiner Tante aufgewachsen. Zusammen mit meiner Schwester Ina. Mein Onkel Moses ist einer der letzten Jäger, die noch auf der Insel umherziehen. Er erlegt Karibus, Robben, Eisbären und hin und wieder einen Narwal. Nicht immer ganz legal. Aber er ist so etwas wie eine lebende Legende. Ohne seine finanzielle Unterstützung hätte ich niemals studieren können.«

Spontan griff Birte nach Kalistas Hand.

Er ließ es zu.

Sie schüttelte betroffen den Kopf. »Das tut mir so leid. Ich hatte ja keine Ahnung, dass das alles so kompliziert ist. Wenn ihr nicht wollt, dass sich New Arctic Watch hier engagiert, dann fliegen wir selbstverständlich wieder zurück nach Hause. Jedenfalls Liv und ich. Bei Nils bin ich mir nicht so sicher ...«

Kalista nahm Birtes Hände in die seinen und betrachtete ihre Handflächen. Sanft strich er mit dem Daumen über ihre Fingerkuppen. Birte wurde schwindelig.

»Du hast nie mit den Händen arbeiten müssen, nicht wahr?«

Er streckte ihr seine Handflächen entgegen. Sie waren rau, verhornt, hatten Narben und tiefe Furchen. Das waren nicht die Hände eines Studenten. Sie riss den Blick von seinen Handflächen los und sah ihn fragend an.

»Bevor ich hier mit dem Studium anfing, habe ich jeden Tag nach der Schule Netze ausgeworfen, Fische und Robben harpuniert und sie zu Hause ausgenommen. Wie jeder in unserer Familie und aus unserem Dorf. Nachts habe ich gebüffelt. Das war alles andere als einfach. Aber ich habe es geschafft! Als einer von viel zu wenigen. Die meisten gehen nach den zehn vorgeschriebenen Schuljahren zurück zu ihren Familien, um ihnen beim Fischfang zu helfen. Oder bei der Schafzucht. Oder sie arbeiten an den Terminals. Manche lassen sich auch zu Touristenführern ausbilden. Dabei bräuchten wir dringend Ingenieure für arktische Technologie, den Bergbau oder die Fischereitechnik. Darin liegt unsere Zukunft.« Er hatte seine Hände jetzt um die Tasse geschlungen – Birte versuchte, wegzusehen. Sie schluckte, bevor sie sprach.

»Und warum studierst du dann Journalistik?«

Kalista schmunzelte. Birte fand, dass ihm das entschieden besser stand als die Bitterkeit und Traurigkeit, die seine Ausführungen begleitet hatten.

»Ertappt! Ich will Journalist werden, wie meine ältere Schwester. Einer muss ja schließlich ein Auge darauf haben, was hier geschieht.«

»Danke, dass du dir die Zeit genommen hast, meine Wissenslücken zu füllen«, sagte Birte ernst. »Ich hatte mir das alles hier viel einfacher vorgestellt. Und danke für dein Vertrauen ...«

»Wir leben nun mal nicht in einer schwarzweißen Welt, nicht einmal hier im Eis«, sagte Kalista. Dann lächelte er breit. »Vielleicht gehen wir besser zurück. Mittlerweile sollten sie sich geeinigt haben. Und wir wollen ihnen doch keinen Anlass geben, über uns zu tratschen, oder?« Er zwinkerte Birte zu. Verschwörerisch, wie ihr schien, und ihr Magen machte einen Satz. Verdammt.

KAPITEL 5

Silpa jagte den Land Cruiser über die Asphaltpiste Richtung Kvanefjeld. Sie genoss die Fahrt offensichtlich, im Gegensatz zu John. Er klammerte sich an den Haltegriff – wie am Vortag –, nur vielleicht ein bisschen weniger verkrampft. Begann er etwa, sich an Silpas Fahrstil zu gewöhnen?

»War es wirklich nötig, den Köter mitzunehmen?« Silpa deutete mit dem Daumen nach hinten.

»Das hat Qimmeq so entschieden«, sagte John. »Er weiß schon, was er tut.«

»Ich kann immer noch nicht fassen, dass er Ihnen hinterherläuft wie ein Schoßhündchen.«

»Vielleicht sind wir Seelenverwandte.« John lächelte in sich hinein.

»Wenn die Einheimischen sehen, dass das Vieh im Auto mitfährt, hält man Sie endgültig für bescheuert, John!« Silpa lenkte den Land Cruiser viel zu schnell in eine enge Kurve. Er schlingerte, dann fanden die Reifen wieder Halt – auf der folgenden Geraden gab sie noch mehr Gas.

»Und wenn schon.« John konzentrierte sich auf die Strecke, und darauf, ein- und auszuatmen. »Wie weit noch?«, brachte er heraus.

»Keine zwei Kilometer, wir sind gleich da.«

Minuten später ging der jungfräuliche chinesische Asphalt in eine holprige Schotterpiste über. Aber Silpa machte keine Anstalten, abzubremsen. Eine lange Staubschleppe hinter ihnen herziehend trieb sie den Wagen auf eine Reihe von Wohnbaracken zu. Gleich daneben erhob sich ein zweigeschossiges Gebäude. Sie bremste scharf und ließ den Land Cruiser auf einem der Parkplätze ausrollen.

»So, da wären wir. Das Büro der Geschäftsleitung ist im ersten Stock.« Silpa warf einen Blick auf die Uhr. »Pünktlich sind wir auch. Browning erwartet sie sicher schon.«

»Danke für die ...«, John brach ab und löste seine verkrampften Hände vom Haltegriff.

»... flotte Fahrt?« Silpa lachte auf. »Es war mir eine Freude!«

»Ja, so kam es mir auch vor.« John öffnete die Tür, stieg aus, umrundete den Wagen und entriegelte die Heckklappe. Er war ein wenig wackelig auf den Beinen. Qimmeq sprang von der Ladefläche, ließ es zu, dass John ihn am Hinterkopf kraulte und drückte ihm seine nasse Schnauze in die Hand. Die wilde Fahrt schien ihn nicht gestört zu haben.

»Viel Glück«, verabschiedete sich Silpa. »Wenn sie Hilfe brauchen, rufen sie einfach an. Und halten sie Carl und mich auf dem Laufenden.«

»Mach ich«, sagte er und wandte sich zum Gehen, nachdem er die Beifahrertür zugeworfen hatte. Ab heute war er der neue Sicherheitschef des Tagebauprojekts. Er atmete tief durch und steuerte auf den Eingang des Bürotrakts zu – eines zweigeschossigen Industriezweckbaus.

Qimmeq trottete hinter ihm her. Bevor er die Eingangstür aufstieß, drehte er sich noch einmal um und rief: »Fahren sie vorsichtig!«.

»Witzbold!« Silpa ließ den Motor aufheulen. Sekunden später hing eine dichte Staubwolke in der Luft – ein Kavaliersstart.

Browning sah nicht im Geringsten so aus, wie John ihn sich vorgestellt hatte. Er hatte einen kauzigen Bergbautypen erwartet, vielleicht ein bisschen ruppig, zweckmäßig gekleidet und eher draußen auf den Abbauterrassen zu finden als im Büro. Aber hier war er. Browning saß hinter einem schmucklosen Stahlrohrschreibtisch, darauf ein Laptop und ein Bildschirm, Notizblock, Füllfederhalter, einige Aktenordner, alles akkurat rechtwinklig ausgerichtet. In einem Tischständer steckte eine kleine grönländische Flagge. Schau an, ein Patriot, dachte John. Browning war keine fünfzig Jahre alt, braun gebrannt – Sonnenstudio? – und trug sichtlich teure Klamotten: einen Maßanzug (wahrscheinlich englisch und sogar mit Weste), eine gestreifte Krawatte, ein businessblaues Hemd. Gleichwohl hatte er weder eine Sekretärin noch einen Sekretär. John war ohne anzuklopfen ins Vorzimmer gestiefelt und durch die offen stehende Verbindungstür weiter in Brownings Büro. Der Geschäftsführer sah auf.

»Schön, dass Sie es einrichten konnten, John.« Er strahlte seinen neuen Mitarbeiter an. »Ich war schon sehr gespannt auf Sie. Katharina Hagelund hat in höchsten Tönen von Ihnen gesprochen.« Etwas zu hastig schlug er die Akte zu, die er studiert hatte, dann stand er auf und hielt ihm die Hand hin.

»Tatsächlich?« John konnte nicht umhin, belustigt zu klingen. Er schüttelte Brownings Hand, dann ließ er sich auf einen Besuchersessel fallen und lockerte seine verkrampften Schultern.

»Sie sollen ihr bester Ermittler sein, mit Abstand.« Er zwinkerte John zu und sah dabei fast ein bisschen aus wie ein Investmentbanker. »Genau das, was wir brauchen. Bei all den Problemen, die wir am Hals haben.« Schlagartig verschwand jede Freundlichkeit aus seinem Gesicht.

»Sie meinen die beiden Morde?«, fragte John.

»Richtig. Die vor allem. Aber auch jede Menge anderer Zwischenfälle.«

»Zum Beispiel?«

»Sabotageversuche. Durchtrennte Stromleitungen, überbrückte Schutzschaltungen, mutwillige Fehlbedienungen, all so was.« Browning trommelte mit den Fingern auf die Tischplatte. »Aber darüber können wir später reden. Jetzt lesen Sie sich erst einmal ihren Vertrag durch. Ich hoffe, alles ist in Ihrem Sinne.« Er schob ein Dokument über den Tisch und folgend den Füllfederhalter. Dann öffnete er den Auszug eines Rollcontainers und stellte mit Schwung eine Flasche Wodka und zwei Gläser auf den Schreibtisch. »Finnisch. Der beste Wodka, den Sie hier bekommen können. Wärmt die Seele!« Er füllte beide Gläser randvoll.

»Danke, nein.« John wandte den Blick ab, ignorierte den kalten Schweißfilm, der sich auf seinen Handflächen bildete und überflog den kurzen Anstellungsvertrag. Sicherheitschef des Seltene-Erden-Tagebauprojekts Kvanefjeld der Greenland REE Corporation. Das klang gut. Dann fiel sein Blick auf die kleine schwarze

Zahl unter »Vergütung«. Er schluckte. Er hatte immer gewusst, dass man in der freien Wirtschaft andere Gehälter gewöhnt war als bei der Polizei. Aber das hier war ... spektakulär! John ließ sich nichts anmerken. Schwungvoll, so dass Browning das Zittern seiner Hand nicht bemerkte, setzte er seine Unterschrift unter den Vertrag. »Klingt fair«, rang er sich ab.

»Sehr schön. Dann sind wir also jetzt Kollegen«, sagte Browning und nahm den Vertrag entgegen. »Hier eine Kopie für Sie und Ihre ID-Karte. Damit können sie überall ein- und ausgehen ... Wirklich keinen Schluck zur Feier des Tages?«

»Danke. Kein Alkohol für mich. Wo ist mein Büro?«

Browning lachte und drückte ihm die Zugangskarte in die Hand. »Das gefällt mir. Gleich zum Punkt kommen. Großartig.« Er leerte sein Glas und erhob sich. »Folgen Sie mir, John.«

John ging hinter Browning her durchs Vorzimmer und hinaus auf den Gang. Sie bogen nach links ab. Am Ende des Flurs bot ein bodentiefes Fenster einen Blick auf das karge Gelände draußen. Beidseits Bürotüren. Schmucklos, funktional, kühl wie alles hier, notierte er. Browning öffnete eine Tür auf der linken Seite.

»Ihr neuer Arbeitsplatz, John. Es ist das beste Büro, das ich Ihnen anbieten kann. Den Raum gegenüber haben wir für Ihr zukünftiges Sicherheitsteam vorbereitet.«

»Auf wie viele Mitarbeiter kann ich zugreifen?«, erkundigte sich John. Gegen das Büro gab es nichts einzuwenden. Der gleiche Stahlrohrschreibtisch wie in Brownings Zimmer, darauf ein PC, eine Schreibunterlage, ein Aktenordner. Ein runder Besprechungstisch mit vier Stühlen. An beiden Seitenwänden abschließbare Highboards. Ein vergilbter Kalender an der Wand. Das war alles.

»Gute Frage.« Browning knetete seine Hände. »Derzeit fünf. Allerdings sind sie im Moment alle draußen unterwegs. Ich stelle sie Ihnen später gern vor.«

»Ist das Ihr Ernst?« John schüttelte den Kopf. »Fünf Sicherheitsleute bei wie vielen Arbeitern? Siebenhundert? Achthundert?«

»739. Beziehungsweise ... 737 ...« Thomas Browning beeilte sich, John zu beruhigen. »Sie müssen das verstehen. Es gab hier nie Anlass, mehr Sicherheitspersonal einzustellen. Hier und da mal eine Rauferei, einen Streit, das war alles.« Er zuckte die Schultern »Seit den Morden und den Sabotageversuchen ist alles anders. Sie werden hier gebraucht, John! Ich stelle sicher, dass sie alle Freiheiten haben. Sie erhalten ein eigenes Budget. Sie können Überwachungstechnologie anschaffen und installieren und so viele Mitarbeiter einstellen, wie Sie es wünschen. No Limits!«

John umrundete den Schreibtisch und schaute durch das dahinter liegende Fenster nach draußen. Ein leichter Nebel verhüllte die zerklüftete Landschaft – Felsiger Boden, Flechten und Moos, undefinierbares Gestrüpp – die Abbauterrassen weiter oben waren im Dunst nur zu erahnen. Zwei Landrover und ein Quad parkten vor dem Eingang des Gebäudes, daneben saß Qimmeq. Anmutig wie ein chinesischer Tempellöwe. Johns Miene wurde weich. Aber nur für einen winzigen Moment. Es würde nicht mehr lange dauern, bis die Kälte auch im Süden der Insel Einzug hielt. Dann würde der Winter kommen. Er fröstelte. Bis es so weit war, wollte John hier weg sein.

»Ich brauche weitere zehn Sicherheitsleute. Mindestens. Bevorzugt Einheimische, notfalls auch Externe. Gibt es in Nuuk eine Sicherheitsfirma?« Er dreht sich zu Browning um.

»Keine Ahnung.«

»Gut, ich werde mich selbst darum kümmern. Ebenso um die Sicherheitstechnik. Im Büro gegenüber werden wir einen Überwachungsraum einrichten.« Er fuhr mit dem Finger über die Schreibtischplatte. Staub. »Gibt es Überwachungskameras auf dem Gelände?«

Browning überlegte kurz. »Drei Stück, glaube ich. Vor der Kantine, an der Raffinerie und an der Zufahrt zum Kraftwerk.«

»Da werden wir deutlich aufrüsten müssen. Waffen? Drohnen?«

»Es gibt ein paar Jagdgewehre in einem Stahlschrank hier in der Verwaltung. Drohnen haben wir nie gebraucht.« Er stockte. »Moment, das stimmt nicht! Frau Dr. Liebermann setzt ab und zu eine Drohne für ihre Arbeit ein.«

»Frau Dr. Liebermann?«

»Ja, Dr. Jana Liebermann, unsere Chefgeologin und Bergbau-Ingenieurin. Eine ausgewiesene Expertin für den Seltene-Erden-Tagebau. Mit ihr sollten Sie nachher auf jeden Fall sprechen. Sie wird Ihnen erklären, was genau wir hier tun. Sie kennt unsere Prozesse in- und auswendig.« Browning grinste. »Ist nicht ganz unkompliziert.«

»Schon klar. Vorher würde ich gern mit den Arbeitern

sprechen. Gibt es dafür so was wie einen Versammlungs-
raum? Sind die Leute informiert über meine Funktion?«

»Noch nicht offiziell. Das wollte ich Ihnen überlassen,
John ...«

Nette Ausrede, dachte er. Browning war anscheinend
ein Meister des Delegierens. Komisch, dass sein Vorzimmer unbesetzt war.

»Am besten beim nächsten Schichtwechsel um vierzehn Uhr. Dann trifft sich ein Teil der Leute in der Kantine. Dort ist ausreichend Platz für eine Ansprache.«

»Okay. Ich benötige außerdem noch einen persönlichen Assistenten. Es gibt in Ihrer Truppe einen Jacob
Sørensen. Stellen Sie ihn bitte von seinen Aufgaben frei,
und schicken Sie ihn zu mir. Ebenso die fünf Sicherheitsleute, von denen Sie gesprochen haben.«

»Äh ...«, Thomas Browning stand die Verblüffung ins
Gesicht geschrieben. »Kein Problem. Ich werde den
Schichtleiter anrufen. Der kümmert sich darum.«

»Sehr gut. Das wär's fürs Erste.« John schaute sich im
Büro um. »Ach ja, und ich benötige alle Unterlagen, die
Sie zu den Vorfällen der letzten Wochen angelegt haben.«

Browning strahlte. »Das habe ich bereits veranlasst.«
Er wies auf den dünnen Aktenordner auf dem Schreibtisch.

»Ich bin beeindruckt.« Hatte das sarkastisch geklun-
gen? John atmete scharf ein. Doch auf diesem Ohr schien
sein neuer Vorgesetzter taub zu sein.

Das hier würde eine Menge Arbeit werden. Grundsätz-
liche Arbeit. »Also gut. Für den Anfang wird das genügen.
Nun muss ich nur noch wissen, wo ich Frau Dr. Liebermann finde.«

»Gleich hier im Gebäude. Das Labor ist in dem Anbau im Erdgeschoss untergebracht. Die Treppe runter, links um die Ecke, an der Logistik vorbei und dann immer geradeaus. Kaum zu verfehlen. Auf dem Rückweg können Sie noch in der Lohnbuchhaltung vorbeischauen und Ihre persönlichen Daten hinterlassen. Wir sehen uns gegen zwei in der Kantine!« Browning strahlte immer noch. Diese unanständig gute Laune hatte er vermutlich stets dann, wenn ihm jemand Arbeit abnahm. Er drückte John die Hand, etwas schlaff, wie er fand und eilte zurück in sein Büro.

Jetzt habe ich also seine Scheiße am Schuh, dachte John. Kein Wunder, dass er so aufgedreht war.

Er drapierte seinen verbeulten Alukoffer auf dem Besuchersessel, nahm den Laptop und ein paar persönliche Sachen heraus und begann, das triste Büro in seinen neuen Arbeitsplatz zu verwandeln. Wenig später machte er es sich auf dem Bürosessel bequem, griff nach seinem Smartphone und schoss einige Selfies. Dann wählte er die Nummer seiner Mutter. Es dauerte nicht lange, bis sie ranging.

»Bist du das, John?«

»Ja, klar.«

»Ach, wie schön, von dir zu hören. Ich hatte mir schon Sorgen gemacht. Du hast dir ja wieder viel Zeit gelassen ...«

»Entschuldigung, Mama. Aber ich hatte viel zu tun. Grönland ist so ganz anders als ich es mir vorgestellt hatte.«

»Sag bloß!« Gudrun lachte. »Du wirst dich schon zurechtfinden. Schließlich fließt Inuitblut in deinen Adern.«

»Geht's dir denn gut? Kümmert sich jemand um dich?«

»Deine Chefin, ich meine Ex-Chefin, hat mich diese Woche besucht. Wir sind rausgegangen, einen Kaffee trinken. Sie ist eine großartige Frau ...«

»Nun ja ...«

»Übrigens solltest du dich mal bei ihr melden. Sie will sicher wissen, was du so treibst.«

»Mach ich, Mama. Und ...«, er brach ab, weil er sich die Worte erst zurechtlegen musste.

»Ja?«

»Es tut mir leid, dass ich mich nicht gleich nach der Landung gemeldet habe.«

»Schon gut. Das hatte ich auch nicht erwartet. Ich kenne dich doch.«

»Hm«, brummte John.

»Wie ist dein Büro? Hast du schon mit deinem neuen Chef gesprochen?«

»Alles gut so weit. Ich schicke dir gleich ein paar Bilder.«

»Das ist lieb. Ich muss jetzt Schluss machen. In ein paar Minuten kommt mein Taxi. Ich fahre zum Friedhof, Blumen aufs Grab legen. Und ich erzähle deinem Vater, dass es dir gut geht.«

»Tu das. Ich rufe dich wieder an. *Farvel*, Mama!«

John legte auf. Die Selfies von seinem neuen Arbeitsplatz waren schnell versendet. Er atmete tief durch, dann machte er sich auf den Weg ins Erdgeschoss, vorbei an leeren, offen stehenden Räumen. Die Tür zu Thomas Brownings Büro war geschlossen, aber er sah durch das kleine Sichtfenster, dass der Geschäftsführer nicht da war. Der hatte ja schließlich alles bei ihm abgeladen, dachte John. Im Parterre herrschte deutlich mehr Betrieb. Techniker, Truckfahrer und einige Minenarbeiter in orangen GREEC-Overalls drängten sich vor dem Eingang zum Lohnbüro und unterhielten sich. John nickte ihnen zu und bog ab Richtung Labortrakt.

Geowissenschaftliches Labor – Dr. Jana Liebermann

Das Schild neben der schweren Stahltür sagte ihm, dass er am Ziel war. Statt die Meldetaste zu betätigen, beschloss er, seine neue ID-Karte zu benutzen. Er hielt sie an den Sensor, und ein melodischer Dreiklang ertönte. Die von Rot auf Grün und zurück auf Rot springende LED über dem Sensor signalisierte jedoch, dass seine Karte wohl vorerst nutzlos war. Vermutlich war sie noch nicht freigeschaltet, dachte John resigniert. Er drückte auf die Meldetaste neben dem Türschild und sagte in die Sprechanlage: »John Kaunak, der neue Sicherheitschef. Ich möchte zu Dr. Liebermann.«

Es summte, dann sprang die Tür mit einem Klacken auf. Er trat ein. Hier herrschte die gleiche Tristesse wie im Hauptgebäude. Ein langer, weißer Flur, nur befanden sich statt Büros beidseits Laborräume. Laborantinnen und Laboranten hasteten hin und her. Gleich am Eingang zum ersten Labor lehnte eine schlanke Frau mit kurzen, braunen Haaren und einem verkniffenen Gesichtsausdruck. Sie trug Jeans und einen grauen Pullover, darüber einen hastig übergeworfenen weißen Laborkittel.

»Sie sind also der neue Sicherheitschef. Wurde ja auch Zeit ... Kommen sie mit.«

Dr. Liebermann eilte John mit wehendem Kittel voraus, ohne darauf zu achten, ob er Schritt halten konnte. Im Vorbeihasten stellte er fest, dass im Labortrakt mindestens zwanzig Personen arbeiteten. Europäer, wie ihm schien. Das konnten kaum die Arbeitsplätze sein, die man den Einheimischen versprochen hatte.

»Hier hinein, bitte«, sagte Jana Liebermann und stieß eine Tür auf, hinter der sich ein Konferenzraum verbarg.

John nahm schweigend an dem runden Tisch Platz, der in der Raummitte stand. Liebermanns seltsam ruppiges Verhalten schrie nach einer Erklärung. Er schwieg und wartete ab.

»Entschuldigen Sie mein etwas gereiztes Auftreten. Aber ich wollte nicht, dass mein Team etwas von dem mitbekommt, was ich Ihnen zu sagen habe.« Liebermann machte eine kurze Pause. »Wissen Sie, ich warte schon seit Wochen darauf, jemandem zu erzählen, was hier im Tagebau vor sich geht.« Sie seufzte tief. »Unser Geschäftsführer will von all dem nichts hören.« Sie ging zum Kaffeeautomaten, der auf einem Sideboard an der Wand stand, unmittelbar neben einem Beamer und einem Laptop.

»Kaffee?«

»Gern.«

»Wir sitzen hier auf einer tickenden Zeitbombe«, erklärte sie, während das schwarze Gebräu aus der brummenden Maschine rann. »Weniger wegen der beiden Morde von neulich oder den Sabotageakten. Sondern wegen dem, was wir hier tun. Und wie wir es tun.« Sie sah ihn eindringlich an. »Was wissen Sie über das Tagebauprojekt? Wie viel hat ihnen Browning erzählt?«

»Eigentlich nichts.«

»Das habe ich mir gedacht.« Sie stellte zwei dampfende Tassen Kaffee auf den Tisch. Anschließend wandte sie sich um und startete Laptop und Beamer. An der weißen Wand gegenüber baute sich ein Bild auf. Mit zunehmender Lichtstärke erkannte John Einzelheiten: eine Mondlandschaft in Braun-, Gelb- und Grautönen. Im Hintergrund die Kulisse des Kvanefjeld-Massivs mit seiner vom Tagebau terrassierten Bergflanke. Darüber prangte die Überschrift *Neodym-Abbau Kvanefjeld – Potenziale und Risiken*. Ein grellroter Sticker quer über dem Titel schrie *Confidential!*. »Diese Präsentation kennt außer Browning nur der Vorstand der Greenland REE Corporation«, sagte Dr. Liebermann. »Setzen Sie sich, John.«

In der folgenden halben Stunde ergoss sich ein Schwall Daten, Fakten und Zahlen über John. Er konnte nicht allen Details folgen, vieles war zu sehr wissenschaftlich verklausuliert. Wer kannte sich schon genau mit Erzmineralen wie Steenstrupin, Britholit, Vitusit oder Xenotim aus? Er versuchte, sich die wichtigsten Fakten einzuprägen. Beim Kvanefjeld-Projekt handelte es sich um eine sogenannte Multi-Element-Lagerstätte. Das bedeutete, dass sie nicht nur verschiedene Seltene Erden enthielt, sondern jede Menge weiterer Stoffe. Darunter radioaktive Elemente wie Uran und Thorium. Insbesondere Uran kam hier in hoher Konzentration vor, woran die Inbetriebnahme der Mine lange Zeit gescheitert war. Erst mit der Aufhebung des Verbots für den Abbau radioaktiver Stoffe im Jahr 2013 traten Investoren auf den Plan. In einer wilden Bieterschlacht setzte sich das australischnorwegische Konsortium Greenland REE Corporation gegen einen chinesischen Großinvestor durch. Seit knapp zwei Jahren war der Tagebau mitsamt Aufbereitung und Raffinerie in Betrieb. Er produzierte Seltene-Erden-Oxide, Uranoxid, Zinkkonzentrat und Flussspat. Johns Schädel rauchte. Bevor sein Gehirn den Not-Aus-Schalter betätigte, meldete er sich zu Wort.

»Warum waren alle so scharf darauf, hier einzusteigen?«

Dr. Liebermann sah ihn eindringlich an und sagte dann: »Die Antwort ist: Neodym!«

Das Wort stand eine Weile vor seinem geistigen Auge, blinkte kurz auf und erlosch wieder. John hob die Augenbrauen. Sein Gesicht war ein einziges Fragezeichen.

»Neo-was?«

»Neodym. Das chemische Element mit dem Elementsymbol Nd und der Ordnungszahl 60. In Kvanefjeld liegt sein Oxid in ungewöhnlich hoher Konzentration vor. Deswegen ist man in Peking gar nicht amüsiert darüber, den Kürzeren gezogen zu haben.« Dr. Liebermann legte den Laserpointer beiseite, mit dem sie John durch die verwirrenden Zahlenkolonnen geführt hatte.

»Was hat es mit diesem Neodym auf sich?«

»Als Neodym-Eisen-Bor ist es das stärkste magnetische Material für die Elektromotoren von E-Autos. Ohne Neodym keine E-Mobilität und keine Windgeneratoren. Vor dem Abbau im Kvanefjeld beherrschte China den Markt. Sie förderten und raffinierten fast 95 Prozent der globalen Produktion und konnten die Preise nach Belieben diktieren. Sehr zum Missmut insbesondere der europäischen Regierungen.«

»Hm«, brummte John, »ein Monopol also ...«

»Jawohl. Und ein perfekter Hebel, um politische Forderungen gegenüber dem Westen durchzusetzen. Allerdings hat die Neodym- und Dysprosium-Förderung hier im Süden Grönlands auch eine dunkle Seite. Und damit meine ich nicht nur die Staub-, Lärm- und Lichtemissionen des Tagebaus. Beim Abbau und der Aufbereitung der Seltenen Erden entstehen giftige Abfallprodukte. Radioaktives Uran und Thorium werden freigesetzt. Beides sorgt für erhebliche Umweltbelastungen in den extrem sensiblen Ökosystemen der Arktis. Denn der ganze Abraum muss ja irgendwohin. Ebenso wie die großen Mengen Schwefelsäure und Salzsäure, mit denen wir in der Raffinerie unsere Endprodukte gewinnen. In den geplanten siebenunddreißig Betriebsjahren kommt da einiges zusammen. Und genau deshalb laufen wir geradewegs auf ein ernstes Problem zu.«

»Ein Loch graben und rein damit«, schlug John mit einem Augenzwinkern vor.

»Schlimmer, viel schlimmer«, sagte Liebermann. »Es gibt einen See südöstlich von hier, Lake Taseq. Dort landet alles, was entsorgt werden muss.« Sie nippte an ihrem Kaffee und verzog das Gesicht. Dann versenkte sie zwei Zuckerwürfel in ihrer Tasse.

»Aus dem Auge, aus dem Sinn ...«

»Nun ja«, wandte John ein, »wenn der See groß genug und tief genug ist und keinen Abfluss hat ...«

»Oh, groß genug ist er. Im Nordosten wurde ein kleiner Teil mit einem Damm abgetrennt. Dort hinein gehen die ganzen Chemieabfälle. Am südwestlichen Ufer wurde ein wesentlich größerer Damm aufgeschüttet. Das macht ihn zu einer Art gigantischem Rückhaltebecken für den sonstigen Abraum.« Jana Liebermann klickte einige Charts weiter. »Hier!«

»Sieht doch sehr massiv aus.«

»Ist er aber nicht.« Liebermann schaltete zur nächsten Folie. »Leider hat man die besonderen Bedingungen in diesem Teil der Welt nicht ausreichend berücksichtigt. Die Klimakrise treibt die Temperaturen nach oben. Hier in der Arktis spürbarer als irgendwo sonst. Das Material, aus dem der Damm errichtet wurde, ist im wesentlichen Taubgestein aus dem Tagebau. Es erreicht bei Weitem nicht die Belastbarkeit von Stahlbeton. Nicht auszudenken, was passiert, wenn es nachgibt.«

»So langsam leuchtet mir ein, warum sich Aktivisten von New Arctic Watch für das Projekt interessieren.« John lehnte sich zurück und ließ das Gesagte auf sich wirken. Ein geopolitisch hochbrisantes Projekt. Schwer kalkulierbare Risiken für Umwelt, Biodiversität und die Gesundheit der Bevölkerung. Ein Rückhaltebecken, das Mängel aufwies, die von der Geschäftsleitung ignoriert wurden. Und nicht zu vergessen zwei Morde und zahlreiche Sabotageakte, die vielleicht in irgendeiner Weise damit zusammenhingen. Oder auch nicht. Für eine Vermutung war es zu früh.

»Haben Sie von den beiden Toten gehört, Jana? Ich darf sie doch Jana nennen?«

Liebermann schwieg eine Weile. Eine tiefe Falte bildete sich oberhalb ihrer Nasenwurzel. »Natürlich. Seit Wochen wird hier von nichts anderem gesprochen ...«

»Und? Was vermuten Sie?«

Dr. Liebermann seufzte. »Sehen sie, John, ich bin Geologin und Bergbau-Ingenieurin. Ich bin in Deutschland geboren und habe viele Jahre im Braunkohlerevier in Sachsen gearbeitet. Später dann bei einem Seltene-Erden-Projekt im Erzgebirge. Als es nach dem Kohleausstieg in Deutschland keine berufliche Perspektive mehr für mich gab, bin ich hierher zum Greenland REE Projekt gekommen. Als Expertin für den Seltene-Erden-Abbau. Der Job ist interessant und gut bezahlt. Mein Team ist international und absolut top. Für viel mehr habe ich mich bisher nicht interessiert. Und nun werden plötzlich Menschen umgebracht, auf brutale Weise. Und ich muss feststellen, dass ich für einen Arbeitgeber tätig bin, dem die eventuelle Umweltkatastrophe, die seine Mine auslösen könnte, schlicht am Arsch vorbeigeht.« Jana Liebermann setzte den Kaffeebecher mit einem Ruck auf dem Tisch ab. »Ich habe Sympathie für die jungen Aktivistinnen und Aktivisten. Wenn ich ein paar Jahre jünger wäre, wer weiß ...«

»Trauen Sie ihnen einen Mord zu?«

»Nein, auf keinen Fall! Genauso wenig den einheimischen Inuit. Das ist einfach nicht ihre Art. Auch, wenn viele der Jüngeren sicher verbittert sind, weil aus den lang versprochenen Jobs nichts geworden ist. Da müssen sie woanders suchen.«

»Und wo?«

»Cui bono – wem nützt es, was denken Sie?«

»Wenn das so einfach wäre ... Es gibt offenbar viele Parteien, die ein Interesse daran haben könnten, dass der Tagebau eingestellt wird.«

»Übrigens auch politische Parteien. Im Parlament von Nuuk ging es hoch her, als die Freigabe für das Tagebauprojekt erteilt wurde. Haben Sie daran schon einmal gedacht?« Dr. Liebermann musterte John über den Rand ihres Kaffeebechers.

»Mit den politischen Verhältnissen habe ich mich noch nicht ausreichend befasst.«

»Sollten sie aber. Ebenso mit den wirtschaftlichen Interessen. Grönland mag auf den ersten Blick nur eine eisige Insel am Rande Europas sein. Das rapide Abtauen des arktischen Eises legt aber gigantische Lagerstätten von Erzen und Mineralien frei. Das weckt Begehrlichkeiten. Nicht nur bei internationalen Konzernen. Sondern auch bei den Arktis-Anrainern. Warum wohl wollte Trump der dänischen Regierung die Insel abkaufen?«

John schwenkte seinen Drehstuhl zur Seite und erhob sich. »Vielleicht haben Sie recht, Jana. Vielleicht habe ich die Komplexität der Zusammenhänge unterschätzt, als ich diesen Job angenommen habe. Ich dachte, es ginge lediglich darum, zwei Todesfälle aufzuklären und für die Sicherheit des Projekts zu sorgen. Polizeiliches Tagesgeschäft gewissermaßen ...«

Die Wissenschaftlerin lächelte leicht. »Tut mir leid, wenn ich ihnen da einen Strich durch die Rechnung machen musste.«

»Kein Problem. Ich werde meine Hausaufgaben machen. Kommen sie nachher in die Kantine? Ich halte eine kleine Ansprache.«

»Ich werde da sein«, versprach sie.

Auf dem Rückweg zu seinem neuen Büro machte John einen Abstecher in die Lohnbuchhaltung. Seine Papiere waren bereits vorbereitet. Man schaltete seine ID-Karte frei und händigte ihm zwei Paar Schlüssel aus. Für ein

Quad, mit dem er das Gelände erkunden, zur GREEC-Siedlung oder nach Narsaq fahren konnte, und für ein Apartment im Gästehaus des Bergbaukonzerns.

»Mit den besten Empfehlungen von Herrn Browning«, flötete die junge Dänin am Counter. »Schön, dass sich endlich jemand um unsere Sicherheit kümmert. Das war wirklich höchste Zeit.«

John, der sich darauf eingestellt hatte, in Narsaq eine Unterkunft zu suchen, ließ sich seine Überraschung nicht anmerken. »Danke. Das ist sehr großzügig. Wo genau befindet sich denn das Gästehaus?«

»Unten, am neugebauten Hafen an der Ilua-Bay. Gleich neben der Poststelle und dem Supermarkt, am Rand der Arbeitersiedlung. Ein dunkelrotes Holzhaus mit einer hübschen Veranda zum Hafen hinaus, können sie nicht verfehlen. Sie haben dort sogar einen eigenen Bootsanleger.« Die junge Frau beugte sich vor und flüsterte John verschwörerisch zu: »Sie sind das Tagesgespräch hier in Kvanefjeld! Die Arbeiter sind eigentlich harte Kerle, aber die beiden Morde haben sie eingeschüchtert. So sehr, dass sie mit Streik drohen. Wortführer ist einer von den LKW-Fahrern. Den sollten sie sich mal genauer anschauen ...«

»Danke für den Hinweis.« John bemühte sich um ein freundliches Lächeln – was ihm misslang – und ging zurück zu seinem Büro.

»Fuck! Sie sind das?« Der Riese im Overall, der vor seiner Bürotür auf ihn wartete, vermochte seine Überraschung nicht zu verbergen.

»Hallo Jacob, schön Sie zu sehen«, sagte John, »kommen sie doch rein. Und machen Sie die Tür hinter sich zu.«

Wenig später sank Jacob Sørensen ächzend auf den Besuchersessel, der ein ähnlich krächzendes Geräusch von sich gab. Er hatte den grellgelben Schutzhelm abgenommen und umklammerte ihn mit beiden Händen. »Bin ich jetzt meinen Job los, oder was?«, knurrte er.

»Keine Spur, Jacob.« John musterte sein Gegenüber. »Ich möchte lediglich das Versprechen einlösen, das ich Ihnen neulich in der Bar gegeben habe.«

»Versprechen?«

»Dass ich alles tun werde, um den Tod Ihrer beiden Kumpel aufzuklären und den oder die Verantwortlichen zur Rechenschaft zu ziehen. Dazu benötige ich allerdings Ihre Hilfe.«

»Meine Hilfe? Ausgerechnet?« Sørensen entspannte sich ein wenig. »Ich bin ein einfacher Minenarbeiter und habe nur einen Zweijahresvertrag ...«

»Und nicht den allerbesten Ruf, ich weiß. Aber als neuer Sicherheitschef brauche ich jemanden an meiner Seite, auf den ich mich verlassen kann. Jemanden, der sich hier auskennt, der mit den Leuten kann. Einen Assistenten.« John machte eine Kunstpause, beobachtete, wie es in seinem Gegenüber arbeitete. Wenn ihn sein Instinkt nicht trog, würde er Sørensen vertrauen können. Bei so etwas lag er selten daneben. »Natürlich werden Sie auch den Lohn eines Sicherheitsassistenten erhalten. Also ein paar hundert Euro mehr als derzeit.« John lehnte sich zurück und verschränkte die Hände. Er schwenkte mit dem Sessel leicht hin und her, während er Sørensen fixierte. Links und rechts. Und links und rechts.

»Hm ...« Jacob schien angestrengt nachzudenken.

Nichts, worin er Übung hatte, wie John vermutete. Dann kam er zu einem Entschluss.

»Also gut. Keine Ahnung, welcher *Qivittoq* Sie reitet, aber wenn die Kohle stimmt, bin ich dabei.« Sørensen erhob sich, reckte sich und setzte mit Schwung den Helm auf. »Womit fangen wir an ... Chef?«

Die Ansprache vor der versammelten zweiten Schicht der Minenarbeiter in der Kantine lief reibungslos. Die wenigen Zwischenfragen beantwortete John sachlich, und die Mehrheit der Anwesenden zeigte Erleichterung. Endlich war jemand da, der sich um die Sicherheit aller kümmerte. Es half außerdem, dass sein neuer Assistent einer von ihnen war. Darauf hatte John spekuliert. Als die Versammlung sich langsam auflöste, ging er nicht zurück in sein Büro, sondern fragte beim Küchenpersonal nach einer Schüssel mit einer großen Portion Fisch.

Draußen vor dem Eingang schaute er sich um. Qimmeq lag zusammengerollt neben der Treppe. Schlief er? Doch sobald der Hund ihn erblickte, erhob er sich. Er schüttelte sich den Staub aus seinem weißgrauen Fell und lief auf ihn zu. Ob es an John lag oder am Duft des Fischs, er stürzte sich mit Heißhunger auf die Schüssel. John schaute ihm zu, und ein Lächeln spielte um seine Mundwinkel.

In den folgenden Tagen versuchte John das Beste aus seiner bescheidenen Situation zu machen. Er telefonierte mit der Polizeistation in Narsaq, um Erkundigungen einzuholen, und rekrutierte weitere Mitarbeiter für sein Sicherheitsteam. Aus Reykjavík flogen IT-Spezialisten mit jeder Menge Hightech-Gerätschaften ein. Die Installation und Vernetzung der Überwachungskameras ging schnell von der Hand. John ließ die Wände zwischen den Räumen gegenüber entfernen, um Platz zu schaffen für die Sicherheitszentrale. Die Aufenthaltsräume seiner Security-Truppe lagen gleich nebenan. Sørensen erwies sich mehr und mehr als echte Hilfe. Was eine halb taktische, halb instinktive Entscheidung gewesen war, entpuppte sich als Glücksgriff. Der blonde Hüne stürzte sich in seine neue Aufgabe, organisierte Patrouillen und teilte Teams ein. Einmal am Tag drehte John mit dem Quad eine Kontrollrunde über das Tagebaugelände. Qimmeq begleitete ihn mit stoischer Ausdauer – er schien diese täglichen Ausflüge zu genießen, ganz zum Erstaunen der Minenarbeiter und der wenigen Inuit vor Ort.

Die Abende empfand John als trist und grau, wie das Land um ihn herum. Das Gästehaus an der Ilua-Bay, das ihm Browning zur Verfügung gestellt hatte, war für hiesige Verhältnisse zugegeben purer Luxus, und, gemessen an den Unterkünften der Minenarbeiter, war es geradezu unanständig bequem. Doch John kam nicht zur Ruhe. Immer wieder suchten ihn Alpträume heim. Zottelige Phantasiegestalten jagten ihn über den Eisschild. Er versuchte, zu fliehen. Im tiefen Schnee schwanden seine Kräfte schnell, und seine Verfolger holten ihn ein. Bevor sie mit langen Harpunen auf ihn einstachen, kreischten sie: »*Siku kisimi! Siku kisimi! Qivittoq, Qivittoq!*«

Wenn er schweißgebadet aufwachte, meist in den frühen Morgenstunden, vermochte er nicht mehr einzuschlafen. Oft torkelte er schlaftrunken hinaus und ließ sich auf dem hölzernen Bootsanleger vor seinem Haus nieder.

Seine Beine baumelten über den Rand des Stegs, während er auf den ersten kupferroten Schein der Sonne wartete, der an diesen Spätsommermorgen meist kurz nach sieben Uhr über das von zahllosen Eisschollen gekrönte Meer kroch. Weiter draußen türmten sich die Eisberge. Im Gegenlicht der frühen Sonnenstrahlen verwandelte sich ihr türkisblauer Schimmer zu einer grauschwarzen Silhouette auf der trägen Meeresoberfläche.

Wenn er hier so saß, hatte er des Öfteren Heimweh. Schmerzhaft vermisste er das lebhafte Grün der Parkanlagen in Aarhus. Sogar der Nordfriedhof, wo sie seinen Vater begraben hatten, erschien ihm in diesen Momenten ein lebensfroher Ort. Einzig Qimmeq, sein wolfsgleicher Schatten, spendete ihm ein wenig Trost. Manchmal, wenn sein neuer Begleiter die nasse Schnauze in seine Hand drückte und mit einem feuchten Schnaufen seine Zuneigung bekundete, vermochte John die aufkeimende Wehmut zu unterdrücken und das Naturschauspiel, das sich ihm darbot, zu genießen. Den schnellen Wechsel der Farben. Die Explosionen von Kupfer, Orange, Rot und violetten Schatten. Das Bleigrau des Atlantiks, das sich mit einem tiefen Blau mischte, gekrönt von weißen Gischtkämmen, wenn der auflandige Wind die Wellen vor sich hertrieb und sie die Holzpfeiler des Stegs glucksend und blubbernd umtanzten. Das hatte schon was.

Das schrille Fiepen riss John aus seiner morgendlichen Kaffee-Brühroutine. Mit einer hastigen Bewegung wollte er nach dem Walkie-Talkie greifen, das wie immer auf dem Küchentisch lag. Dabei schwappte ihm kochend heißes Wasser über die Finger. Er fluchte.

»Kaunak hier, was gibt's, Jacob?«

»Ich glaube, sie sollten schnell herkommen, Chef. Wir haben ein Problem!«

»Problem? Was ist denn passiert?« John stürzte hastig einen Schluck heißen Kaffee hinunter, setzte den Becher ab und rannte zur Tür. Im Vorbeilaufen griff er nach Anorak und Wollmütze.

»Sehen Sie den Lichtschein von ihrem Haus aus, Chef?«

»Welchen Lichtschein?« John riss die Tür auf und stürzte nach draußen.

»Tatsächlich, da flackert etwas, muss oben beim Kraftwerk sein ...«

»Genau da, Chef. Es brennt. Eine Trafostation scheint in die Luft gegangen zu sein. Die Feuerwehr ist gleich vor Ort ...«

»Gibt es Verletzte?«

»Keine Ahnung, Chef. Ich wollte warten, bis Sie hier sind.«

»Ich bin in ein paar Minuten da. Wir treffen uns direkt vorm Kraftwerk! Kaunak Ende.«

John drückte den Startknopf des Quads, riss am Gasgriff und raste mit durchdrehenden Reifen die Schotterstraße entlang aus der Siedlung hinaus. Quimmeq folgte ihm mit wilden Sprüngen. Der waghalsige Ritt die Piste hinauf zum Tagebaugelände dauerte nur wenige Minuten, obwohl die kurvige Strecke ihn mehrfach zwang, stark abzubremsen. Der Motor jaulte – John beschleunigte aus einer Spitzkehre heraus. Nur wenige hundert Meter bis zum Ziel. Er erkannte Jacob Sørensen, der umhereilte und die Feuerwehrleute anwies. Der Motor brüllte erneut auf, so laut, dass das, was danach geschah, in einer Lärmwelle unterging. Einzig das scharfe Knallen drang an Johns Ohren. Dann geriet das Quad in Schieflage.

»Verdammte Scheiße ...« Hatte da gerade jemand auf ihn geschossen? Oder täuschte er sich? John beugte sich über den Lenker und zwang das schlingernde Gefährt, in der Bahn zu bleiben. Er machte eine Vollbremsung. Noch bevor das Quad ganz zum Stillstand kommen konnte, warf er sich vom Sitz und rollte sich zur Seite ab. Im Schutz des Motorblocks sah er sich nach Sørensen um.

»In Deckung, Jacob! Ich glaube, jemand hat auf mich geschossen.«

John wartete einige Minuten, doch alles blieb still. Hatte er sich doch geirrt? Warum sollte jemand auf ihn schießen ... Er erhob sich vorsichtig und sah sich um. Die verunsicherten Feuerwehrleute taten es ihm nach. Qimmeq war nirgends zu sehen. Zu viele Menschen und der Gestank nach Verbranntem – das war nichts für ihn.

»Alles okay bei Ihnen, Chef?«, rief Sørensen, der auf ihn zugelaufen kam.

»Ja, nichts passiert. Nur das Quad hat es erwischt.«

»Kann man von der Trafostation nicht gerade behaupten«, sagte Sørensen. »Da hat jemand einfach eine Haftladung angebracht und vermutlich ferngezündet. Die Ölkühlung der Trafos hat's zerfetzt. Und wenn Öl erst mal brennt ... Zum Glück ist der Notstrom sofort angesprungen.«

»Niemand zu sehen. Wahrscheinlich bin ich nur über ein spitzes Stück Metall gefahren«, sagte John. »Lassen Sie uns mal den Schaden an der Station begutachten.«

In der Seitenwand des Containers, der die Trafostation beherbergte, klaffte ein mehrere Quadratmeter großes Loch, aus dem beißend riechender Qualm drang. Die geschwärzten Ränder des Explosionslochs hatten sich nach außen gewölbt. Im Innern zuckten in unregelmäßigen Abständen Überschlagsblitze. Das Feuerwehrteam nahm seine unterbrochene Arbeit wieder auf.

»So kann das nicht weitergehen.« John schüttelte den Kopf. »Kommen Sie!« Er packte Sørensen an der Schulter und zog ihn mit sich. »Ich habe da eine Idee ...«

Doch sie kamen nicht weit. Unten an der Schotterpiste, die sich Straße schimpfte, hatte sich eine Gruppe Minenarbeiter versammelt und schnitt ihnen den Weg zum Verwaltungsgebäude ab. Sie schienen aufgebracht.

»Das hat uns gerade noch gefehlt«, sagte John.

Ein junger Mann, der an der Spitze der Gruppe von etwa fünfzig Arbeitern stand, baute sich vor ihnen auf und blockierte so den Zugang zur Minenverwaltung.

John musterte den drahtigen Mann. Er war schätzungsweise Ende Zwanzig. Eine wilde Mähne quoll unter seinem Schutzhelm hervor. Er hatte so viele Haare, dass es fast wirkte, als würde der Helm über seinem Kopf schweben. Wie ein Heiligenschein, schoss es John durch den Kopf. Oder doch eher ein Scheinheiligenschein?

Er machte einen Schritt auf John und Sørensen zu. Seine Augen funkelten.

»Diese verdammten Anschläge müssen ein Ende haben!«, spuckte er aus. »Sie sind doch hier der neue Sicherheitschef. Also machen Sie gefälligst endlich Ihren Job!«

Das war allerdings interessant. Wie kam er darauf, dass es sich nicht um einen Unfall handelte? Wusste hier jemand mehr, als er preisgeben wollte?

»Was glauben Sie denn, was ich hier mache?«, antwortete John ruhig. »Name?«

»Peder Pedersen«

»Und, Herr Pedersen, sagen Sie mir eins: Wie kommen Sie darauf, dass es sich bei der Explosion um einen Anschlag handelt?«

»Nun ja ...« Er stockte.

»Wo waren Sie, als der Trafo in die Luft ging?«

»Ich? In der Kantine, mit den anderen. Wollen Sie mir etwas unterstellen?« Er sprach jetzt noch lauter.

»Kann das jemand bezeugen?« John sah sich in der Runde um. Die Männer drucksten herum. Schließlich meldete sich einer zu Wort, ein älterer Arbeiter mit rotem Helm, die Farbe der Sprengmeister.

»Ich habe Peder in der Kantine gesehen, glaube ich.«

»Glauben Sie?«

»Wenn Sie so fragen. Beschwören kann ich's nicht. Aber ich bin mir ziemlich sicher.«

»Ziemlich sicher, soso. Noch jemand, der sich ziemlich sicher ist? Wenn das nicht der Fall ist, dann würde ich vorschlagen, wir gehen alle wieder an die Arbeit. Ich ebenso wie Sie. Sollte Ihnen irgendetwas Ungewöhnliches auffallen, dann melden Sie das bitte unverzüglich.«

In den hinteren Reihen traten die Ersten den Rückzug an. Nach kurzem Murren trollte sich der Rest der Truppe.

Bevor er sich zum Gehen wandte, rief ihm Peder Pedersen noch zu: »Das war ein mieser Dreh, Kaunak. Die

Sache ist noch nicht zu Ende.« Dann hastete er hinter seinen Kollegen her.

Den ganzen Weg bis zur neu installierten Überwachungszentrale in der Minenverwaltung hatte Sørensen ein breites Grinsen im Gesicht.

KAPITEL 6

Der alte Mann kauerte hinter dem verblichenen Seezeichen, einem übermannsgroßen, aufrecht stehenden Anker, oberhalb des verfallenen Friedhofs von Ivittuut. Sein Jagdgewehr lag neben ihm im Geröll. Eigentlich war er auf Karibujagd. Die Herden zogen um diese Zeit gern durch die Hügel rund um die verlassene Minensiedlung, in der einst Kryolith gefördert wurde. Seit den achtziger Jahren stand sie leer. Hin und wieder verirrten sich Touristen hierher, ausgespuckt von Kreuzfahrtschiffen. Aber die Saison war kurz und der Nervenkitzel, den es auslöste, durch die verlassene Siedlung mit ihren rostigen LKW-Wracks und herumliegenden Maschinenteilen zu streifen, hielt nicht lange an.

Er presste sich den Feldstecher an die Augen. Es waren keine Karibus, die seine Aufmerksamkeit erregt hatten, denn die mieden Menschen. So, wie er selbst. Und unten, am Kiesstrand, waren eine Menge Menschen. Ungewöhnlich viele sogar. Er stellte das Jagdglas scharf. Er hatte Zeit. Er konnte warten.

Nach einer Weile war sich der alte Mann sicher: Das waren keine Einheimischen und schon gar keine Touristen oder Trekkingverrückte. Er beobachtete zwei Gruppen, die sich dort unten am alten Anleger trafen. Die eine bestand aus einem Dutzend Männer und einer Frau, die sie offensichtlich anführte. Sie waren mit ihren Quads über die asphaltierte Straße gekommen, die Ivittuut mit der nahegelegenen, verschlafenen Marinebasis verband. Jetzt waren sie damit beschäftigt, schwere Alukisten zu entladen und Zelte aufzuschlagen. Sie gingen routiniert vor. Die Frau, dem Aussehen nach vermutlich eine Chinesin, dirigierte ihr Team mit ruppigen Gesten. Kurz darauf traf von See her eine zweite Gruppe ein. Sie lenkten ihre motorisierten Schlauchboote an den Anleger. Er kannte den Fjord gut genug, um zu wissen, dass sie keine große Strecke zurückgelegt haben konnten. Aus gutem Grund bevorzugten Einheimische entlang der felsengespickten Küste Motorboote mit festem Rumpf.

Die Neuankömmlinge stiegen aus, wateten durch das niedrige Wasser und zogen dabei die Boote auf den flachen Strand. Dann wuchteten sie ihre Ausrüstung an Land. Aber was war das? Einer schob zwei junge Kerle vor sich her. Er drehte erneut an seinem Fernglas. Die beiden Jungen waren Inuit, das sah er sofort. Fischer? Womöglich kannte er einen von ihnen? Er musterte sie genauer. Beide waren gefesselt. Mittlerweile war die Gruppe an einem der Zelte angekommen. Die Frau, die das Kommando zu führen schien, trat hervor und sprach wild gestikulierend mit dem Anführer der Neuankömmlinge. Der nickte, salutierte und stieß den beiden Gefesselten in den Rücken, so dass sie vor ihr auf die Knie fielen. Die Frau zog eine Pistole aus einem verdeckten Holster, zielte kurz und drückte ab, zweimal. Als das Knallen der

Schüsse an seine Ohren drang, lagen die beiden bereits tot im Kies.

Der Alte setzte sein Fernglas ab. Was hatte er da mitangesehen? Er atmete schwer. Dann setzte er den Feldstecher erneut an. Die beiden Leichen waren verschwunden. Vier Männer in marineblauen Overalls schleppten Kisten mit Ausrüstung in eines der halb aufgebauten Zelte. Er glaubte Aufkleber darauf zu erkennen, vermochte aber nicht zu entziffern, was darauf geschrieben stand. Was zum einen an der Entfernung lag, zum anderen an den ihm unbekannten Schriftzeichen. Der Alte atmete tief und kontrolliert, bis das Zittern seiner Finger nachgelassen hatte. Er beobachtete, wie der Anführer der Ankömmlinge und die Schützin sich unterhielten. Sie wirkten entspannt. Die Frau lachte beiläufig.

Nach etwa einer Viertelstunde trennten sie sich. Der Anführer des Schlauchboottrupps salutierte zum Abschied zackig, was die Dunkelhaarige lässig quittierte, und winkte seine Leute zurück zu den Booten. Kurz darauf schossen die beiden Schlauchboote seewärts. Der Blick des alten Mannes folgte ihnen durch den Feldstecher, bis sich ihr Heckwasser im aufkommenden Nebel verlor. In der Ferne ertönte ein Nebelhorn. Irgendwo in seinem Rücken erklang leise das Antwortgeheul eines einsamen Polarwolfs fernab seines eigentlichen Lebensraums im Norden. Hoffentlich würden die Kampierer unten am Strand es nicht hören und den Hang heraufkommen, um nachzuschauen. Sie würden womöglich auf sein Quad stoßen. Er hatte es dort abgestellt, wo er im Winter sein Schlittenhunde-Gespann festmachte. Wie immer, wenn er zu Fuß Karibufährten folgte. Normalerweise bevorzugte er das Gespann. Aber auch dieses Jahr würde der Winter wieder auf sich warten lassen.

Sollte er seinen Standort wechseln? Um Details zu erkennen, um zu sehen, mit wem er es zu tun hatte, musste er näher heran. Ein steiniger Pfad, gesichert mit einem Seil, führte von seinem Versteck hinunter zur Kapelle neben dem Friedhof. Das Gelände dahinter war mit niedrigem Buschwerk bewachsen, hauptsächlich Zwergbirken, und würde ihm ausreichend Deckung bieten, bis er die ersten halbverfallenen Häuser erreichte.

Er schob die Schutzdeckel über die Linsen seines Fernglases, verstaute es in seiner Jacke und griff nach dem Jagdgewehr. Ein Beobachter, wenn es denn einen gegeben hätte, wäre verblüfft gewesen, wie behände der alte Mann hinab zur Bebauungsgrenze der Siedlung huschte.

Das Camp der Fremden lag unmittelbar am Strand, nahe der früheren Förderanlage. Vier geodätische Expeditionszelte, in einem Quadrat angeordnet. In der Mitte hatten sie eine Feuerstelle eingerichtet, um die sie jetzt herumsaßen, trinkend und diskutierend. Er schüttelte den Kopf. Wie auf dem Präsentierteller, dachte er. Die Anführerin war nirgends zu sehen.

Er schlich zum ersten Haus, achtete genau darauf, immer im Schutz der Zwergbirken zu bleiben. Es war mintgrün gestrichen – wie er vermutete, um den seltenen Touristen inmitten der Tristesse des voranschreitenden Zerfalls einen halbwegs freundlichen Anblick zu bieten. An der Hinterseite des Hauses angekommen, hielt er inne. Er atmete kontrolliert aus und spähte um die Ecke. Keine Veränderung. Die Männer, alles Chinesen oder zumindest Asiaten, wie er von hier aus mit bloßem Auge erkannte, prosteten sich weiterhin zu. Soeben tauchte die Anführerin wieder auf. Sie sprach lautstark in ein Satellitentelefon.

Jetzt konnte er sie durch den Feldstecher genauer erkennen. Eine Chinesin, um die vierzig Jahre alt, groß gewachsen, die schwarzen Haare hochgesteckt, offensichtlich daran gewöhnt, Befehle zu geben. Der Alte prägte sich ihre Gesichtszüge ein. Da rief einer der Untergebenen ihren Namen, trat zu ihr und sprach sie an. In den Ohren des Alten klang ihr Name wie Yu Lynn Hua. Den Titel davor vermochte er nicht zu verstehen. Irgendetwas Militärisches? Egal. Der Name genügte ihm. Er sollte sich in sein Gedächtnis einbrennen, so, dass er ihn nie mehr vergessen würde. Denn diese Frau hatte zwei seiner Landsleute kaltblütig exekutiert. Da er der Konversation nicht folgen konnte, beschloss er, sich zurückzuziehen. Er wollte sein Quad erreichen, bevor der Abendnebel über die Hänge kroch und ihm die Orientierung erschwerte. »*Siku kisimi*«, murmelte er und machte sich auf den Weg zurück.

KAPITEL 7

Der Supermarkt in Narsaq öffnete sehr früh am Morgen. Heute war John Kaunak einer der Ersten, die ihn betraten. Sein Quad parkte direkt vor dem Eingang. Glücklicherweise hatte ihm direkt am Vortag jemand den kaputten Reifen ersetzt. Er war darauf angewiesen. Qimmeq bewachte es oder tat in seiner Abwesenheit, was Grönlandhunde eben zu tun pflegten. Nach wie vor zog »der Fremde mit dem Hund« irritierte Blicke der Einheimischen auf sich. John scherte sich darum eben so wenig wie Qimmeq.

Kaffee, Milch, Butter, etwas Aufschnitt, Räucherfisch, Garnelen, Cornichons ... John orientierte sich. Dieser Supermarkt hätte irgendwo in Aarhus sein können. Alles war am gewohnten Platz. Er schob den Einkaufswagen vor sich her. Wo war das Shampoo? Er fand das schmale Regal mit Hygieneartikeln schnell. Genau zwischen den alkoholischen Getränken und einem Waffenregal. Schusswaffen im Supermarkt? Das war schräg. Er beäugte die Jagdgewehre, die dort in ihren Halterungen standen, nur durch eine verriegelte Stahlstange gesichert. Darunter lagen Munitionsschachteln aller möglichen Kaliber, frei zugänglich. »Mein Gott!«, entfuhr es ihm.

»Sie sind hier in Grönland, da ist das ganz normal«, kam es von hinten.

John drehte sich um. »Oh, Sie sind das?« Er erkannte die junge Frau sofort. Sie hatte ihm vor ein paar Tagen im Shuttlebus am Flughafen ihre Visitenkarte zugesteckt. Aka Høegh. Er hatte sich ihren Namen gemerkt, trotz seines miserablen Namensgedächtnisses.

»Sie erinnern sich an mich?«

»Sicher. Wie geht es den Orangenbäumen?«

»Bestens. Wir haben eine gute Ernte dieses Jahr.« Aka legte den Kopf ein wenig schief und sah ihn aufmerksam an. »Sie sind John Kaunak, der Däne, von dem hier alle reden, stimmt's?«

»Das scheint sich ja schnell herumgesprochen zu haben.«

»Wundert Sie das? Sie sorgen drüben in der Mine für ganz schönen Wirbel.«

»Das ist mein Job.«

»Und was machen Sie in Ihrer Freizeit? Sofern Sie Freizeit haben?« Aka spitzte die Lippen.

John zwang sich, seinen Blick von ihrem Mund loszureißen. »Nun, viel Zeit bleibt da nicht ...«

»Ach kommen Sie! Wir könnten doch zusammen was unternehmen. Waren Sie schon mal auf einem *Kaffemik*?«

»Ein Kaffee ... was?«

»*Kaffemik*. Das kennen Sie nicht? Dann ist es ja höchste Zeit.« Aka schüttelte lachend den Kopf. Das zu einem Pferdeschwanz gebundene Haar schlug ihr über die Schulter.

John schluckte.

»Mein Cousin feiert heute seinen sechzehnten Geburtstag. Deshalb lädt mein Onkel zum *Kaffemik* ein. Das Haus steht allen offen, die ihn besuchen wollen. Dazu gibt es Kaffee und Kuchen und allerlei grönländische Spezialitäten. Man kann kommen und gehen, wann man möchte. Begleiten Sie mich doch einfach.«

»Also gut.« John gab sich geschlagen, ihre Begeisterung war ansteckend. »Aber am Nachmittag muss ich wieder im Kvanefjeld sein. Und ich muss das hier nach Hause bringen.« Er deutete auf die paar Lebensmittel, die er in den Händen hielt.

»Kein Problem. Ich muss sowieso noch einkaufen.« Aka grinste und deutete auf das Regal. »Munition zum Beispiel.«

»Aber nicht für das *Kaffemik*?«

»Nein, nein, für die Farm.«

John stimmte in ihr Lachen ein.

»Treffen wir uns in einer Stunde hier vor dem Eingang«, schlug Aka vor. »Es ist nicht weit, wir können hinlaufen. Ich sehe Sie dann!«

Sie drehte sich um und wirbelte mit drei Schachteln Gewehrmunition und einer Packung Flüssigseife Richtung Gemüseabteilung. John sah ihr hinterher.

Wenig später standen sie vor einem zweigeschossigen Holzhaus. Es war blutrot gestrichen, wie viele der Häuser im Ort, und seine weißen Fensterrahmen und Terrassengeländer leuchteten in der Mittagssonne. Das Gartentor stand offen, ebenso die Haustür.

»Können wir einfach so reingehen?« Johns dänische Erziehung meldete sich zu Wort.

»Aber klar, wir sind bestimmt nicht die Ersten.« Aka zog ihn mit sich.

Qimmeq, der mit ihnen gekommen war, zog es vor, draußen seinen eigenen Geschäften nachzugehen.

Das Wohnzimmer, in das sie eintraten, war rappelvoll und ganz anders, als John es erwartet hatte. Er entdeckte einen großen Flachbildfernseher mit Surround-Anlage, auf einem Sideboard stand ein MacBook. Das Robbenfell an der Wand und den Narwalzahn auf einem Sockel verbuchte er als landestypisch. Akas Onkel Lars und Gerda, seine Frau, begrüßten sie mit großem Hallo. Stig, Akas Cousin, tat, was Jugendliche in seinem Alter tun, er daddelte auf seinem Smartphone. Mehr als ein kurzes »Hi, Aka« kam nicht von ihm.

»Das hier ist John, der neue Sicherheitschef vom Kvanefjeld.« Aka winkte in die Runde. An John gewandt sagte sie: »Die meisten hier sprechen Dänisch oder Englisch. Wenn jemand grönländisch redet, übersetze ich es Ihnen.«

»Greifen Sie zu, John«, sagte Lars, »Sie haben Glück, es ist alles da, was unsere Küche zu bieten hat.« Er wies auf den langen Esstisch, um den sich ein Teil der Anwesenden versammelt hatte. »Wir haben *Suaasat* gekocht, es gibt getrockneten Kabeljau, Garnelen, rohe Seehundleber und Seehundnieren, ganz frisch. Dazu Cornichons. Wenn Sie mögen, gibt's auch *Mattak* ...«

»Das müssen Sie unbedingt probieren!« Aka schubste ihn zum Tisch. »Suffia, Oke, rutscht ihr mal ein bisschen?«

John setzte sich und warf einen Blick auf das Buffett. »Ich habe gehört, ihr habt auch Kaffee und Kuchen?«

»Hier wird nicht gekniffen, John! *Mattak* ist eine Delikatesse. Kaffee gibt's später.« Aka zeigte kein Erbarmen. Sie häufte ihm eine Portion Narwalhaut in Würfelform auf einen Teller. Das Zeug war immerhin extrem vitaminreich, wie John wusste. »Als Sicherheitschef müssen Sie sich mit den hiesigen Gewohnheiten vertraut machen.« Ihr Grinsen sprach Bände. Die Gäste rundum sahen allesamt aus, als könnten sie es sich nur mühsam verkneifen, zu kichern.

John entschloss sich, keine Miene zu verziehen, komme, was wolle. Er schob sich einen der Würfel in den Mund und hatte das Gefühl, er habe auf ein Gummibärchen gebissen, und dann dieser Geschmack von … Er kramte in seinen Erinnerungen … Mandeln? Haselnüssen?

»Das ist erstaunlich. Nein, richtig lecker!«

»Na, habe ich dir zu viel versprochen?« Aka klatschte in die Hände. Ihre Augen funkelten.

Die anderen Gäste prosteten John zu. Er prostete zurück. Und erst da realisierte er, dass Aka ihn gerade geduzt hatte.

Später würde er sich diesen *Kaffemik* erinnern als jenen Moment, in dem er zum ersten Mal das Gefühl hatte, auf Grönland angekommen zu sein – überhaupt irgendwo angekommen zu sein. Oder lag es schlicht daran, dass es ihm gelungen war, einen Bogen um die rohen Seehundnieren zu machen?

Mitten im familiären Treiben meldete sich Johns Smartphone. Das Walkie-Talkie hatte er nicht eingesteckt. Die Entfernung zum Tagebau war zu groß.

»Was gibt's, Jacob?«

»Sorry, wenn ich nerve, Chef. Aber wir brauchen Sie hier.«

»Ein Unfall, ein Anschlag? Was ist denn los?«

»Nein. Aber hier geht nichts mehr. Die Leute streiken.«

»Pedersen ...«

»Vermutlich. Jedenfalls haben mehr als die Hälfte der Minenarbeiter die Arbeit niedergelegt. Vor der Verwaltung findet eine Demo statt. Mit Plakaten und all so was.«

»Okay. Halten Sie sich an das, was wir besprochen haben, und unternehmen Sie ansonsten nichts, Jacob. Ich bin auf dem Weg.«

John schaffte die Strecke zum Tagebaugebiet in Rekordzeit. Er parkte das Quad und machte sich auf die Suche nach seinem Assistenten. Der mühte sich mit einem halben Dutzend anderer Sicherheitsleute, die Menschenmenge davon abzuhalten, das Verwaltungsgebäude zu stürmen. Selbst Browning hatte sich aus seinem Büro gewagt, um ihn zu unterstützen. John drängte sich durch die Reihen der Demonstranten und erklomm die Stufen zum Eingang. Er wandte sich an die Menge.

»Beruhigen Sie sich doch! Was ist passiert? Was soll der Aufstand?«

»Nichts ist passiert! Das ist genau das Problem.« Peder Pedersen schob sich nach vorn. Wie vermutet war er der Wortführer. »Sie haben uns Veränderungen versprochen, aber wir sehen nichts dergleichen. Das war nur leeres Gerede!«

John warf einen Blick hinüber zu Sørensen. Der zuckte mit den Schultern.

Jetzt hob Pedersen die Arme und der Lärm verstummte. Er hat seine Leute gut im Griff, dachte John. Das würde nicht leicht werden.

Pedersen sah ihm in die Augen. Ein hämisches Lächeln im Gesicht. »So schnell sehen wir uns wieder, Kaunak. Ich hatte es Ihnen ja versprochen.« Er sprach so leise, dass nur John und Sørensen es hörten. Dann hob er die Stimme.

»Zwei Tote, zig Brandanschläge, demolierte Maschinen, die gesprengte Trafostation, so kann das nicht weitergehen!« Das zustimmende Gemurmel der Menge schien ihn anzuspornen.

»Unsere Arbeit ist schwer genug. Wir wollen endlich Sicherheit« Wieder Zustimmung.

»Wir werden uns erst hier wegbewegen, wenn Sie uns ein überzeugendes Konzept vorlegen.« Aus der Menge ertönten Rufe, Plakate wurden geschwenkt. Darauf Parolen wie *Sicherheit für die Mine!* Oder *Sicherheit zuerst!* Wenig kreativ, wie John fand.

»Meine Herren, ich verstehe, dass Sie enttäuscht sind. Bitte verzeihen Sie, dass wir uns bisher mit Informationen über neue Sicherheitskonzepte in Schweigen gehüllt haben. Das hatte seine Gründe.« John gab Sørensen einen Wink.

Was von den Geräuschen der Demonstranten bisher übertönt worden war, schwoll jetzt zu einem lauten Surren an. Aus dem Himmel über der Menge schwebten Drohnen herab. Zwei, drei, fünf, zehn, immer mehr tauchten auf. Die Minenarbeiter zogen die Köpfe ein. Rufe wurden laut.

Die sind einfach zu beeindrucken, dachte John. Kein Wunder, dass Pedersen leichtes Spiel mit ihnen hatte.

»Das sind Kameradrohnen. Insgesamt zwanzig Stück. Sie werden ab heute über der Mine eingesetzt. Nach einem festen Muster. Wir werden keinen Quadratzentimeter des Tagebaus unbewacht lassen.« John deutete hinüber zu Sørensen. »Unser Sicherheitsteam wird die Bilder auswerten. Rund um die Uhr, im Dreischichtbetrieb. Wenn sich irgendetwas rührt, werden wir es sehen und können sofort reagieren.« John sah Pedersen an und stellte mit Genugtuung fest, dass er um ein paar Zentimeter zu schrumpfen schien. Dann wandte er sich wieder an die Menge.

»Ich verstehe, dass Sie Bedenken haben. Sie wollen sich hier sicher fühlen. Das ist Ihr gutes Recht, und es ist meine Pflicht, dafür zu sorgen. Ich hoffe, es ist deutlich geworden, dass ich meine Aufgabe sehr ernst nehme.«

John senkte seine Stimme zu einem Flüstern und fixierte Pedersen. »Das ist doch genau das, was Sie gewollt haben, oder? Sicherheit für alle und keine Chance mehr für Saboteure.«

Pedersen nickte und wandte sich wortlos ab. Mit ihm an der Spitze zerstreute sich die Menge.

»Ich traue ihm nicht« Sørensens Blick folgte Pedersen.

»Ich auch nicht, Jacob, ich auch nicht.«

Browning erschien und klopfte John gönnerhaft auf die Schulter, bevor er zurück in sein Büro eilte. »Gute Arbeit, Kaunak! Ihre Chefin hat nicht zu viel versprochen.«

Sørensen spuckte auf den Boden. »Anzugträger, verdammter. Solange die Zahlen stimmen und wir malochen, geht ihm alles andere am Arsch vorbei.«

»Beruhigen Sie sich, Jacob. Ohne sein Budget könnten wir unseren Job hier nicht machen. Übrigens haben Sie den Nachmittag frei, ich brauche Sie an meiner Seite.« John ging in Richtung seines Quads und winkte Sørensen, ihm zu folgen. Er trat in seinen Ermittlungen auf der Stelle, sein Job als Sicherheitschef hatte ihn viel zu sehr eingenommen, und dieser Pedersen erschwerte ihm zusätzlich die Arbeit. Er musste sich den Tatort mit eigenen Augen ansehen. Vielleicht würde ihm das auf die Sprünge helfen? Außerdem hatte er das Gefühl, dass Sørensen einer der wenigen war, denen er hier vertrauen konnte. Sørensen folgte ihm, er machte ein verdutztes Gesicht. »Wir machen einen kleinen Ausflug, Jacob. Zu der Stelle, an der Ihre Kumpels ermordet wurden.«

Mit den Quads waren es bei gemächlicher Fahrt nur wenige Minuten zu dem Ort, an dem alles begonnen hatte. Mit Qimmeq an ihrer Seite schritten sie das Gelände ab. Sørensen führte John an den Flotationszellen vorbei zu zwei mannshohen Schaltschränken, die im rechten Winkel zueinander standen.

»Hier haben wir Ole und Morten gefunden.« Er demonstrierte, wie und wo genau die beiden Toten gelegen hatten. »Die Figur stand genau zwischen ihnen.«

»Stand? Sie lag nicht?«

»Jep, sie stand aufrecht. Es war zwar alles eingeschneit. Aber wir haben nichts verändert. Die Polizei von Narsaq kam eine halbe Stunde später an und hat alles gesichert. Ich war dabei. Die Figur stand hier und glotzte in die Gegend. Ganz sicher.«

Der *Tupilak* war also keinem der beiden aus der Tasche gefallen. Er wurde mit voller Absicht neben den Mordopfern platziert. Zwei Mordopfer, die so dicht beieinander lagen, beide gleichzeitig harpuniert? Das musste das Werk von zwei Angreifern sein, nicht einem. John sah sich um. »Lass uns den Hang dort hinten hochklettern. Ich muss mir einen Überblick verschaffen.« Er deutete Richtung Abbruchkante.

Oben angekommen erwartete sie ein fast ebenes Felsplateau, von dessen Rand aus man den gesamten Kessel des Tagebaus überblicken konnte. »Trostloser Anblick«, sagte John und drehte sich um. »Wir gehen mal da rüber.« Er wies zur anderen Seite des Felsplateaus. »Irgendwie müssen die Täter ja hergekommen sein.«

Sie waren keine zweihundert Meter weitergegangen, da hatten sie schon das andere Ende des Felsens erreicht. Dahinter fiel der Hang fast senkrecht ab und endete weiter unten im Fjord. In der Ferne trieben ein paar kleinere Eisschollen auf dem Wasser.

»Dachte ich mir fast. Es gibt nur zwei Wege, hierherzugelangen. Von unten, aus dem Tagebau ...«

»Oder aus der Luft.« Sørensen sog scharf den Atem ein. »Verdammt!«

»Wir können uns auf den Rückweg machen. Wenn wir wieder unten sind, rufen Sie die umliegenden Heliports und den Tower des Flugplatzes in Narsasuaq an. Finden Sie heraus, ob und wann es an dem Tag Flüge in unsere Richtung gab. Irgendwann zwischen acht Uhr morgens und vier Uhr nachmittags.«

»Spielen wir jetzt Polizei, Chef?«, fragte Sørensen. John warf ihm einen strafenden Blick zu, und es genügte, um ihn zum Schweigen zu bringen.

Auf dem Weg zurück sinnierte er darüber, wie unterschiedlich Polizeiarbeit doch aussehen konnte. In Aarhus wäre umgehend die Spurensicherung am Tatort eingetroffen, und die Forensiker hätten längst den exakten Todeszeitpunkt ermittelt. Ohne diese Informationen blieb er auf Mutmaßungen angewiesen. Seriöse Polizeiarbeit sah anders aus. Aber wem sagte er das? Ihm blieb nichts anderes übrig, als einen Minenarbeiter in seine Ermittlungen einzubeziehen. Hier war eben alles anders.

Eine Horchstation der U.S. Navy irgendwo an der Küste der Hayes-Halbinsel im Norden Grönlands

»Was gibt's, Lieutenant?« Sid Robinson gähnte. Das hier war sein letztes Dienstjahr bei der Navy, und dass er es am Polarkreis verbringen sollte, war ihm so gar nicht recht. Er sah auf.

»Schraubengeräusche, Sir! Irgendwo weiter im Süden, vor der Westküste. Sie entfernen sich ...«

»Können Sie das näher definieren?«

»Schwierig, Sir. Sie sind gedämpft. Ich dachte erst, ein russisches U-Boot, aber ...«

»Aber was?«

»Das Sonarsystem sagt etwas anderes.«

»Geben Sie Alarm.«

KAPITEL 8

In der neuen Überwachungszentrale im Obergeschoss der Minenverwaltung des Tagebauprojekts Kvanefjeld machte sich Hektik breit. John hatte alle abkömmlichen Mitarbeiterinnen und Mitarbeiter seines Sicherheitsteams zusammengetrommelt. Der Testlauf des Videoüberwachungssystems stand unmittelbar bevor.

»Alles bereit?« John warf einen Blick in die Runde und hob die Hand. Er atmete tief durch, dann sagte er: »Jetzt!«

Schlagartig bauten sich auf den Wandmonitoren die Bilder der Drohnenkameras auf: zehn, zwölf, fünfzehn, zwanzig Stück. Aus unterschiedlichen Flughöhen und Perspektiven bildeten sie das Abbaugebiet ab. Weitere zwanzig festinstallierte Kameras komplettierten das Überwachungsnetz.

»Sieht gut aus«, sagte John. »Die Drohnen über den Abbauterrassen können wir etwas höher ziehen. An die kritischen Punkte unserer Infrastruktur müssen wir näher herangehen. Wenn etwas passiert, dann zuerst dort.«

In der kommenden Stunde spielte er mit seinem Team verschiedene Szenarien durch und beobachtete, wie sie sich mit der Steuerung vertraut machten.

»Das wäre nix für mich«, sagte Sørensen. »Der ganze digitale Kram hier.«

»Ich weiß. Sie sind mein Mann fürs Grobmotorische.«

»Grob ...?«

»Handfest«, schob John schnell hinterher.

»Ach so.« Sørensen ballte die Faust. »Stimmt wohl.«

»Haben wir schon Infos von den Heliports und vom Flugplatz?«

»Bisher noch nicht. Sie wollen sich im Lauf des Vormittags melden. Ist wohl viel los im Moment.«

»Machen Sie denen ruhig Beine, Jacob. Irgendwie habe ich das Gefühl, dass hinter dieser ganzen Sache weit mehr steckt, als wir bisher angenommen haben.«

Sørensen runzelte die Stirn. »Sie glauben, die verdammten Inuit stecken dahinter?«

»Jacob, bitte!«

»Meinen Sie etwa, die Einheimischen haben nichts damit zu tun? Aber die Harpunen und die komische Figur?«

»Keine voreiligen Schlüsse, bitte. Wir machen doch hier Polizeiarbeit, Jacob«, sagte John mit einem Augenzwinkern.

»Sicher waren es böse Geister!« Sørensen brach in Lachen aus.

»Geister fliegen nicht im Helikopter.« John seufzte.

»Ich weiß nicht, Chef, auf Grönland ist alles möglich.«

In der Kantine gab es heute Mittag Karibu-Eintopf. John mochte die nussige Note des Wildfleischs. Er packte sich zwei Donuts dazu und setzte sich an einen freien Tisch. Die Vorliebe der Grönländer für rohes Karibufleisch vermochte er nicht zu teilen. An das Süßgebäck zum Eintopf musste er sich ebenfalls gewöhnen. Aber ansonsten ... Kurz wanderten seine Gedanken zurück zum *Kaffemik* mit Aka und ihren Verwandten. Er hatte sich selten so willkommen gefühlt wie bei diesen ihm wildfremden Menschen.

»Sie hatten recht, Chef! Sie könnten Kommissar sein.« Sørensen ließ sich auf den Stuhl ihm gegenüber fallen und wedelte mit einem Stapel Papiere. John packte das schlechte Gewissen. Würde er ihn in sein kleines Geheimnis einweihen können?

»Immer mit der Ruhe, Jacob. Holen Sie sich einen Teller Eintopf, und dann erzählen Sie, was Sie herausgefunden haben.«

Ein Vorschlag, dem er nur zu gern nachkam. Nachdem er mit der Effizienz eines Abraumbaggers den Großteil seiner Riesenportion Karibufleisch vertilgt hatte, legte er das Besteck aus der Hand und griff nach dem Papierstapel.

»Es gab tatsächlich einige Heliflüge an besagtem Tag. Aber nur ein einziger ging in Richtung unserer Mine.«

»Okay, und?«

»Es war weder ein Heli von Air Greenland noch einer der kleineren Gesellschaften.« Sørensen legte eine dramatische Pause ein, bevor er das Rätsel auflöste.

»Die verdammte China Construction International Corporation!«

»Jacob!«

»Verzeihung, Chef. Es handelt sich um einen Helikopter der CCIC.«

»Das Unternehmen, das den Great Greenland Circle baut? Interessant.«

»Die Zeit würde passen. Der Heli war etwa zwei Stunden vor dem Doppelmord hier in der Gegend. Genaue Flugdaten hab ich leider keine. Der Flug war nicht angemeldet. Im Tower von Narsasuaq waren sie deswegen ziemlich irritiert. Auch wenn es nicht das erste Mal war, dass ein CCIC-Heli unangemeldet rumschwirrte. Sagt jedenfalls mein Kumpel dort.«

»Sehr gut, Jacob. Wir machen noch einen richtigen Ermittler aus Ihnen. Essen Sie auf, wir haben zu tun!«

Zurück im Überwachungszentrum verteilte John Aufgaben. Sørensen und seine Truppe sollten alles an Material über die CCIC zusammensuchen, das sie finden konnten. Social Media-Posts, Zeitungsberichte, Interviews, Podcasts, alles. John telefonierte währenddessen mit der Polizeistation in Narsaq. Er bat Silpa und den Polizeichef, die CCIC in der Hauptstadt Nuuk offiziell zu kontaktieren, um mehr über den unangemeldeten Heliflug zu erfahren. John ging in Gedanken die Liste seiner Tatverdächtigen durch. Einheimische Separatisten, die Kvanefjeld aus politischen Gründen sabotieren wollten? Nicht unmöglich, aber auch nicht sehr wahrscheinlich. Warum sollten sie ein Projekt torpedieren, das Grönland einen Weg in die erhoffte Unabhängigkeit von Dänemark bot? Selbst wenn in so manchem Diskussionsforum Gerüchte von einer »Zweiten Kolonialisierung« die Runde machten. Solange die Bergbaukonzerne die von Nuuk geforderten Summen zahlten, würden die Separatisten stillhalten. Militante Umweltaktivisten, denen der Tagebau ein Dorn im Auge war? Laut Dr. Liebermann ging die Seltene-Erden-Förderung mit einem erheblichen Umweltrisiko einher – gelinde gesagt. Wie weit würden die Aktivisten gehen? Kleinere Sabotageakte, ziviler Ungehorsam, das sicher. Aber waren sie bereit, aus Überzeugung zu morden? Eher nicht. Gewiss, es gab in der Szene durchaus Gewaltpotenzial. Ob auch in Kreisen der NAW, wusste er nicht. Blieben die Mitarbeiterinnen und Mitarbeiter der Chinese Construction International Corporation. Was hatte das Bauunternehmen mit dem Tagebau zu schaffen? Das war nicht ihre Baustelle. Buchstäblich. Was sollte ihr Motiv sein? Dass einer ihrer Helis zur Tatzeit in der Nähe gesichtet worden war, konnte Zufall sein, auch wenn er unangemeldet gewesen war.

»Chef?« Sørensen riss ihn aus seinen Überlegungen.

»Ja?«

»Ich glaube, die Chinesen können wir von der Liste streichen. Schauen Sie mal.« Er schaltete an einem der Wandbildschirme auf den Nachrichtenkanal um. »KNR2 sendet gerade eine Livereportage von der größten CCIC-Baustelle in der Hauptstadt.«

Schweigend blickten sie auf den Monitor, und was sie sahen, ließ keinen Zweifel zu: Bilder von umgestürzten Absperrungen, Baufahrzeugen mit zerstochenen Reifen, beschmiert mit *Chinese, go home* Graffitis. Aus dem Off tönte der Kommentator: »... hat das chinesische Konsulat in Nuuk offizielle Beschwerde bei der grönländischen Regierung eingelegt und droht mit der Einstellung des Projekts ...«

»Das war's dann wohl. Die CCIC ist ebenfalls Zielscheibe. Was denken Sie, Chef?«

John rümpfte die Nase. »Sieht aus, als hätten wir es mit

Separatisten zu tun. Nach dem Motto: Grönland den Grönländern.«

»Naja, irgendwie ist es ja ihr Land.«

»Und das sagen Sie, Jacob, der Sie so gern über die Einheimischen herziehen?«

»Das ist was anderes, Chef.«

»Da gibt es doch diese Organisation, wie heißt sie noch mal? Söhne und Töchter Nunaats. Über die sollten wir uns mal schlaumachen. Wie wär's, Jacob? Noch haben Sie nicht Feierabend.«

»Sie meinten, ich hätte den Nachmittag frei, Chef ...«, brummte er, dann ging er an die Arbeit.

Die Stunden verrannen. John hielt sich mit reichlich Koffein über Wasser. Immer wieder schaute er hinüber zu Sørensen, der konzentriert auf den Bildschirm seines Rechners starrte und die Tastatur bearbeitete. Erstaunlich, das Muskelpaket mit dem aufbrausenden Temperament entpuppte sich als echte Hilfe. Ob er ihm mehr zumuten konnte? Er war zu seinen Aarhuser Zeiten schließlich ebenfalls an seinen Aufgaben gewachsen. Das ein oder andere Mal sogar über sich hinaus. Bis die Rückschläge auf ihn eintrommelten. Er selbst war daran schuld gewesen, das hatte er sich längst eingestehen müssen. Nichts war von Dauer. Am allerwenigsten der Erfolg.

Rufe aus der Überwachungszentrale rissen ihn aus seinen Gedanken.

Als er zeitgleich mit Sørensen im Monitorraum eintraf, hatte sich eine Gruppe vor einem der Bildschirme versammelt. Sie gestikulierten.

»Das ist einer von unseren Leuten!« Jemand deutete auf das Standbild. Ein Wachmann lag am Boden. Mit verdrehten Gliedern und regungslos.

»Wo ist das?« John scheuchte die Truppe auseinander.

»Nicht weit vom Bunker mit den Sprengmitteln.« Der IT-ler schwenkte die Kamera am Flachdach des Betongebäudes. Der Blickwinkel war nicht optimal, aber die Kamera ließ sich nicht besser ausrichten.

»Schickt eine Drohne hin und sucht die Umgebung ab. Alarmiert die Sanis und die örtliche Polizei. Ich fahre mit Sørensen rüber.« John hastete nach draußen.

Mit den Quads erreichten sie Minuten später den Sprengstoffbunker. Direkt vor der verschlossenen Stahltür lag der Wachmann. An seiner Schläfe klaffte eine unschöne Wunde. John tastete nach seinem Puls.

»Er lebt noch. Die Kopfwunde sieht böse aus. Wo bleiben die Sanis?«

»Müssten gleich hier sein. Die Tür sieht nicht aus, als wäre sie geöffnet worden. Aber hier sind Spuren rund um das Schloss. Und ein winziges Bohrloch. Fuck! Er muss jemanden überrascht haben.«

»Ich kenne ihn. Ein junger Inuk, den ich vor ein paar Tagen erst eingestellt habe.« John sprach mit heiserer Stimme.

Sørensen bückte sich und hob etwas auf. »Was ist das?«

Er reichte es ihm. John wog das schwarze Etwas in der Hand. Ein Kästchen mit winzigem Display und Stummelantenne. »Irgendein Signalgeber. Das schauen wir uns nachher an. Erst muss er in eine Klinik.«

Minuten später trafen die Sanitäter ein. Sie vermuteten, dass er ein schweres Schädeltrauma und Prellungen in der Rippengegend hatte, vermochten aber nichts weiter zu unternehmen. Ein Rettungshubschrauber musste den Schwerverletzten zum Hospital nach Nuuk fliegen. Gerade, als die Sanitäter die Trage mit dem bewusstlosen Jungen in den Heli hieven wollten, kam er zu sich. John beugte sich zu ihm hinunter. Der junge Wachmann bemühte sich, zu sprechen, zog John näher zu sich. Dann hauchte er ihm ein Wort ins Ohr, ein einziges Wort, und John lief es heiß den Rücken hinunter.

»Verdammt.« John atmete schwer. Das durfte nicht wahr sein.

Qivittoq.

Er hoffte inständig, dass der Junge überleben würde. Er war ihr erster Augenzeuge. Hatte er sein Sicherheitsteam in Gefahr gebracht? So, wie damals ... Sein Mund war staubtrocken. Er versuchte, zu schlucken.

Qivittoq.

Ausgerechnet dieses Wort. Was hatte es damit auf sich? Verdammte mythische Märchenwesen aus der Hölle des Inlandeises. Irgendwie schienen sie ihn zu verfolgen. Sie waren nicht real. Oder?

»Alles okay bei Ihnen, Chef?« Wieder war es Sørensen, der ihn aus seinen Gedanken riss.

»Ja, schon gut. Der Junge war ... ist gerade erst neunzehn. Er hätte Besseres verdient. Wir werden die Patrouillen auf Zwei-Mann-Teams umstellen. So etwas darf nicht noch einmal passieren.«

Im Überwachungszentrum herrschte nach wie vor Hochbetrieb. John empfand Stolz für sein Team, aber er wusste: Es stand ihnen einiges an Arbeit bevor.

»Das ist er!« Einer der IT-Leute stoppte eine Aufzeichnung, die auf einem Monitor vor ihnen lief, und die von einer der Überwachungskameras stammte.

John beugte sich zu ihm hinab und tippte mit dem Finger auf einen Schemen. »Können Sie das vergrößern?«

»Das ist der Täter«, sagte Sørensen überzeugt. »Komische Klamotten. Ist das Robbenfell?«

»Ich krieg ihn nicht schärfer«, sagte der IT-ler. »Selbst wenn ich einen Schärfungsfilter drüberlege. Außerdem trägt er eine Art Maske.«

»Sieht aus wie ein *Qivittoq*.«

John drehte sich um. Wer hatte das gesagt?

Einer seiner Sicherheitsmänner schob sich nach vorne. Es war der älteste der sechs Inuit, die John eingestellt hatte.

»Genau so habe ich mir diese Wesen immer vorgestellt. Meine Großmutter hat mir Gruselgeschichten von ihnen erzählt, als ich noch ein Kind war. Das sollte uns helfen, im Eis unsere Ängste zu kontrollieren. Sie weiß alles über den *Qivittoq*. Sie hat sogar selbst mal einen getroffen.«

»Lebt deine Großmutter noch?«

»Ja, in einem Seniorenheim in Nuuk.«

»Ich würde mich gern mal mit ihr unterhalten.«

Die weitere Auswertung der Videoaufzeichnungen brachte nichts Neues zutage. Sie hatten sich die Szene ungefähr hundertmal angesehen: Der Wachmann kontrollierte etwas am Schloss des Sprengstoffbunkers. Irgendetwas veranlasste ihn dazu, sich umzuwenden. Eine Vorahnung? Eine von Kopf bis Fuß in Robbenfelle gehüllte Gestalt warf sich auf ihn und brachte ihn zu Fall. Sein Schutzhelm rollte durch den Schnee. Er versuchte, sich wieder aufrappeln. Als er den Kopf hob, traf ihn ein Schlag an der Schläfe. Das Schneetreiben verschleierte die Sicht zusätzlich. Es folgten schemenhafte Bewegungen, bis das Kamerabild in Rauschen überging ... dann nichts mehr.

»Das bringt uns nicht weiter«, sagte John, der hinter dem Stuhl eines Mitarbeiters stand und ihm über die Schulter schaute. »Ich muss nach Nuuk. Gleich morgen.«

»Soll ich mitkommen, Chef?«, fragte Sørensen, der ihm kaum mehr von der Seite wich.

»Nein, Jacob. Sie bleiben hier. Ich werde nicht lange weg sein.« Er trommelte mit den Fingern auf die Rückenlehne des Stuhls vor sich. »Ich werde dem Seniorenheim einen Besuch abstatten.« Dass er außerdem unbedingt in die Klinik wollte, verschwieg er. Er hatte ein schlechtes Gefühl bei der Sache.

»Sie glauben doch nicht an diesen Geisterkram, Chef?«

»Nein, natürlich nicht.«

Qivittoq.

John schluckte.

Den Abend verbrachte John auf der Holzbank vor dem Gästehaus. Er tippte Notizen in sein Smartphone und schickte die obligatorische wöchentliche Nachricht an seine Mutter in Aarhus – seine Probleme vor Ort ließ er unerwähnt.

Die überdachte Terrasse bot ausreichend Schutz vor dem leichten Nieselregen, der eingesetzt hatte. Es roch nach Salz, nasser Erde und Vogelkot. Ganz anders als zu Hause. Qimmeq stromerte ums Haus herum, bevor er sich irgendwann vor Johns Füßen zusammenrollte. Was würde er morgen in Nuuk wohl herausfinden? Der Chirurg der interdisziplinären Notfalleinheit, mit dem er telefoniert hatte, war kurz angebunden gewesen. Ja, der Patient sei eingetroffen, aber nicht wieder bei Bewusstsein. Ja, die Kopfwunde sei schwer. Neurologische Komplikationen seien nicht auszuschließen. Man könne vorerst nichts sagen, und er möge doch morgen erneut anrufen oder selbst vorbeikommen.

John sah hinaus auf das schwarzblaue Wasser des Fjords. Kaum Dünung. Nur das leise Plätschern und Gurgeln des an- und ablaufenden Wassers unter den Stützbalken der Veranda war zu hören. Und Qimmeq, der sich mit dem Hinterlauf kratzte.

»Was für einen Narren hast du bloß an mir gefressen?«

John kraulte ihn hinter den Ohren. Qimmeq stellte die Fellpflege ein und genoss die Berührung, ganz entgegen seiner wilden Natur. John überlegte. Sein Flugticket war am Flugplatz Narsasuaq hinterlegt. Der Flug in die Hauptstadt würde etwas länger als eine Stunde dauern. Ein Streifenwagen würde ihn am Flughafen abholen. Aber was der Tag bringen würde, wussten die Götter. Er hoffte, dass der Wachmann, wenn er denn aufwachte, den Angreifer genauer beschreiben konnte. Bisher war die Faktenlage erschreckend dürftig. Aus dem Sprengstoffbunker war nichts entwendet worden. Sie hatten alles überprüft. Zweimal sogar, da John darauf gedrängt hatte. Offenbar hatte der Wachmann den Täter gestört, bevor dieser das Türschloss knacken konnte.

Was hatte ihm sein Vater damals eingebläut, an einem der letzten Abende, die sie zusammen verbracht hatten? Schau hinter die Fakten, trau niemals dem ersten Anschein, verlass dich nur auf dich selbst. An die ersten beiden Grundsätze hatte er sich bisher gehalten. Doch was die dritte Regel anging, hegte er Zweifel, ob er sie auf Grönland würde einhalten können. Wie nannten die Einheimischen ihre Insel? *»Kalaallit Nunaat«*, das Land der Menschen. Es würde schwierig werden, sich hier allein durchzuschlagen.

Der Flug nach Nuuk verlief ereignislos. Gemessen an seinen bisherigen Erfahrungen empfand John die Landung als samtweich. Vor dem Flughafengebäude im Nordosten der Stadt wartete der Streifenwagen, das gleiche Modell, mit dem ihn Silpa nach Narsaq gefahren hatte. Er erinnerte sich mit Schaudern an den Horrortrip. Glücklicherweise ließ der Verkehr nach Nuuk hinein einen solchen Fahrstil nicht zu. Gott sei Dank, dachte John. Die Kollegen setzten ihn vor dem Haupteingang der Klinik ab und fuhren wieder davon.

Das Königin-Ingrid-Hospital wirkte alles andere als royal. Der ausufernde zweigeschossige Bau erinnerte ihn mit seiner gelben Holzverblendung und den umlaufenden, dunkelroten Galerien eher an ein Motel oder eine Ferienwohnanlage aus den achtziger Jahren. Und hier kämpfte man um das Leben seines Angestellten? Immerhin, das neu davorgesetzte Eingangsgebäude versprach modernste Medizintechnik. Mit seinen verglasten Fenstern erinnerte es ihn an eine Eisverwerfung aus sich übereinander schiebenden Schollen. Er schöpfte Hoffnung und steuerte auf die Rezeption zu, um sich anzumelden. Während er auf die Rezeptionistin wartete – sie war nicht an ihrem Platz – erreichte ihn eine Nachricht auf dem Handy. Er entsperrte das Display. Eine Mitteilung von Jacob. Sein Fehler, die Tür sei doch geöffnet worden, täte ihm leid. Es fehle aber nicht ein Tropfen Nitroglykol, die Bestände im Sprengstoffbunker seien nicht angerührt worden. John schüttelte ungläubig den Kopf. Wohl doch noch nicht ganz der Ermittler. Aber warum war nichts entwendet worden? Der im Bunker gelagerte Flüssigsprengstoff galt allgemein als schwer handhabbar. Hatte das den Täter abgeschreckt? John schaltete sein Handy wieder aus, als die Rezeptionistin hinter den Tresen eilte.

Eine Schwester begleitete ihn auf die Intensivstation, Zimmer Nummer 5. Sie wanderten durch endlos lange Gänge. Einer sah aus wie der andere. Der Geruch von Desinfektionsmitteln hing in der Luft. Da hörte er plötzliches Getrappel und Gerenne hinter ihnen. Sie wichen zur Seite. Eine Gruppe in weißen Kitteln rannte vorbei. Die Schwester lächelte ihn beruhigend an. »Wahrscheinlich ein Notfall«, sagte sie. John beschleunigte seine Schritte, getrieben von einer dunklen Vorahnung.

Die Tür zu Zimmer 5 stand offen. Ärzte und Pflegepersonal ballten sich um ein Bett, das mitten im Raum stand. Ein besorgniserregender Dauerwarnton hing im Raum, unterbrochen von einem rhythmischen Zischen. John erkannte das Geräusch des Defibrillators sofort. Die Schwester wollte ihn zurückhalten, aber er stürmte ins Zimmer.

»Sie können hier nicht rein!«, herrschte ihn ein Pfleger an und versuchte, John aus dem Raum zu drängen. »Das ist ein Notfall.«

»Ja«, blaffte er, »mein Notfall!«

Aber vergebens. Er war zu spät gekommen. Als er den fiependen Ton hörte, der den Herzstillstand bestätigte, zog sich ihm die Brust zusammen. Das Ärzteteam ließ von dem Patienten ab, den sie bis eben zu retten versucht hatten. John drängte sich zu der leitenden Ärztin durch und wies sich aus. Sie blinzelte. War das eine Träne in ihrem Augenwinkel?

»Er war gerade erst neunzehn. Ich war so sicher, dass wir ihn durchbringen.« Ihre Erschütterung berührte John.

»Was ist passiert?«

»Ich kann noch nichts Genaues sagen. Eigentlich war sein Zustand nach der OP stabil.«

»Verständigen Sie bitte die Kollegen der hiesigen Polizei und verschließen Sie die Tür. Niemand soll hier reinkommen, das könnte ein Tatort sein.« Er schaute sich um. »Außerdem brauche ich Einblick in die Videoaufnahmen von den Fluren. Haben Sie auch eine Kamera im Zimmer?«

»In diesem Zimmer ist eine Kamera, ja. Aber sind Sie denn überhaupt hier zuständig?«

»Wir verschwenden wertvolle Zeit. Ich muss wissen, was hier passiert ist!« John spürte, wie das Blut durch seine Schläfen pulsierte. Er versuchte, sich zu konzentrieren. Bloß nicht ausflippen.

»Na gut. Kommen Sie mit!«

Seine Ahnung hatte ihn nicht getrogen. Keine Viertelstunde vor seinem Eintreffen war ein Mann vor Zimmer 5 aufgetaucht. Er sah sich kurz um, vermied jeden Blick in die Kamera und verschwand im Zimmer. Das war kein Amateur, das war John sofort klar. In seinen Bewegungen lag keinerlei Unsicherheit oder Zögerlichkeit. Das Gleiche drinnen, am Bett des Jungen. Der Unbekannte zog den Schlauch mit der Infusionslösung zu sich heran, drehte an der Kanüle, um ihn zu entfernen, dann holte er eine Spritze hervor und entleerte sie vollständig in den Zugang an der Hand des jungen Mannes, bevor er die Infusion wieder anschloss. Was dann geschah, verblüffte John. Der Mann – war es überhaupt einer? – drehte sich um und sah direkt nach oben, zur schräg gegenüber dem Intensivbett montierten Überwachungskamera. John schluckte. Er hatte kein Gesicht. Das heißt, er hatte eines. Aber es war totenbleich, eine elfenbeinfarbene Maske, wie eine zweite Haut. Er verharrte kurz und verschwand dann aus dem Aufnahmebereich.

»*Qivittoq*!« Das Wort entschlüpfte Johns Mund, bevor er es verhindern konnte.

Die Ärztin, die mit schreckerstarrtem Gesicht auf den Monitor geschaut hatte, wandte ruckartig den Kopf um. Tränen liefen ihr über die hochroten Wangen. »Was haben Sie gesagt?«

Bevor die Stationsärztin Einwände erheben konnte, war John schon aus der Überwachungskabine geschlüpft und auf dem Weg nach draußen. Er stürmte aus dem Gebäude und winkte eines der wartenden Taxis herbei. Die Adresse des Seniorenheims wusste er auswendig. Es lag am anderen Ende der Stadt. Seine Hände waren schweißnass. Er musste Abstand gewinnen, nicht nur räumlich.

Das Seniorenheim schmiegte sich oberhalb des Fjords an den Hang. Die Aussicht war grandios, vor allem bei so gutem Wetter. Noch lagen die Temperaturen nur wenige Grad unter null. Vom Inlandeis her strömte kalte Luft in die Bucht, und der Himmel war sternenklar. John verharrte für einen Moment, sog die eisige Luft ein, merkte, wie die Anspannung von ihm abfiel. Dann drückte er den Türsummer.

Die Heimleiterin, eine herzliche junge Frau, teilte ihm mit, dass Frau Johnsen ihn bereits erwartete und wies ihm den Weg hinauf ins Obergeschoss.

John klopfte an, wurde hereingebeten und betrat das Zimmer. Das Erste, was er sah, waren Kerzen. Viele flackernde, leuchtende Kerzen, überall im Raum. Sie standen auf dem Tisch, der Wandkonsole, dem Sekretär. Sâmik Johnsen saß in einem Ohrensessel, ein Stück Bärenfell über den Beinen. Ihr gegenüber eine Frau Anfang dreißig, mit kurz geschnittenem Haar und einem Diktiergerät in der Hand. Zwischen den beiden, auf einem niedrigen Tischchen, standen frisch gebrühter Kaffee und eine Keramikschale mit Gebäck.

»Setzen Sie sich zu uns, Herr Kaunak, und greifen Sie zu!«

John nickte. »Danke, gern.«

Sâmik Johnsens Alter einzuschätzen, fiel ihm schwer. Sie mochte keine achtzig Jahre alt sein oder über neunzig. Irgendwann verwischten die Jahrzehnte wohl. Sie musterte ihn aus wachen Augen. Kinderaugen, wie John ver-

blüfft feststellte. Kinderaugen, umrandet von Krähenfü-
ßen.

»Und Sie sind ...?« Er reichte der jüngeren Frau die
Hand.

»Ina Nielsen. Ich bin Redakteurin beim *Atuagagdliutit/
Grønlandsposten*, der Wochenzeitung. Schön, dass wir uns
kennenlernen. Sie sind der neue Sicherheitschef im Kvanefjeld, nicht wahr? Das trifft sich gut. Ich würde Sie nämlich gern interviewen.«

»Puh. Später vielleicht?« John kniff die Augen zusammen. »Ich wollte eigentlich mit Frau Johnsen reden.«

»Kein Problem. Wegen Sâmik bin ich auch ursprünglich
hier. Sie ist eine der letzten Geschichtenerzählerinnen.
Wir machen gerade ein Feature über sie.«

Sâmik Johnsen wandte sich an John. »Weshalb möchten Sie denn so dringend mit mir reden, junger Mann?
Mein Enkel wollte damit nicht rausrücken.«

»Ich wollte wissen, was Sie über ...« John räusperte
sich, »... was Sie über *Qivittoqs* erzählen können.«

Sie sah ihn lange an. Lange genug, dass ihm klar wurde,
dass er in ihren Kinderaugen würde versinken können,
wenn er nicht aufpasste.

»*Qivittut*«, sagte sie. »Es heißt *Qivittut*, wenn es mehrere sind. Ein *Qivittoq*, mehrere *Qivittut*.«

John nickte.

»Waren Sie schon einmal auf dem Eisschild?«, fragte
ihn Sâmik.

John schüttelte den Kopf.

»Dann bin ich nicht sicher, ob Sie es verstehen werden.
Denn es geht um die Angst. Wissen Sie, wir Grönländer
ehren nichts, aber wir fürchten vieles. Für unsere Kinder

ist es überlebenswichtig, die Angst zu kennen. Nur so können sie dort draußen überleben. Also beobachten sie uns Erwachsene – beobachten, wie wir mit unserer eigenen Angst umgehen. Ob wir erstarren oder davonlaufen. Ob wir angreifen oder uns wehren. Um unsere Kinder mit der Angst zu konfrontieren, erzählen wir Geschichten, gruselige Geschichten. Geschichten über *Qivittut*. Wir Grönländer lieben Geschichten, wissen Sie. Unsere Kultur ist mehr als zehntausend Jahre alt, unser kleines Volk lebt hier, auf der größten Insel der Welt. Immer in Gemeinschaft. Wir sind füreinander da, wir helfen einander. Wir können gar nicht anders. Denn das da draußen, den Schnee, das Eis, die Leere, die Tiere, die Pflanzen, all das tragen wir in uns. Wir sind Inuit. Wir sind dieses Land. Wir sind seine Geschichten. Das, was wir glauben, unsere Religion, hat ihren Ursprung in unserem Land, unserer Umgebung, in unserem Respekt für die Tiere, das Eis und das Meer. Ja, vor allem unserer Ehrerbietung für das Meer. Das Meer ist unser Garten.« Die alte Frau hielt inne. Nicht vor Erschöpfung, sondern um nach dem Zimtgebäck zu greifen. Ihre Wangen glühten förmlich.

»Können Sie sich vorstellen, John, was es für einen von uns bedeutet, diese Gemeinschaft zu verlassen?« Sie wartete sein Nein nicht ab. »Es ist, als würde man seine Wurzeln aus der Erde reißen und versuchen, auf ihnen davonzulaufen. Es kann nicht gelingen.« Sâmik goss Kaffee in ihre Tasse und füllte ungefragt zwei weitere.

»Aber Sie wollten ja etwas über die *Qivittut* erfahren.« Sie nahm einen Schluck aus ihrer Tasse, setzte sie wieder ab. Der Unterteller klirrte.

»In früheren Zeiten gab es immer wieder Menschen,

die ihre Gemeinschaft verließen, um ihren Anverwandten nicht mehr zur Last zu fallen oder weil sie verstoßen wurden. Sie wanderten dann hinaus ins Gebirge, wie wir den Eisschild nennen. Ich hatte Ihnen von der Angst erzählt, John. Nun, auf dem Eisschild erfährt man, was es heißt, Angst zu haben. Dort herrschen Angst und Einsamkeit. Wer diese Hölle überlebt hatte, der konnte kein normaler Mensch mehr sein, der musste übernatürliche Kräfte haben. Für Sie mag das wie ein Kindermärchen klingen. Für uns ist es das, wovon unsere Geschichten handeln. Uralte Geschichten, die wir über Generationen weitererzählen. Möchten Sie eine Geschichte über einen *Qivittoq* hören, John?«

John hing ebenso fasziniert an Sâmiks Lippen wie Ina. Er brachte kein Wort heraus, nickte nur.

»Gut. Dann will ich Ihnen erzählen, wie ich einen *Qivittoq* getroffen habe, den *Qivittoq*, dem ich mein Leben verdanke. Es ist lange her, ich war ein kleines Mädchen von vier oder fünf Jahren. Mein Vater war Jäger, wie fast alle zu jener Zeit. Unsere Familie lebte in der Nähe von Sisimiut. Die kalte Jahreshälfte verbrachten wir stets in einem Winterhaus aus Torf, halb eingegraben in den Boden. Jedes Frühjahr sind wir mit den anderen Familien des Dorfs in ein gemeinsames Sommerlager umgezogen. Unten an der Küste. Die Winterhäuser standen dann leer, während wir jagten und fischten. In jenem Jahr waren wir spät dran und brachen in aller Eile auf. Die anderen Familien waren längst unterwegs. Nach ein paar Stunden bemerkte meine Mutter, dass wir einige Kochgerätschaften vergessen hatten. Also schickte sie mich und meine beiden älteren

Schwestern zurück zum Winterhaus. Der Weg war lang und es dämmerte schon, als wir ankamen. Schnell eilten wir in die Küche, um das Kochgeschirr zu holen. Meine beiden Schwestern packten alles zusammen und liefen nach draußen.

Ich rannte in den Hauptraum, um noch eine Moschusfelldecke mitzunehmen. Und da stand er, mit dem Rücken zu mir. Der *Qivittoq*. Ich war sicher, dass es einer sein musste. Er war in Robbenfelle gehüllt und schien mich nicht bemerkt zu haben. Das war ungewöhnlich. Denn ein *Qivittoq*, so sagt man, hat die Augen eines Adlers und die Ohren eines Polarfuchses. Doch dann sprach er mich an, ohne sich umzuwenden.

›Wie ist dein Name?‹ fragte er mich.

›Ich heiße Sâmik‹, antwortete ich mit bebender Stimme. Ich zückte mein Messer und hielt es fest in der linken Hand. Wie die zitterte! Er drehte sich langsam um und schaute mich an. Sein Gesicht war eisgrau, sein Blick der eines Wesens, das alles gesehen und überlebt hat, auch das Innere des Eisschilds.

›Das ist ein guter Name‹, sagte er. ›Denn es ist auch mein Name.‹ Er hob seine Linke. Wie ich hielt er darin ein Messer. ›Du siehst, wir sind eins. Deshalb habe ich dich bemerkt, obwohl ich dich nicht gesehen habe.‹ Wir sahen uns in die Augen. Ich ertrug seinen Blick nicht und senkte meinen Kopf. Da lachte er auf und sprang mit einem Satz an mir vorbei. Ich stand wie versteinert und glaubte, in der Ferne einen Bären brüllen zu hören. Irgendwann löste ich mich, rannte nach draußen und versuchte, meine Schwestern einzuholen. Sie hatten von alldem nichts mitbekommen.«

John schwieg. Dann deutete er auf Sâmiks Hand. »Sie sind Linkshänderin?«

Sâmik lachte laut. »Ja, gut beobachtet, John Kaunak, der alles über die *Qivittut* wissen möchte.« Sie gluckste vor Begeisterung und griff nach einem weiteren Stück Zimtgebäck.

»Wissen Sie, was der Name Sâmik bedeutet?«

»Nein, so gut ist mein Grönländisch noch nicht.«

»Er bedeutet linke Hand oder Linkshänder. In der Sprache des Geisterreichs ist das die Bezeichnung für einen Bären. Denn ein Bär schlägt zuerst mit der linken Pranke zu.«

»Das wusste ich nicht.«

»Sie wissen so vieles nicht.« Sanft strich sie über das Fell, das auf ihren Beinen lag und bis zum Boden reichte. »Wissen Sie, einmal im Monat sitzen wir hier zusammen – alte Freunde, Bekannte oder jeder, der hier hereinschneit – und erzählen uns gegenseitig Geschichten. So, wie das früher war, im Sommerlager, abends, vor dem wärmenden Feuer. Damals tauschten wir sogar gute Geschichten gegen Robbenfleisch oder Trockenfisch ein.« Sie deutete auf die Journalistin. »Ina hat mir schon etwas erzählt. Welche Geschichte haben Sie für uns, John?«

John rieb sich den Nacken. Was sollte er darauf antworten? Sâmik Johnsen war ganz anders, als er sie sich vorgestellt hatte. In ihrer Gegenwart fühlte er sich wie ein kleiner Junge.

»Nur Mut, ich bin kein *Qivittoq*. Oder vielleicht doch?« Die alte Frau lachte, tief und kehlig, bis ihr Lachen in ein Husten überging. Die Kerzen flackerten.

John gab sich einen Ruck.

»Also gut, wenn das so üblich ist, dann werde ich auch eine Geschichte erzählen.« Er fasste sich ans Kinn. Wo anfangen? Er atmete tief durch, ließ es zu, dass die Erinnerungen auf ihn einströmten. Erinnerungen an seine erste Nacht auf Grönland, in der Polizeistation von Narsaq. An den seitdem ständig wiederkehrenden Traum. Und an seine Begegnung mit Qimmeq.

Als er mit seiner Geschichte geendet hatte, sagte Sâmik Johnsen lange nichts. Ihr Blick ruhte auf ihm. Nachdenklich und betrübt. Mit einem Ächzen setzte sie sich auf und goss sich Kaffee nach.

»Dieser Hund, den Sie Qimmeq nennen, was ist mit ihm geschehen?«

»Das ist seltsam«, sagte John. »Er begleitet mich seitdem wie ein Schatten. Ich mag ihn. Und er mag mich auch, auf seine Art ... glaube ich.«

»Das ist sehr ungewöhnlich für einen Grönlandhund«, meldete sich Ina zu Wort. »Sie sind wild und unberechenbar. Sie beugen sich nur dem Leithund und ihrem Schlittenführer. Touristen, die keine Erfahrungen mit ihnen haben, sollten sich von ihnen fernhalten. Und um einen Einzelgänger, einen Ausgestoßenen wie diesen Qimmeq, würde ich erst recht einen großen Bogen machen.«

»Der weiße Wolf, den Sie im Traum gesehen haben und der Sie übers Eis gezerrt hat, als die *Qivittut* Sie jagten, wie sah der aus?« Sâmik spähte über den Rand ihrer Kaffeetasse hinweg zu John hinüber. Lächelte sie etwa?

»Ich weiß nicht, wie ein Wolf eben.«

Die alte Geschichtenerzählerin nickte. »*Siku kisimi*«, sagte sie. »Sie werden ins Gebirge gehen, auf den Eisschild.« Ja, sie lächelte. Jetzt war John sich sicher.

»Achten Sie auf Ihren Qimmeq, und behandeln Sie ihn gut.« Die alte Frau lehnte sich zurück und zog das Bärenfell höher. »Das war eine gute Geschichte. Ich hoffe, sie wird auch ein gutes Ende nehmen. Jetzt bin ich müde.«

Kurz darauf kündete lautes Schnarchen davon, dass sie eingeschlafen war. Ina und John löschten die Kerzen, huschten aus dem Zimmer und verließen das Gebäude.

»Und nun?« John schaute nach oben. Der Abendhimmel war klar und wolkenlos. In wenigen Tagen würde die Polarnacht einsetzen. Obwohl sich die Sonne hinter den Bergen verbarg, blieb es lange hell.

»Unser Interview!«, sagte Ina begeistert. »Hier draußen ist es mir zu kalt. Vielleicht fahren wir zu meinem Hotel und setzen uns in die Lobby? Es wird nicht lange dauern, keine Sorge.«

»Also gut. Wo steht Ihr Wagen?«

KAPITEL 9

»Da haben Sie ja ganz schön vom Leder gezogen!« Thomas Browning saß hinter seinem Schreibtisch und ließ einen Kugelschreiber zwischen den Fingern rotieren. »War das wirklich nötig?«

John gab sich unbeeindruckt. Er war am Vortag aus Nuuk zurückgekehrt und heute direkt zum Geschäftsführer zitiert worden.

»Es war nötig, glauben Sie mir. Mit diesem Interview schrecken wir die Verantwortlichen ab. Wer auch immer das war, sie werden nichts so wenig schätzen wie Öffentlichkeit.«

»Das sagen Sie so. Aber dieser Rundumschlag, ich weiß nicht. Die Söhne und Töchter Nunaats haben nicht unerheblichen politischen Einfluss im Parlament. Die Umweltaktivisten von der NAW können uns zu Hause in Dänemark Ärger machen. Und dass Sie ein chinesisches Unternehmen mit reinziehen, provoziert mit Sicherheit eine Reaktion.«

Die Rotationsgeschwindigkeit des Kugelschreibers in Brownings Hand nahm zu.

»Immerhin gab es diesen nicht registrierten Helikopterflug kurz vor dem Doppelmord. Wir haben bei der

CCIC in Nuuk angefragt und bis heute keine Antwort bekommen. Die Chinesen mauern.«

»Und wer ist nun Ihr Hauptverdächtiger?«

»Schwer zu sagen. Wir wissen noch zu wenig. Möglicherweise die Aktivisten der NAW. Es wäre nicht das erste Mal, dass sich in den Reihen einer Umweltorganisation Radikale zusammenfinden, denen der übliche Protest nicht weit genug geht. Was die Separatisten angeht, gilt das Gleiche. Allerdings traue ich denen nicht zu, dass sie mit einer *Qivittoq*-Maske den Verdacht auf ihre eigenen Leute lenken würden. Die Chinesen? Welches Motiv sollte ein Bauunternehmen haben, die Mine zu sabotieren? Außerdem haben sie auf ihren Baustellen ähnliche Probleme wie wir.« John verschränkte die Arme.

»Also gut. Ich werde versuchen, Ihnen den Rücken freizuhalten, solange es geht. Aber ich werde Druck von oben bekommen. Der Vorstand von GREEC hat bereits angefragt, wie wir hier vorankommen. Die mögen keine Schlagzeilen. Sollte deshalb irgendwann ein Kopf rollen müssen, wird es ganz sicher nicht meiner sein.« Er legte den Kugelschreiber vor sich auf den Schreibtisch. »Und nun machen Sie Ihren Job!«

»Und, wie war's? Hat Browning die Kröte geschluckt? Herr Kriminalhauptkommissar?« Sørensen schob ihm einen Becher Kaffee über den Tisch und grinste. Nach den gestrigen Ereignissen im Krankenhaus hatte John keine andere Möglichkeit gesehen, als seinem Assistenten zu beichten, worin seine eigentliche Aufgabe im Kvanefjeld bestand, und warum er hier war. Immerhin vertraute er dem Kerl, und er brauchte jemanden, der ihm zur Hand ging.

»Nicht so laut, Jacob«, sagte John genervt. Er rollte mit den Augen. Dass er ihn damit aufziehen würde, hätte er sich ja denken können. »Ja, er hat es geschluckt. Was blieb ihm übrig? Amüsiert war er jedenfalls nicht.« John nippte an dem schlammigen schwarzen Gebräu und verzog die Mundwinkel. Sørensens Kaffeevorlieben entsprachen ganz seinem rauen Auftreten. Er klappte den Laptop auf und begann, die sich anhäufenden Mails zu überfliegen.

»Die letzten vierundzwanzig Stunden war alles ruhig. Bin mal gespannt, ob wir mit Ihrem Interview die Ratten aus den Löchern jagen. Wenn das klappt ...« Sørensen schlug mit der geballten Rechten ein paarmal auf die Handfläche seiner Linken.

»Sieh mal, was haben wir denn da? Eine Mail vom Polizeipräsidium in *Nuuk*.« John beugte sich vor. »Sie bestätigen, dass der Junge auf der Intensivstation Opfer eines Tötungsdelikts geworden ist. Der Täter hat ihm offenbar hoch dosiertes Kaliumchlorid gespritzt. Bei der Obduktion konnten sie erhöhte Werte im Blut nachweisen. Ohne das Video wäre das wohl kaum aufgefallen.«

»Dann war das der dritte Mord. Fuck!« Sørensen fuhr fort, mit der Faust seine Handfläche zu malträtieren.

»Hier ist noch eine interessante Mail. Das Interview scheint tatsächlich Wellen geschlagen zu haben. Die NAW will mit mir reden.« John drehte den Laptop so, dass Sørensen den Text lesen konnte.

»Sie wollen sich mit Ihnen treffen? Auf einem Boot? Chef, Sie sind ein richtiger Bond! Mensch, das ist so Undercover! Werden Sie hingehen?« Sørensen rutschte auf seinem Stuhl herum. Dann drehte er den Rechner wieder zurück.

»Der Kutter heißt *Kalmar* und legt heute in der Marina von Narsaq an, das ist praktisch vor unserer Haustür. Klar werde ich hingehen.«

»Denen muss der Arsch ganz schön brennen!« Sørensen lachte.

»Ich werde sie ein bisschen zappeln lassen.« John tippte eine Antwort. »Heute Abend, Punkt 18 Uhr komme ich an Bord.« Die Mail rauschte davon. »Wir haben noch ein paar Stunden Zeit. Sorgen Sie dafür, dass eine Drohne über der Marina kreist, wenn ich dort eintreffe. Ich will keine Überraschungen erleben. Und halten Sie ein paar Leute bereit, nur für den Fall, dass etwas aus dem Ruder läuft.«

Die *Kalmar* war nicht zu übersehen. Sie hatte an der Außenmole festgemacht. Womöglich war die Wassertiefe im Marinabecken nicht ausreichend für den Kutter. Am Bug und auf den ausgeblichenen Aufbauten prangte das blaue NAW-Logo. Die Farbe blätterte ab, Rostflecken wucherten über den Rumpf. Der Kahn hat definitiv schon bessere Tage gesehen, fand John. Und ob der Dieselmotor den Ansprüchen der Umweltschützer entsprach, war wohl ebenfalls zu bezweifeln. Vermutlich fraß er Schweröl. John parkte sein Quad auf der Mole, gleich neben einem rostroten Müllcontainer. Eine schmale Gangway verband den Kutter mit dem Land. Er betrat sie und stapfte an Bord. Bei jedem Schritt schepperte es blechern. Erspart die Alarmanlage, dachte er.

Mittschiffs schwang ächzend ein Schott auf. »Da sind Sie ja!« Eine junge Frau steckte den Kopf heraus und winkte. »Kommen Sie rein, draußen ist es zu kalt zum Reden!«

John erkannte sie sofort. Eine der Studentinnen, die er auf dem Hinflug von Kopenhagen getroffen hatte. Die Brünette. Er folgte ihrer Einladung.

»Hier, nehmen Sie erst mal einen heißen Tee.«

Sie saßen zu dritt im Steuerhaus des Kutters. Die beiden NAW-Aktivistinnen ihm gegenüber stellten sich mit Namen vor und entschuldigten sich dafür, dass ihr Kollege Nils Peder Byager nicht anwesend war. Aus irgendwelchen Gründen sei er verhindert. John nickte. Diesen Byager kannte er eh nicht, aber die beiden jungen Frauen hatten sich an Bord des Flugzeugs fast verplappert, erinnerte er sich. Er beschloss, sie reden zu lassen. Offenbar verspürten sie den Drang dazu. Warum sonst hatten sie ihn kontaktiert?

Liv, die Blonde, fiel mit der Tür ins Haus. »Das Interview im *Grønlandsposten* kann ja wohl nicht Ihr Ernst gewesen sein, oder? Sie haben New Arctic Watch unterstellt, Umweltterrorismus zu begehen.«

»Dabei sind wir nur hier, um zu dokumentieren, ob im Kvanefjeld gegen die Umweltschutzauflagen der dänischen Regierung verstoßen wird.« Birte sprang ihrer Freundin zur Seite.

»Ich stelle Ihre guten Absichten nicht infrage«, sagte John vage.

»Warum dann diese Andeutungen im Interview?«

»Ich muss mich nicht vor Ihnen rechtfertigen.«

So wogte es eine Weile hin und her. Enthusiasmus für eine vermeintlich gute Sache traf auf Johns ausgeprägtes Misstrauen gegenüber jedem, der sich im Tunnel eigener Überzeugungen verlor. Die beiden waren ihm durchaus sympathisch, aber durfte er deswegen davon ausgehen, dass alle bei New Arctic Watch so tickten? Irgendwann mochte der Frust darüber, dass sie nicht vorankamen, so groß werden, dass sie zu radikaleren Mitteln griffen. Die beiden Studentinnen vielleicht nicht, so gut vermochte er sie einzuschätzen, aber möglicherweise andere in ihrer Organisation.

»Sie sollten vielleicht an einer ganz anderen Stelle suchen, Herr Kaunak«, sagte Birte schließlich. »Ich habe in Nuuk einen Inuk kennengelernt, Kalista. Er hat mir erzählt, dass sein Onkel kürzlich merkwürdige Beobachtungen weiter oben an der Küste gemacht hat.«

John pustete auf seinen immer noch dampfenden Tee. »Was für Beobachtungen?«

»Sein Onkel ist Jäger und war auf der Suche nach Karibus. In den Bergen rund um Ivittuut, einer verlassenen Minensiedlung in der Nähe der wiedereröffneten Marinestation.« Birte runzelte die Stirn, als versuchte sie, sich an Details zu erinnern. »Er hat von Schlauchbooten erzählt ...«

»Und von einer Expedition«, ergänzte Liv.

»Ja, eine wissenschaftliche Expedition. Keine Ahnung, wonach die dort gesucht haben. Vielleicht nach Mineralien oder Erzen. Und es hat wohl Tote gegeben.«

»Wie bitte?«

»Ja, jemand wurde erschossen. Kalista wollte nicht mit der Sprache herausrücken, was genau passiert ist. Sein Onkel ist wohl nicht sehr mitteilsam.« Birte zuckte mit den Schultern. »Sorry, mehr weiß ich leider nicht.«

»Ihr habt doch sicher Seekarten hier auf dem Schiff, oder?«, fragte John. »Ich würde gern wissen, wo genau das war. Und wie weit es mit dem Schiff ist.«

»Ja, klar. Ich rufe mal den Kapitän, der werkelt irgendwo im Maschinenraum herum ...« Liv sprang auf und polterte den Niedergang hinunter.

Der Kapitän, ein Norweger mit wallendem Haar und ölverschmierten Händen, verzichtete darauf, den Kartenmonitor zu aktivieren und zog stattdessen eine zusammengerollte Seekarte aus einer Halterung neben dem Navigationstisch. Er breitete sie vor John aus. Rund hundertfünfzig Seemeilen bis Ivittuut. Er schätzte die Fahrzeit auf etwa einen Tag. »Wenn nichts dazwischenkommt und das Wetter mitspielt.« Begeistert schien er über die Aussicht auf einen Trip entlang der Küste Richtung Norden nicht zu sein.

In John arbeitete es. Was, wenn an Birtes Geschichte etwas dran war? Sicher, das war nur Hörensagen. Aber was, wenn ein Zusammenhang bestand zwischen den Geschehnissen in der abgelegenen, längst verlassenen Bergbausiedlung und den Morden und Sabotageakten im Kvanefjeld? Er musste sich selbst einen Eindruck verschaffen.

»Würden Sie mich nach Ivittuut fahren?«, fragte John.

Birte und Liv schauten sich an. Dann blickten sie hinüber zum Kapitän der *Kalmar*.

»Eure Entscheidung«, sagte der kurz angebunden.

Sie einigten sich darauf, dass es am Wochenende losgehen solle. Der Steuermann – ein ortskundiger Inuk – und der Maschinist hatten Besorgungen im Hafen zu machen und konnten erst später dazustoßen. Am Samstagmittag wollten sie ablegen. Sie würden zu siebt an Bord sein, denn John bestand darauf, Dr. Liebermann mitzunehmen.

»Schließlich fahren wir zu einer ehemaligen Bergbausiedlung«, argumentierte er.

Als er die *Kalmar* verließ, warf John einen prüfenden Blick nach oben in den Himmel und reckte den Daumen. Das vereinbarte Zeichen. Ein paar Minuten später erreichte er mit dem Quad sein Quartier an der Ilua-Bay. Wegen der hereinbrechenden Dämmerung sparte er es sich, noch mal zur Mine zu fahren. Sørensen würde wissen, was zu tun war. Zudem wollte er einige Telefonate führen. Unter anderem mit Olsvig.

Qimmeq, von dem den ganzen Tag über nichts zu sehen gewesen war, döste auf der Veranda vor dem Holzhaus. John holte einige Brocken Robbenfleisch aus dem Kühlschrank und warf sie ihm hin. Schlagartig war er hellwach. Wie überschaubar das Leben doch sein kann, dachte John. Schlafen, fressen, jagen, ein wenig menschliche Nähe ... mehr brauchte es nicht. Nicht aus Sicht eines verstoßenen Grönlandhundes. Warum musste die selbsternannte Krone der Schöpfung immer alles verkomplizieren?

KAPITEL 10

Am Samstagmorgen, kurz vor acht Uhr, legte die *Kalmar* ab. Nicht mit sieben Personen an Bord, sondern mit neun. Olsvig hatte darauf bestanden, dass die Crew zwei Journalisten mit an Bord nahm. Die beiden kündigten an, dass sie in einer Bucht kurz vor Ivittuut das Schiff verlassen und sich von Land der entsprechenden Siedlung nähern wollten. Um ein paar hoffentlich aufschlussreiche Fotos zu schießen, wie sie versicherten. Dr. Jana Liebermann traf kurz nach den beiden ein.

Mit brummendem Motor schob sich der NAW-Kutter gemächlich hinaus auf den Fjord. Vibrationen pflanzten sich durch Rumpf und Aufbauten fort und weckten die Illusion von Leben im toten Stahl, während die Mole des Hafens hinter ihnen zurückfiel. Die wenigen schrank- bis containergroßen Eistrümmer, die vor der Bucht ihren langsamen Walzer tanzten, versprachen eine sorglose Reise.

Zwei Stunden später hatten sie Südwestkurs durch den Brede-Fjord aufgenommen, bei mittlerweile starkem Seegang. Schaumkrönchen und Gischtflocken sprenkelten die Kämme der heranrollenden Wellen. Ihre eisigen Wegbegleiter konnte man nur noch schwerlich als Trümmerstücke bezeichnen, selbst wenn sie das waren. Sie hatten nicht nur an Zahl zugenommen, sondern vor allem an Größe. Kuppeln und Tetraeder, Tafelberge, durchlöcherte Hochhäuser in jeder erdenklichen Schräglage. Versehen mit messerscharfen Klingen oder Rammböcken unter der Wasseroberfläche, deren Verlauf man nur erahnen konnte. Die vom nahen Gletscher abgespaltenen Eisberge waren überall. Rundum. Vor ihnen, hinter ihnen, neben ihnen. John und die beiden NAW-Aktivistinnen beobachteten das Naturschauspiel gebannt. Sie klammerten sich an die Reling auf dem Oberdeck. John fühlte sich von den Giganten beobachtet. Sie sahen von oben auf ihn herab, waren zwei-, drei-, viermal so hoch wie der Hauptmast des Kutters und von milchigem Aussehen, mehrfarbig schillernd, türkisblau, andere graubraun und durchzogen von Erdresten.

»Wir gehen besser wieder rein«, sagte Birte und schüttelte sich wie ein nasser Hund. »Das ist mir zu heftig.« Sie zog Liv am Ärmel ihrer Daunenjacke mit sich ins Steuerhaus.

»Ich komme gleich nach«, sagte John.

Er wollte allein sein mit sich und seinen Gedanken. Kein halbwegs vernünftiger Mensch würde sich wohlfühlen bei diesem Wetter, auf einem Blechkutter inmitten von Eisbergen und meterhohen Wellen, die über das Vordeck spülten und erbarmungslos ihre Gischt versprühten. Wieso genoss er es so sehr? Wieso regte sich keinerlei Angst in ihm? Anlass dazu gäbe es genug. Den beiden jungen Frauen war sie ins Gesicht geschrieben, weshalb sie nach unten flüchteten. John kaute auf seiner Unterlippe herum. Womöglich war dieses Quäntchen Inuitblut, das er in sich trug und mit dem er immer gehadert hatte, hier draußen für etwas gut. Er wischte sich die Eiskristalle aus Brauen und Bart und gesellte sich schließlich zu den anderen ins Steuerhaus.

Drinnen war der Steuermann damit beschäftigt, Kurs zu halten. Dr. Liebermann hatte irgendwelche Pillen gegen Seekrankheit geschluckt und sich nach unten verzogen. Von den beiden Journalisten war nichts zu sehen. Sie belegten eine eigene Kabine und checkten angeblich ihre Fotoausrüstung. Der Kapitän starrte auf den Radarbildschirm. Zahllose Leuchtpunkte sprenkelten das Display. Nicht alle Eisberge ringsum seien auf dem Radar zu sehen, erklärte er. Speziell die kleineren Trümmerstücke, sogenannte Growler, erkenne man erst im letzten Moment. Der Wind wehe mit fünfunddreißig Knoten aus Nordost und frische weiter auf. Ein Sturmtief, wie es für die Jahreszeit normal sei. Er griff nach dem Marineglas und spähte voraus.

»Da!« Er zeigte in Richtung Bug, einige Grad Backbord. »Der Leuchtturm am Ende des Fjords. Dahinter liegt die offene See.«

Birte und Liv kauerten auf der Bank neben dem Rudergänger. Wenn man den Horizont nicht sehen konnte, schlich die Seekrankheit auf leisen Sohlen heran. Unter Deck war es am allerschlimmsten, das wusste John. Und obwohl er eigentlich anfällig für Reisekrankheit war, spürte er nicht das kleinste bisschen Übelkeit. Der Kapitän hatte die beiden Studentinnen nur mit Mühe davon abhalten können, sich unter Deck zu verkriechen wie die

Geologin. John lächelte, er fühlte sich wohl, fast beschwingt. Er schaute zu den beiden hinüber.

»Wie wär's mit einem Schluck Rum? Das soll helfen.«

Die zwei schüttelten nur wortlos die Köpfe. John ließ es dabei bewenden. Er hätte ja eh keinen Tropfen angerührt.

Einige Stunden später flaute der Wind ab. Gegen Morgen war die Sicht klar, und John zog es wieder nach draußen. An Steuerbord trieb ein Eisberg vorbei, der wie das Gewinde einer gigantischen Schraube aussah. Dahinter erkannte man die zerklüftete Küste mit ihren vorgelagerten Archipelen. Letzte Fetzen von Morgennebel zogen sich zurück. Eine außerirdische Welt, dachte John. Ein Spielplatz der Götter, Riesen und Geisterwesen, auf dem Menschen zu Menschlein wurden. Anders als alles, was er kannte. Und doch seltsam vertraut.

Die *Kalmar* passierte das Kap und glitt auf Nordwestkurs ihrem Ziel entgegen. Der Rest der Reise war beinahe ein touristischer Tagesausflug bei strahlendem Sonnenschein. Die beiden jungen Frauen erholten sich schnell. Die graugrüne Farbe wich ihnen aus dem Gesicht, ihr Appetit kehrte zurück. Beim gemeinsamen Frühstück witzelten sie wieder über den Sturmritt, der hinter ihnen lag. Jana Liebermann gesellte sich zu ihnen, aber ihr war nicht zum Lachen zumute. John bemerkte dunkle Ringe unter ihren Augen. Aber was half es? Er war auf ihre Expertise angewiesen.

Gegen Mittag kam Ivittuut in Sicht. John bat den Kapitän, in einigem Abstand zur Küste den Anker zu werfen. Die

Sicht war glasklar. Erfreut ließen die beiden Fotojournalisten das kleinere der beiden Beiboote zu Wasser und entschwanden Richtung Küste. Sie würden sie später wieder an Bord nehmen.

John lieh sich das Marineglas des Kapitäns und musterte vom Oberdeck aus die Küste. Die Bergkuppen trugen bis in weite Ferne das für den Herbst übliche schlammige Graugrün, nur sporadisch von Schneeplacken überdeckt. Einige Moschusochsen weideten am Hang hinter dem Dorf. Er schwenkte über die alte Kryolith-Abfüllanlage hinweg zu den verfallenen Wohnhäusern. Dann hinauf zum Friedhof mit der dahinter liegenden Kapelle und über Wollgrasfelder und Zwergbirkengestrüpp zurück zu dem von Abraumhügeln gekrönten Geröllstrand. Für eine Weile verharrte sein Blick auf dem See, der die geflutete Kryolith-Mine markierte.

»Und? Irgendwas zu sehen? Können wir an Land gehen?« Birte und Liv standen neben ihm und schienen bald vor Ungeduld zu platzen.

Dr. Liebermann kniff die Augen zusammen und deutete auf einen Punkt weiter links am Ortsrand. »Was ist das da drüben, hinter dem alten Fördergebäude?«

John fokussierte die Stelle. »Verdammt, Jana, Sie haben gute Augen. Das sind Rotorblätter!«

Hinter dem verfallenen Gebäude parkte ein Helikopter. Nicht weit davon entfernt entdeckten sie ein Zeltlager und einige Quads. Alles so platziert, dass es von See aus nur zu entdecken war, wenn man danach suchte. Und wer tat das schon außerhalb der Touristensaison? Menschen waren keine zu sehen.

John fasste einen Entschluss.

»Ich setze mit Dr. Liebermann zum Anleger über. Einer von der Mannschaft kann uns mit dem Beiboot rüberbringen. Alle anderen bleiben an Bord.«

Die beiden Aktivistinnen protestierten, doch John blieb hart.

»Haben Sie irgendwelchen Geologenkram dabei, Jana? Damit wir im Notfall so tun können, als würden wir Proben nehmen für mineralogische Untersuchungen, oder so was in der Art?«

Dr. Liebermann nickte. »Ich bin nie ohne meinen Laborkoffer unterwegs.«

Kaum hatten sie den morschen Landesteg betreten, bekamen sie schon Gesellschaft. Zwei Quads schossen hinter einer Hausecke hervor und kamen unmittelbar vor dem Steg zum Stehen. Die Fahrer forderten sie mit unmissverständlichen Gesten zum Aufsteigen auf. Muskulöse, wortkarge Männer in olivfarbenen Overalls ohne jegliche Kennzeichnungen, kein Abzeichen, keine Binde. Ihre Nationalität war nicht erkennbar, vermutlich Ostasiaten. Ihr Auftreten, ihre Bewegungen, ihr ganzer Habitus verrieten John militärischen Drill. Das sind sicher keine Arbeiter oder Wissenschaftler, dachte er. Da steckte mehr dahinter. Aber was? Und was trieben sie hier in dieser abgelegenen Ecke? Er wechselte einen Blick mit Dr. Liebermann. Sie nickte und stieg als Erste auf. Die Quads hielten auf das Zeltlager zu, das sie von Bord der *Kalmar* aus entdeckt hatten. Im Vorbeifahren erhaschte John einen Blick auf den geparkten Helikopter. Tarnnetze verhüllten ihn fast vollständig. Aber ...

War das ein notdürftig übermaltes CCIC-Logo? John wollte es nicht beschwören. Sie hielten vor dem größten der geodätischen Zelte. Wie es schien, wurden sie schon erwartet. Vor dem Zelteingang stand eine groß gewachsene Frau im gleichen unmarkierten Overall wie die Quadfahrer. Sie hatte die Arme hinter dem Rücken verschränkt und ein Lächeln aufgesetzt, wie es John aus seinen aktiven Zeiten in Aarhus bestens kannte; von seiner Vorgesetzten, kurz bevor sie ihn zusammenstauchte.

»Herzlich willkommen in Ivittuut! Wie schön, in dieser abgelegenen Gegend Überraschungsgäste begrüßen zu dürfen.« Sie öffnete die Zeltklappe. »Kommen Sie doch herein. Dann können wir ein bisschen plaudern.«

Das Innere der geodätischen Kuppel bot Raum für mindestens zehn Personen. Sie nahm Platz hinter einem mobilen Schreibtisch und bot ihren Gästen die Klappstühle davor an.

»Entschuldigung, dass ich Ihnen nicht mehr Komfort bieten kann. Wenn ich mich vorstellen darf: Mein Name ist Siguang Yunhui. Ich bin Mineralogin, forsche am Geologischen Institut der Chinesischen Akademie der Wissenschaften und leite diese internationale wissenschaftliche Expedition.« Sie verschränkte die Hände.

»Darf ich fragen, mit wem ich die Ehre habe?«

Sie hat schlanke, makellos manikürte Finger, notierte John in Gedanken.

»Das ist Dr. Jana Liebermann, die leitende Geologin des Tagebauprojekts im Kvanefjeld.« Er deutete auf seine Kollegin. »Und ich heiße Roald Mikkelsen. Ich begleite Frau Dr. Liebermann und sorge dafür, dass sie im unwegsamen Gelände nicht vom rechten Pfad abkommt.«

John legte sein unverschämtestes Grinsen auf, so eingerostet es auch sein mochte.

»Schön, dann sind wir ja quasi Kolleginnen, Frau Siguang. Sie wissen sicher, wie interessant die Umgebung der alten Kryolith-Mine gerade für uns Geologinnen ist, nicht wahr?« Jana Liebermann nickte ihr freundlich zu.

»In der Tat, in der Tat ...« Siguang Yunhui musterte sie. Wie eine Pathologin, die einen Torso vor sich auf dem Tisch liegen sieht, fand John. Wo würde sie das Skalpell für den ersten Schnitt ansetzen?

»Tee? Ich kann Ihnen einen vorzüglichen grünen Jasmin-Tee aus Fujian anbieten. Oder vielleicht lieber einen Oolong?« Sie gab einem der Männer, die auffällig untätig vor dem Zelt herumlungerten, einen Wink. Kurz darauf stellte er ein Tablett mit Teekanne und drei tönernen Gaiwans, den traditionellen chinesischen Teeschalen, vor ihr ab. Sie goss ein.

Dr. Liebermann kostete von ihrem Tee. Dann sagte sie: »Vielleicht können wir ja wissenschaftliche Erkenntnisse austauschen? Wonach genau suchen Sie hier? Es sollte neben Resten des siderithaltigen Kryoliths auch noch silberhaltiger Galenit zu finden sein. Ich bezweifle aber, dass der wirtschaftlich auszubeuten wäre.«

»Nun, dann sind Sie womöglich nicht auf dem neuesten Stand, Frau Kollegin«, spöttelte Yunhui. »Neueste Auswertungen der alten Bohrkerne haben ergeben, dass sich neben Kryolith und Quartz auch Spuren von Seltenen Erden nachweisen lassen. Deshalb sind wir hier.« Sie nippte an ihrem Tee. »Übrigens im Auftrag der grönländischen Regierung.«

»Könnte ich vielleicht einen Blick auf diese Auswertungen werfen?«, fragte Dr. Liebermann scheinheilig.

»Die Daten sind leider vertraulich, liebe Frau Dr. Liebermann. Sonst herzlich gerne. Aber wenn Sie einen Rundgang machen möchten, dann lasse ich Sie von einem meiner Leute herumführen. Ich bin sicher, Sie werden das spannend finden.« Erneut winkte sie einen der Männer von draußen herein. »Führen Sie Dr. Liebermann ein wenig durchs Camp und zeigen Sie ihr alles, was sie sehen möchte.«

Jana warf John einen hilflosen Blick zu und verschwand mit ihrem Begleiter.

Yunhui wandte sich um.

»Und nun zu Ihnen. Ich hätte nicht gedacht, dass ich den neuen Sicherheitchef des Tagebauprojekts so schnell persönlich kennenlernen würde.«

John rang sich ein Lächeln ab.

»Sie sind gut informiert.«

»Ich bitte Sie, John, was glauben Sie, wen Sie vor sich haben?«

»Wohl ganz sicher keine Geologin.«

»Jetzt sind Sie aber nicht gerade charmant, mein Lieber. Wie kommen Sie denn darauf?« Sie stützte das Kinn auf ihre gefalteten Hände und warf ihm einen Blick zu, der die Eisberge im Fjord zum Schmelzen hätte bringen können.

»Eine Feldforschung betreibende Geologin mit lackierten Fingernägeln? Ich bitte Sie!«

»Sie verdächtigen mich, nur weil ich auf ein gepflegtes Äußeres Wert lege? Wie enttäuschend.« Sie deutete auf die Teeschale vor ihm. »Ihr Tee wird kalt. Oder steht Ihnen der Sinn nach etwas Stärkerem?« Ohne den Blick von ihm abzuwenden, rief sie: »Jetzt!«

Zwei Männer stürmten ins Zelt und warfen sich auf John. Sie drückten ihm die Arme auf den Rücken und fixierten ihn auf dem Stuhl. Er wehrte sich, schlug um sich. Doch zu spät. Ein Dritter tauchte auf, in der Hand eine Flasche mit einer klaren Flüssigkeit. John sträubte sich nach Kräften. Sie zwangen seine Kiefer auseinander und schoben ihm die Öffnung der Flasche tief in den Mund. Er hatte keine Macht über seine Reflexe. Er musste die Flüssigkeit hinunterschlucken, wollte er nicht ersticken.

»Das ist Baijiu«, dozierte Siguang Yunhui. »Mao Zedongs Lieblingsgetränk. Ein Hirseschnaps, klar wie Quellwasser und scharf wie tausend Rasierklingen. Sie dürfen sich glücklich schätzen, John. Das hier ist ein Vintage Maotai, für den Kenner einen vierstelligen Betrag hinblättern würden. Genießen Sie ihn!«

Sie beobachtete ihn kurz, dann fügte sie süffisant hinzu: »Ach ja, ich vergaß. Er ist ein bisschen stark. Er enthält dreiundfünfzig Prozent Alkohol.«

Johns Hände zitterten. Schweiß drang ihm aus allen Poren. Der Herzschlag hämmerte ihm in den Schläfen. Er schluckte, die Kehle brannte ihm wie Feuer. Er hatte die Situation unterschätzt, maßlos unterschätzt. Das durfte ihm kein zweites Mal passieren. Dann schwanden ihm die Sinne.

●

»John, kommen Sie zu sich, bitte!« Birte beugte sich über den Bewusstlosen. Er lag in einer Koje in einer der Kabinen der *Kalmar*. Jana Liebermann hatte nach dem Beiboot des Kutters gerufen, nachdem ein Trupp den lallenden John am Landungssteg abgeladen hatte.

»Er ist nicht ansprechbar.« Dr. Liebermann kontrollierte seine Pupillen und sagte: »Das sieht nicht gut aus. Wir müssen ihn in eine stabile Seitenlage bringen. Wenn er sich in diesem Zustand erbricht, erstickt er.« Mit einem Ruck drehten sie John herum. »Einer von uns sollte bei ihm bleiben und auf seine Atmung achten. Und eine warme Decke wäre gut. Seine Körpertemperatur darf nicht zu sehr absinken.«

Im Steuerhaus beratschlagten sie, wie sie weiter vorgehen sollten. Liv war unten bei John in der Kabine geblieben.

»Da hat einer mächtig über den Durst getrunken«, sagte der Kapitän mit starkem norwegischem Akzent. Die beschriebenen Symptome schienen ihm wohlvertraut zu sein.

Dr. Liebermann schüttelte den Kopf. »Ich weiß nicht. Auf der Fahrt hierher hat er keinen Tropfen angerührt. Und im Kvanefjeld auch nicht. Ich hätte da draußen nicht zulassen dürfen, dass sie uns trennen.« Sie seufzte schwer. Birte dachte daran, wie er ihnen vorgeschlagen hatte, ihre Reisekrankheit mit Rum zu bekämpfen.

»Vielleicht sollten wir uns besser auf den Rückweg machen«, sagte sie. »So erfahren wir ohnehin nichts Neues. Wenn John wieder zu sich kommt, wissen wir vielleicht mehr.«

»Wenn er wieder zu sich kommt ...« Dr. Liebermann schien sich da wohl nicht so sicher zu sein.

KAPITEL 11

Bedauerlich, dass Kaunak sie so schnell durchschaut hatte. Sie hatte nicht damit gerechnet, dass er auf diesem verlassenen Stück Erde auftauchen würde. Ihre Tarnung als Expeditionsleiterin war durchaus glaubwürdig, alle Papiere waren echt. Sie hätte sich gern länger mit ihm unterhalten. Er schien ein misstrauischer Mann zu sein. Die Akte über ihn, die ihr Mittelsmann ihr zugespielt hatte, war umfangreich. Sie hatte es genossen, in seine Vergangenheit einzutauchen und seine Schwächen zu studieren. Allzu viel Abwechslung bot ihr dieser Auftrag in dieser trostlosen Stein- und Eiswüste nicht. Sie hasste die Kälte, die einem früher oder später in alle Glieder kroch. Sie vermisste Hongkong, die Gerüche des Hafens, die lauen Sommerabende am Strand, den weiten Blick vom Sunset Peak aus ...

»Wir haben Nachricht erhalten!«

Die schnarrende Stimme ihres Adjutanten riss Yu aus ihren Gedanken.

»Und? Wann trifft die Lieferung ein?«

»Am zehnten November. Voraussichtlich gegen vierzehn Uhr.«

»Sehr gut, Fang. Wegtreten!«

Am zehnten November. So früh schon? Ihr Auftraggeber schien es eilig zu haben. Sie überschlug die verbleibende Zeit. Es sollte ausreichen, um die notwendigen Vorbereitungen zu treffen und die Schwierigkeiten zu beseitigen. Seit dieser Kaunak in Kvanefjeld rumorganisierte, war es nicht recht vorangegangen. Er war eine Störung, die man offenbar nicht vorhergesehen hatte. Eine unkalkulierbare Variable in ihrer Gleichung. Wenn er so fähig war, wie ihr Informant beschrieben hatte, musste sie ihn loswerden. Sie lächelte. Doch zuvor würde sie ein wenig Spaß mit ihm haben.

•

Die *Kalmar* war auf dem Weg zurück nach Narsaq. Die beiden Fotojournalisten hatten am verabredeten Punkt auf den Kutter gewartet und waren wieder an Bord. Dr. Liebermann hielt Wache bei John. Der war einige Male zu sich gekommen, aber nur kurz. Nun schlief er.

Im Steuerhaus warf der Kapitän sorgenvolle Blicke zum Himmel. Birte und Liv saßen auf der Bank neben dem Steuermann und stritten miteinander. Birte war erbost.

»Du kannst doch nicht allen Ernstes vorschlagen, dass wir uns mit diesen Leuten zusammentun!«

»Nicht so laut.« Liv rollte die Augen.

Birte senkte ihre Stimme. »Der Kapitän ist einer von uns, und der Steuermann versteht eh kein Wort. Also noch mal, will Nils tatsächlich mit den Chinesen kooperieren? Du hast doch mitbekommen, wie weit die gehen.«

»Schon, ja. Aber Nils meint, dass wir jede Hilfe gebrauchen können, wenn wir das Projekt stoppen wollen.«

»Das sehe ich anders. Ich finde es schon bedenklich, was er derzeit im Kvanefjeld treibt. Das ist grenzwertig!«

»Mag sein, Birte. Aber was wäre denn die Alternative? Die Demo in Nuuk hat doch nichts gebracht.«

»Wir waren in den Medien. Wir haben unsere Sache öffentlich gemacht. Das ist doch ein Erfolg.«

»Die Regierung verfolgt weiter ihre wirtschaftlichen Interessen, und die Mine produziert munter verstrahlten Abraum. Wenn davon irgendwas ins Meer oder ins Grundwasser gerät ...« Liv schüttelte sich.

»Weiß ich doch alles. Aber denk doch mal an die Regierung in Nuuk. Grönland will unabhängig werden. Das geht nur mit den Einnahmen aus der Seltene-Erden-Förderung.«

»Das hat dir doch dieser Journalistik-Student in den Kopf gesetzt.«

»Kalista hat damit gar nichts zu tun.« Birte spürte, wie ihr die Hitze in die Wangen kroch.

Sie wurden durch ein sorgenvolles Brummen des Kapitäns unterbrochen.

»Da braut sich was zusammen.« Er wies auf den Himmel und dann auf das Wetterradar. »Von Westen rollt eine Tieffront auf uns zu. Wir müssen neue Wegepunkte setzen, um ihr auszuweichen. Dadurch verlieren wir etwa einen halben Tag, kommen aber hoffentlich heil in Narsaq an.«

•

Ein Geräusch schreckte Jana Liebermann auf. Sie war eingenickt. Es war John, der einen ächzenden Laut von sich gegeben hatte. Sie beugte sich zu ihm hinüber und kontrollierte Atmung und Puls. Dem Himmel sei Dank, dachte sie. Sein Zustand schien sich stabilisiert zu haben. Sie kratzte ihr rudimentäres medizinisches Wissen zusammen. Hoffentlich war John nicht in eine Asphyxie abgerutscht, jenen komatösen Zustand, der eine Alkoholvergiftung lebensgefährdend machte. Doch es wirkte eher als schlafe der Sicherheitschef einen schweren Rausch aus. Sie hatte die vergangenen zwanzig Stunden neben seiner Koje verbracht und selbst kaum ein Auge zugetan, so sehr quälten sie die Selbstvorwürfe. Sie hätte John nicht allein lassen dürfen. Ein ums andere Mal ging sie mit sich ins Gericht.

John ächzte erneut. Dann hustete er. Jana Liebermann gab ihm einen Klaps auf die Wange. Er schlug die Augen auf.

»Was ...? Wo bin ich? Was ist passiert?« Er versuchte, sich aufzusetzen. Es misslang.

Dr. Liebermann zerknüllte ein Kissen und schob es ihm in den Nacken.

»Besser?«

»Ja, einigermaßen. Bin ich wieder an Bord? Verdammt. Alles schaukelt wie wild. Und in meinem Kopf schlägt ein Tempelgong, vermutlich ein chinesischer.« Er fing an, seine Schläfen zu massieren. »Kann ich ein Glas Wasser haben?«

Das Wasser half. Jana schilderte John ihre Beobachtungen und Vermutungen. Die Besichtigung des Lagers, zu der man sie genötigt hatte, schien alles zu bestätigen, was die Expeditionsleiterin ihnen erzählt hatte. Sie hatte einen Blick auf das Feldlabor werfen dürfen, allerlei mineralogisches Gerät identifiziert, darunter ein Bodensonar. Die Männer, die sie herumgeführt hatten, hatten freundlich umhergezeigt, aber kein Wort gesprochen. Kaum, dass sie ihre Runde am Anleger beendet hatte, waren zwei Gestalten aus dem Zelt der Expeditionsleitung aufgetaucht und hatten einen Bewusstlosen mit sich geschleift – John. Daraufhin hatte sie sofort die *Kalmar* kontaktiert, damit man sie beide mit dem Beiboot abholte.

»Heilige Scheiße, was ist passiert?« John presste die Hände an die Schläfen. »Da sind ein paar schemenhafte Erinnerungen. Diese Frau ...«

»Siguang Yunhui«, half Dr. Liebermann aus.

»Das wird kaum ihr richtiger Name gewesen sein. Ich habe versucht, sie aus der Reserve zu locken, glaube ich ...«

»Das scheint Ihnen ja gelungen zu sein, John. Und weiter? Haben Sie mit Ihr getrunken? Und ich meine nicht den Tee!«

»Getrunken? Nein, um Gotteswillen! Warten Sie ... ja, jetzt erinnere ich mich. Sie hat mich erkannt. Kannte mich von Anfang an. Ihre Leute haben mich abgefüllt, sobald Sie außer Sicht waren, Jana. Es ging so schnell, sie muss das vorbereitet haben. Und dann ... Ende, Aus, Filmriss!« Er sank zurück ins Kissen. »Alles dreht sich. Ich glaube, ich schlafe noch eine Runde.«

Bevor Jana antworten konnte, sägte sich John bereits durchs kümmerliche grönländische Unterholz.

KAPITEL 12

Es war früher Nachmittag in Narsaq. Dr. Liebermann und die beiden Journalisten begleiteten John zur Polizeistation. Silpa stürzte sich sofort auf ihn, um ihn zu bemuttern. Ein altes Familienrezept, an das sie sich erinnerte, sollte ihm dabei helfen, wieder auf die Beine zu kommen. Über den Inhalt des abscheulichen Gebräus wollte sich Silpa nicht äußern. John würgte, verkniff es sich aber, nachzufragen. Jana Liebermann hatte sich verabschiedet. Sie müsse zurück zu ihrem Labor in Kvanefjeld.

Später saßen sie zusammen im Büro der Polizeistation. Wie bei Johns Ankunft vor weniger als zwei Wochen rumpelte der Kaffeeautomat vor sich hin. Der Duft nach frisch Gebrühtem erfüllte den Raum. Er sog den bittersüßen Geruch mit geschlossenen Augen ein. Langsam kam er wieder zu Sinnen.

Polizeichef Olsvig warf einen prüfenden Blick in die Runde. Seit ihrer Rückkehr verhielt er sich merkwürdig, fast, als hätte er etwas zu verheimlichen.

»Bevor wir analysieren, welche Erkenntnisse wir aus diesem spontanen Ausflug nach Ivittuut ziehen können ...

Ole, Lars, wollt ihr euch nicht vorstellen?«, sagte Olsvig und sah zu den beiden Journalisten.

»Gern«, antwortete der Größere mit dem Anflug eines Lächelns auf den Lippen. »Kaptajn Ole Walstedt Hansen. Ich arbeite natürlich nicht als Journalist. Ich bin wie mein Kollege Løjtnant Lars Andersen hier Mitglied der Special Intervention Unit AKS des dänischen Geheimdienstes PET. Kopenhagen schickt uns, um die Aktivitäten der Separatisten und ausländischen Unternehmungen auf Grönland im Auge zu behalten.«

»Politiets Efterretningstjeneste«, murmelte John. »Der PET also. Ich hatte gleich so eine Ahnung ...«

»Bisher hatten wir unseren Fokus auf die Söhne und Töchter Nunaats als die führende separatistische Vereinigung gelegt. Sie sind aber noch nie durch terroristische Anschläge aufgefallen. Zudem kann es nicht in ihrem Interesse liegen, die Seltene-Erden-Förderung im Kvanefjeld lahmzulegen.«

»Im Gegenteil«, ergänzte Leutnant Andersen. »Erst die Einnahmen aus dem Tagebau machen es möglich, ernsthaft eine vollständige Unabhängigkeit von Dänemark in Erwägung zu ziehen.«

»Auch wenn die einheimische Bevölkerung damit sicher völlig überfordert wäre.« Kaptajn Hansen scheint nicht gerade eine hohe Meinung von den Inuit zu haben, dachte John. Dannebrog über alles. Er kannte diese Ansichten. Zu Hause in Aarhus waren sie ihm oft genug begegnet. Je länger er auf Grönland war, umso abstruser erschienen sie ihm. Es ging nur darum, die eigenen wirtschaftlichen Interessen zu wahren. Und die bestanden vor allem darin, mit Neodym und Dysprosium, den Schlüsselelementen zum Vorantreiben von Europas Energiewende und der boomenden Elektromobilität, Milliardengewinne einzufahren.

»Zurück zu unserem kleinen Ausflug ...« John setzte eine unbeeindruckte Miene auf.

»Konnten Sie beide irgendetwas über diese wissenschaftliche Expedition in Erfahrung bringen? Ist Siguang Yunhui tatsächlich im Auftrag der grönländischen Regierung unterwegs? Oder steckt da mehr dahinter?

Olsvig antwortete schnell: »Die internationale wissenschaftliche Expedition ist offiziell von der Regierung autorisiert. Nuuk hat mir das bestätigt.«

Die beiden Geheimdienstler schauten sich kurz an. Dann nickte der Kleinere. Sein Kollege Ole übernahm es, zu antworten.

»Nachdem Sie uns freundlicherweise von Bord gelassen hatten, haben wir von Osten auf die Siedlung und das Expeditionslager zugehalten. Es war nicht ganz einfach. Die Wachen waren perfekt platziert. Wie aus einem Handbuch für Militärtaktik. Es ist uns dennoch gelungen, ungesehen in eines der Zelte einzudringen. Es wurde wohl als Lager genutzt ...« Er machte eine Pause und strich sich übers Kinn, »... für Waffen und jede Menge taktische Ausrüstung wie Nachtsichtgeräte, Tarnnetze und Aufklärungsdrohnen. Also nicht unbedingt das, was man auf einer wissenschaftlichen Expedition benötigt.«

John wunderte sich über Oles unbeteiligten Tonfall. Seiner Erfahrung mit der Expeditionsleiterin nach hatten die beiden Agenten bei ihrer Operation ihre Leben riskiert.

Lars Andersen lachte trocken. »Das Beste aber sind die hochauflösenden Fotos, die wir aus unserer Deckung von einigen der Männer und von ihrer Anführerin geschossen haben.«

»Also doch Fotojournalisten?« John konnte sich den Einwurf nicht verkneifen.

»So gesehen, ja! Wir haben die Bilder auf den PET-Server hochgeladen, damit Kopenhagen sich das ansehen konnte. Vor etwa einer Stunde kamen die Ergebnisse. Über die Anführerin konnten wir nichts in Erfahrung bringen. Es ist, als würde sie überhaupt nicht existieren. Aber drei Männer sind dafür in unseren Datenbanken.«

Hansen nahm den Faden auf. »Alle drei sind Freiberufler, wenn Sie so wollen. Söldner, die sich mal für diesen, mal für jenen Auftraggeber verdingen. Zwei davon kommen aus Malaysia. Der Dritte ist ein Taiwan-Chinese, der lange in Hongkong gelebt hat. Das Einzige, was wir zu der Frau, mit der Sie es zu tun hatten, sagen können, ist, dass es sich nicht um Siguang Yunhui handeln kann. Die existiert nämlich tatsächlich. Eine recht bekannte Mineralogin, die am Geologischen Institut der Chinesischen Akademie der Wissenschaften forscht und unserer Unbekannten durchaus ähnlich sieht. Sie unterrichtet aber derzeit als Gastdozentin in Neu-Delhi. Jedenfalls haben das unsere CIA-Kontakte bestätigt. Um wen es sich bei der Unbekannten handelt, wissen nicht einmal die Kollegen in den USA. Leider.« Hansen zuckte mit den Achseln.

»Allein das gibt Anlass zur Sorge«, warf Polizeichef Olsvig ein. »Die Frau muss verdammt gut sein in dem, was sie tut, wenn nicht einmal die Amerikaner Informationen über sie haben.«

Hansen pflichtete dem Polizeichef bei. »Für wen auch immer sie arbeitet und was auch immer sie auf Grönland sucht, um Mineralien geht es dabei ganz sicher nicht.«

»Da fällt mir etwas ein ...« John nestelte an der Innentasche seiner Jacke. Schließlich fand er, was er suchte. Er zog das schwarze Kästchen mit der Stummelantenne und dem winzigen Display hervor und legte es auf den Tisch.

»Das hier haben wir an einem Tatort im Kvanefjeld gefunden. Der Attentäter muss es verloren haben. Sie sind doch vom Fach. Irgendeine Ahnung, worum es sich handeln könnte?« Er fixierte die beiden PET-Agenten.

»Lars ist unser Q«, sagte Major Hansen und schob das Kästchen zu seinem Kollegen rüber.

»Wow! Das ist wirklich winzig.« Andersen drehte die daumenballengroße Box herum und begutachtete sie von allen Seiten. »Das ist ein globales Satellitenkommunikationsgerät. Superkompakt. Sendet, empfängt und speichert Navigationsdaten, schickt SMS via Satellit, Wetterdaten, all so was. Gehört wohl unseren Freunden ...« Er deutete auf eine winzige Prägung auf der Unterseite. *Made in China* stand da geschrieben.

»Ich hatte wohl meine Lesebrille vergessen«, sagte John. Er runzelte die Stirn, unangenehm berührt. »Kann man die Daten auslesen?«

»Gute Frage. Die werden sicher verschlüsselt sein. Aber ja, mit etwas Zeit und der richtigen Hardware ...«

»Dann sollten wir das tun. Jede Information kann helfen. Wir haben keinen einzigen Beweis dafür, dass die Chinesen etwas mit den Anschlägen und Sabotageaktionen zu tun haben. Nur ein paar Indizien. Wenn wir damit ankommen, werden sie uns in Kopenhagen auslachen. Und in Nuuk erst recht.«

»Also gut. Das wird aber eine Weile dauern. Wir müssen damit ins Hauptquartier des Arktisk Kommando. Dort sollten die notwendigen Ressourcen vorhanden sein.« Andersen steckte das Gerät ein.

Olsvig räusperte sich. »Okay. Dann zurück zu Ihrem Ivittuut-Abenteuer. Was ist Ihnen noch aufgefallen, John, bevor diese Frau Sie aus dem Verkehr gezogen hat?«

»Der Helikopter. Er stand gut getarnt hinter einem der verlassenen Häuser. Und ich glaube, er trug ein CCIC-Logo ... Vielleicht arbeitet die China Construction International Corporation mit dieser ominösen Expedition zusammen.«

»Wenn das der Fall ist«, sagte Silpa, »dann muss diese Siguang Yunhui interessante Kontakte haben. Schließlich ist die CCIC ein Staatsunternehmen.«

John nickte und ließ seinen Zeigefinger nachdenklich über den Rand des Kaffeebechers wandern. »Vielleicht arbeitet sie ja für das Unternehmen. Aber um den Bau von Straßen oder anderer Infrastruktur kann es dabei kaum gehen.«

Wie passte das zusammen? Ergab sich ein größeres Bild? Er rekapitulierte, was sie bisher über die Zusammenhänge in Erfahrung gebracht hatten.

»China hat ein großes Interesse daran, sein Quasi-Monopol als Seltene-Erden-Lieferant zu verteidigen. Insbesondere das Neodym eignet sich hervorragend, um Europa politisch unter Druck zu setzen. Ohne Neodym keine Energiewende. Ohne Neodym keine Elektromobilität. Das Kvanefjeld mit seinem riesigen Vorkommen stellt für Peking eine existenzielle Bedrohung dar. Versuche, selbst die Kontrolle darüber zu erlangen, sind gescheitert. Also müssen sie alles tun, um zu verhindern, dass die EU mit grönländischem Neodym unabhängig wird von chinesischen Lieferungen. Wie weit würden sie dafür gehen?«

»Da würde ich im Moment nichts ausschließen«, sagte Olsvig. »Schließlich geht es nicht nur um sehr viel Geld, sondern auch um politischen Einfluss.«

John nickte. »Wenn wir es tatsächlich mit Söldnern zu tun haben, dann müssen ihre Auftraggeber aber nicht unbedingt in Peking sitzen.«

»Wo denn sonst?«

»Das will ich mir gar nicht ausmalen«, sagte John. »Jeder Staat und jeder Konzern, der Interessen in Grönland verfolgt, könnte involviert sein. Russland, die USA, irgendwelche Bergbauunternehmen, Energiekonzerne, keine Ahnung. Uns fehlen die Informationen.«

Olsvig schlug mit der flachen Hand auf die Tischplatte.

»Wir müssen die Sicherheitsmaßnahmen weiter erhöhen. Ich traue dieser Frau nicht über den Weg ...«

Sie beschlossen eine Reihe von Maßnahmen, um den Tagebau vor Sabotage zu schützen. Die beiden Agenten versicherten, dass die PET jede nur denkbare Unterstützung genehmigen würde, da das ein Thema der nationalen Sicherheit sei. John konnte es sich nicht verkneifen, zu fragen, um welche nationale Sicherheit es denn ging – die Dänemarks oder die Grönlands. Wie erwartet, äußerten Hansen und Andersen sich nicht dazu.

John sparte sich weitere Kommentare. Die Nachwirkungen seiner Alkoholvergiftung machten sich bemerkbar. Als er aufstand, um sich zu verabschieden, taumelte er, seine Beine wollten ihren Dienst versagen. Silpa griff kurz entschlossen zu, legte sich seinen Arm um die Schultern und stützte ihn. Mit ihrer Hilfe schaffte er es zu seiner Unterkunft. Qimmeq erwartete ihn bereits.

Als Silpa gegangen war – nicht ohne eine Flasche mit ihrem Wundergebräu zu hinterlassen – zog sich John eine zweite Jacke über und setzte sich auf die Veranda, um den jugendlichen Dorschanglern an der Mole zuzuschauen. Morgen würde er wieder pünktlich am Arbeitsplatz sein. Es nagte an ihm, dass diese angebliche Expeditionsleiterin seine Achillesferse gekannt und gnadenlos ausgenutzt hatte. Woher hatte sie ihre Informationen? Diese Frage rotierte in seinem Kopf. Aber darüber zu grübeln führte jetzt nicht weiter. Er verschob es auf den kommenden Morgen. Den Rest dieses Tages wollte er seine Ruhe haben. Qimmeq stupste ihm die nasse Schnauze in die Hand. Dann rollte er sich zu seinen Füßen zusammen. Ein halbwilder Grönlandhund, der sich wie sein Haustier benahm. Verrückt, dachte John. So verrückt wie er selbst. Mochten die Einheimischen doch denken, was sie wollten.

KAPITEL 13

An Bord der *Kalmar* tobte ein Streit. Der NAW-Kutter lag vertäut an der Mole der Marina von Narsaq. Sie hatten sich in den Bauch des Schiffes verzogen, um das weitere Vorgehen zu besprechen. Der Kapitän sollte, obwohl er für die NAW fuhr, nichts von ihrem Zwist mitbekommen, das war ihm wichtig. Nils war ungesehen an Bord geschlichen.

»Wie naiv kann man denn sein?«, echauffierte er sich und tippte sich mit dem Zeigefinger mehrfach hintereinander an die Stirn. »Ihr seht doch, dass wir so nicht weiterkommen!«

»Besser naiv als kriminell«, blaffte Birte aus der Kombüse zurück. »Einen Streik anzuzetteln, ist ja noch okay. Aber was du vorhast, kann ganz schnell aus dem Ruder laufen. Was glaubst du wohl, wer hinter den Morden steckt?«

»Nun mach mal halblang, Birte«, versuchte Liv, die Wogen zu glätten. »Das weiß keiner so genau. Nicht mal der Sicherheitschef hat bisher Beweise gefunden.«

»Aber der Verdacht liegt doch auf der Hand, Liv. Niemand sonst hat ein so großes Interesse daran, den Tagebau lahmzulegen wie die Chinesen. Und denen geht's nicht um Umweltschutz, da kannst du sicher sein!« Birte stellte einen Teller ins Abtropfgitter und setzte sich zu ihnen an den Tisch.

»Wir müssen uns ja nicht sofort entscheiden«, lenkte Nils ein. Er musste das hier anders angehen. Sonst würde er sie verlieren. »Ich kann erst einmal Kontakt aufnehmen mit dieser angeblichen Expeditionsleiterin, von der ihr gesprochen habt. Ganz vorsichtig. Um abzuklopfen, ob und wie wir zusammenarbeiten können. Ob überhaupt Interesse besteht. Es soll ja niemand zu Schaden kommen.«

»Und was willst du ihr anbieten?«, fragte Liv ihn.

»Naja, ich arbeite lang genug in Kvanefjeld, um die Schwachpunkte der Mine zu kennen. Vielleicht kann ich einen Deal einfädeln.« Er lehnte sich zurück und legte das linke Bein quer über das rechte. Die Arme verschränkte er vor der Brust.

»So viel weißt du nun auch nicht, Nils. Und von den neuen Sicherheitsmaßnahmen auf dem Gelände schon gar nicht.« Liv wiegte den Kopf. »Ich an deiner Stelle würde dieser Frau nicht zu nahe kommen.«

Nils fuhr sich durch seinen Kinnbart und lächelte.

Birte legte Liv den Arm um die Schulter und wandte sich an ihn. »Sieh mal, du hast doch bei der Demo in Nuuk gehört, was alle beteuert haben. Keine Gewalt. Auf keinen Fall! Selbst die Separatisten der Bewegung Söhne und Töchter Nunaats haben sich dagegen ausgesprochen. Liv und ich sehen das genauso. Wir können doch nicht unsere eigenen Ideale verraten.«

»Ideale? Ach ja? Ich dachte, unsere Ideale besagen, dass wir die Ausbeutung der arktischen Ressourcen stoppen und Grönlands Umwelt vor der Verschmutzung mit Chemikalien und radioaktivem Abraum schützen wollen. Damit die Einheimischen sich weiter selbst ernähren können, ohne Angst vor einem gigantischen Fischsterben und verseuchtem Trinkwasser.« Die Adern auf seinen Schläfen pulsierten jetzt heftig. »Manchmal muss man etwas in Kauf nehmen, um viele zu retten.«

»Tut mir leid, Nils, dann bin ich raus.« Birte löste sich von Liv und ließ sich auf die Sitzbank plumpsen.

Liv sah ebenfalls nicht begeistert aus. »Ich habe ja auch kein gutes Gefühl bei der Sache. Aber wenn du das unbedingt willst, kannst du ja mal Kontakt aufnehmen und vorfühlen. Vielleicht hat diese Frau gar kein Interesse an einer Kooperation. Aber nun sind wir schon mal hier, da können wir nicht unverrichteter Dinge wieder abziehen. Es ist unsere letzte Option.«

Birte barg ihren Kopf in den Armen und sagte zur Tischplatte: »Macht, was Ihr wollt!«

Sie konnten keine Einigung erzielen. Birte blieb bei ihrem Entschluss. Liv wollte sich nicht festlegen. Nils hatte seine Entscheidung längst getroffen, dann aber eingelenkt und zugestimmt, zuvor in Nuuk ein Symposium mit den NAW-Sympathisanten zu veranstalten. So vage die Hoffnung auch war, sie von radikaleren Maßnahmen zu überzeugen.

Er verließ den Kutter, wie er gekommen war, unbemerkt und leise. Keinesfalls durfte er hier von jemandem als jener Peder Pedersen erkannt werden, der im Kvanefjeld die Minenarbeiter aufwiegelte.

•

»Ihre Hände zittern, Chef. Ist Ihnen nicht gut?« Sørensen klang besorgt. Zu Recht, wie John sich eingestand. Es fiel ihm schwer, den Tremor zu unterdrücken, der ihn seit dem Zwischenfall in Ivittuut immer wieder überfiel wie ein Blitzschlag, der den Weg zum Erdboden suchte.

»Alles gut, Jacob, alles gut«, beschwichtigte er ihn. »Das vergeht wieder. Ich habe vergangene Nacht schlecht geschlafen.«

Sørensens zweifelnden Blick ignorierte er. Schließlich war es seine Sache, wie er mit den Schüben umging, die Yunhuis Attacke ausgelöst hatte. Wie hieß dieses Gesöff noch mal? Baijiu? Er meinte, den Geschmack noch am Gaumen zu spüren. Nicht schlecht. So schnell, wie der Gedanke auftauchte, drängte er ihn wieder zurück in den hintersten Winkel seines Bewusstseins. Es wartete Arbeit auf ihn.

»Haben Sie die Veränderungen vorgenommen, um die ich Sie gebeten hatte, Jacob?«

»Ja, Chef. Alles installiert. Auch die GPS-Tracker. Die Jungs haben schon ein bisschen damit herumgespielt. Egal, ob Tag oder Nacht, wenn sich irgendwo auf dem Gelände etwas Ungewöhnliches tut, kriegen wir's mit.«

»Sehr gut. Wie ist die Stimmung unter den Arbeitern? Ist dieser Peder Pedersen noch mal aufgefallen?«

»Den Leuten geht's gut. Die Einmalzahlung, die Sie Browning abgeschwatzt haben, scheint zu wirken. Jedenfalls haben sich Pedersen und seine Anhänger seitdem nicht mehr gerührt.«

Ein erneuter Tremor-Schub kündigte sich an. John verabschiedete sich hastig, murmelte irgendetwas von »muss mal frische Luft schnappen« und floh aus der Überwachungszentrale.

Draußen empfing ihn ein kalter Nordwind, der vom Inlandeis heranwehte. Der Schweiß auf seiner Stirn trocknete rasch. John stützte sich am Sitz seines Quads ab und atmete tief durch. Das Zittern ließ nach. Nur die Fingerspitzen vibrierten noch. Oder bildete er sich das bloß ein? Ein Schluck Alkohol würde vielleicht … Er biss sich auf die Unterlippe. Nein. Niemals! Schlimm genug, dass alles wieder hochkam, was er schon vergessen geglaubt hatte. Im Geiste verwünschte er die Unbekannte, die ihn ohne jede Anstrengung durchschaut zu haben schien.

Etwas stieß gegen seine Beine. Es war Qimmeqs Schnauze. John erinnerte sich an das, was die alte Grönländerin in Nuuk ihm gesagt hatte. Achten Sie auf Ihren Qimmeq und behandeln Sie ihn gut. Er beugte sich zu ihm hinab und kraulte ihn zwischen den Ohren. Qimmeq ließ es geschehen. Ein leises Knurren stieg aus seiner Kehle. »Wir beide, wir halten zusammen«, flüsterte John. Er bemerkte, dass seine Hände nicht mehr zitterten.

Durch die Glastür sah John, dass Sørensen im Eingang des Verwaltungsgebäudes aufgetaucht war und heftig gestikulierte. Er schien ihn wieder hereinzuwinken. John richtete sich auf und blies Luft aus den Lungen, die in wabernden Schwaden vor ihm hängen blieb. Also gut. Zurück an die Arbeit.

Im Überwachungsraum beichtete ihm Sørensen, dass sie völlig vergessen hätten, die seit der Rückkehr der *Kalmar* über dem Schiff positionierte Kameradrohne wieder um- zuprogrammieren, so dass sie nicht ihre normale Route geflogen, sondern nach dem Laden wieder über dem Schiff in Position gegangen sei. Was sich als Glücksfall entpuppt habe.

Sørensen hatte ein Walrossgrinsen aufgesetzt.

»Das sollten Sie sich mal ansehen, Chef ...«

Das lange, gewellte Haar war unverkennbar. Obwohl die Kamera den Mann von schräg oben aufgenommen hatte. Es handelte sich um Peder Pedersen, der den NAW-Kut- ter enterte und eine Stunde später wieder verließ.

»Schau an! Was hat denn unser selbsternannter Streik- führer mit den Aktivisten zu schaffen?« Auf Johns Stirn bildete sich eine tiefe Falte. Dann wies er seinen Assisten- ten an, alle Bilder von Pedersen inklusive jener aus der Personalakte zur Polizeistation in Narsaq zu schicken. Olsvig solle sie abgleichen lassen mit den Fotos aller be- kannten Mitglieder von New Arctic Watch.

Konnten ihn die beiden jungen Frauen so an der Nase herumgeführt haben?

»Was machen wir nun, Chef? Pedersen hochnehmen? Handschellen und alles?«

»Auf keinen Fall, Jacob. Dazu haben wir noch keine Handhabe. Wir behalten ihn im Auge. Möglicherweise ist er nicht nur ein Aufwiegler, sondern auch ein Saboteur. Wir müssen ihn in flagranti erwischen.«

»In ... was?«

»Auf frischer Tat, Jacob.«

»Klar, Chef. Verstanden.« Er nickte heftig.

Als John gegen Abend zu Hause ankam, fühlte er sich wie erschlagen. Der Tremor hatte sich zwar nicht zurückgemeldet, aber ein Nachhall der vergangenen Anfälle steckte ihm noch in den Knochen. Lauerte hinter ihm wie ein Eisbär, der hinter einer Eisscholle auf das Auftauchen einer Robbe wartete. Machte sich etwa jene Mischung aus Furcht und Begehren wieder in ihm breit, mit der er früher schon zu kämpfen gehabt hatte? John schüttelte die lästigen Gedanken ab wie Qimmeq die Schneeflocken aus seinem Fell.

Er nahm ein Stück Robbenfleisch aus dem Kühlschrank und legte es auf der Veranda ab. Qimmeq würde es finden, sobald er von seinem Streifzug zurück war. Um diese Zeit strich er zwischen den Häusern herum und markierte, was er als sein Revier betrachtete. Von Narsaq hielt er sich fern. Es sei denn, es galt, John dorthin zu folgen.

Guter Qimmeq, dachte John, irgendwie sind wir ein tolles Team. Der mit seiner wieder aufflammenden Trunksucht ringende Fremde und der von seinesgleichen verstoßene Schlittenhund.

Während John verwundert vor dem offenen Kühlschrank stand und sich fragte, warum er mehr Futter für Qimmeq gebunkert hatte als Lebensmittel für sich selbst, klopfte es an der Haustür. Besuch um diese Zeit, und das unangemeldet? Außer Sørensen würde sich das niemand trauen.

»Kommen Sie rein, Jacob, es ist offen!«, rief John über die Schulter hinweg.

»Ich heiße zwar nicht Jacob, aber vielleicht bin ich ja trotzdem willkommen.«

John drehte sich um. Aka stand bereits mitten im

Wohnraum, eine Isoliertasche geschultert, und strahlte ihn an.

»Ich habe gehört, dass es dir nicht so gut geht und wollte mal nach dem Rechten sehen.« Sie setzte die Tasche ab. »Außerdem habe ich dir einen Topf *Suaasat* mitgebracht, frisch gekocht.« Sie lugte an ihm vorbei in den offenen Kühlschrank. »Das war, glaube ich, eine gute Idee.«

John schüttelte den Kopf. »Meine Güte, Aka, mit Ihnen habe ich nun wirklich nicht gerechnet.« Er seufzte. »Eigentlich mag ich keine Überraschungsbesuche. Aber ein heißer Karibu-Eintopf mit Kartoffeln und Zwiebeln, das klingt schon verführerisch.«

»Etwas Robbenfleisch und Lorbeerblätter sind auch drin. Du kannst schon mal den Tisch decken, während ich den *Suaasat* auf den Herd stelle.« Sagte sie und wirbelte zur Küchenzeile davon.

John fügte sich in sein Schicksal, immer noch kopfschüttelnd. Aka rannte alle Barrieren, die er aufzustellen vermochte, über den Haufen. Außerdem duzte sie ihn schon wieder. Das musste aber nichts bedeuten, redete er sich ein. Unter den Einheimischen war das vielleicht so üblich.

Später, beim Abendessen, erzählte er ihr, was sich in Ivittuut zugetragen hatte. Er verschwieg ihr kein Detail und beschönigte auch seine Vergangenheit als Alkoholiker nicht. Einen Moment lang war er selbst verblüfft über seine Offenheit ihr gegenüber. Was soll's?, dachte er. Es ist nur fair, dass sie erfährt, mit wem sie es zu tun hat. Puh. War das jetzt etwa Selbstmitleid? So ein Schwachsinn.

Er rang sich ein Lächeln ab.

»Dein *Suaasat* ist sensationell!«

»Danke. Aber das ist noch nicht alles. Ich habe eine Überraschung für dich ...« Sie bückte sich und zog eine Frischhaltebox aus der Isoliertasche neben dem Tisch. »Rohe Seehundnieren, ganz frisch!«

Als Aka Johns entsetzten Gesichtsausdruck bemerkte, brach sie lauthals in Gelächter aus – sie lachte so sehr, dass sie nach Luft schnappen musste.

»Reingefallen! Herrlich, du müsstest dich mal im Spiegel sehen!« Sie wischte sich Tränen aus den Augen.

»Nein, keine Seehundnieren. Ich habe dir etwas *Mattak* mitgebracht. Mit den besten Grüßen von meinem Onkel. Wir haben doch beim *Kaffemik* neulich alle sehen können, dass du bei dem Gedanken, rohe Seehundnieren kosten zu müssen, ganz bleich geworden bist.«

John stimmte mit ein wenig Verzögerung in ihr erneutes Lachen ein.

Beim Kaffee erzählte ihm Aka von ihrer weitverzweigten Familie und plauderte über die Widrigkeiten, mit denen sie auf der Farm zu kämpfen hatten. John fragte sie, wieso sie den gleichen Namen trüge wie Grönlands berühmteste Bildhauerin und Malerin. Høegh sei ein weit verbreiteter Name auf Grönland, erklärte ihm Aka und ihr Vorname eine Verbeugung ihrer Eltern vor jener Frau, die bis heute mit ihrer Kunst die Identität der Grönländer gegen die Übermacht der dänischen Kultur verteidige. Ihre Augen blitzten, als sie das sagte.

Eine Stunde später wandte sie sich zum Gehen, nicht, ohne ihm einen letzten belustigten Blick zuzuwerfen. »Genieß deinen *Mattak*, John, und vergiss mich nicht.«

Was für ein schöner Abend nach einem so beschissenen Tag, dachte John, als die Tür hinter ihr ins Schloss gefallen war. Er hielt beide Hände ausgestreckt vor sich. Kein Zittern. Zumindest verlängerten sich die Abstände zwischen den Anfällen. War das ein Zeichen, dass er den Rückfall überstanden hatte? Er hoffte es.

Draußen auf der Veranda schmatzte Qimmeq, der das Robbenfleisch gefunden hatte. Er würde sich zum Schlafen vor die Haustür legen. Wie jede Nacht.

In dieser Nacht träumte John erneut von *Qivittut*, die ihn über berstendes Eis hetzten, von einem weißen Wolf, der ihn in eine Schneehöhle zerrte. Und von einer Frau in einem eisblauen Overall, die erst wie Aka aussah und sich dann in Yunhui verwandelte.

In der Kommandozentrale der Changzheng 13 war Hektik ausgebrochen. Der Bordalarm schrillte. Offiziere eilten zu ihren Konsolen. Senior Kapitän Zhang Wen gab unter den kritischen Augen von Mei Zheng, seines von der Partei abgestellten Aufpassers, den Befehl zum Auftauchen. Der Boden der Zentrale kippte kaum merklich um einige Grad nach hinten, als sich der elftausend Tonnen verdrängende Koloss der Shang-II-Klasse Richtung Meeresoberfläche schob. Unaufhaltsam wie ein Blauwal, aber ohne dessen Anmut. Minuten später brach das Atom-U-Boot durch die dünne Packeisschicht. Zhang Wen wies den Ersten Offizier an, das Boot auf Position zu halten. Dann begab er sich zusammen mit Mei Zheng zum Dry Deck Shelter hinter dem Turm. Sie verließen das Modul in einem Tauchtender. Zusammen mit vier Marine-Infanteristen und einer versiegelten Transportkiste.

KAPITEL 14

Fang trat ein und salutierte zackig, wie Yu Lynn Hua es von ihm gewohnt war. Ein hübscher Junge, dachte sie. Er würde es weit bringen – mit ihrer Hilfe natürlich. Sie benetzte ihre Lippen.

»Rühren, Fang. Was gibt es?«

»Die *Changzheng* liegt vor der Küste. Senior Kapitän Zhang Wen ist zu uns unterwegs. Er wird in zehn Minuten hier eintreffen.«

»Sehr gut. Bringen Sie den Kapitän und seine Begleitung zu mir, sobald sie an Land gegangen sind.«

»Jawohl!«

»Guter Junge. Und nun an die Arbeit.« Sie scheuchte ihren Adjutanten mit einem Wink nach draußen.

Wieso begleitete ein hochrangiger Kapitän der U-Boot-Flotte die Lieferung? Yu grübelte. Sie verabscheute Überraschungen. Hatte ihr der Minister nicht versprochen, dass die Operation vollständig in ihrer Hand liegen würde? Nun, beruhigte sie sich, vielleicht will sich der Herr Kapitän nach Monaten an Bord nur die Füße vertreten. Das wäre allzu verständlich. So modern die Atom-U-Boote der Volksbefreiungsarmee auch sein mochten, sie blieben nasse, stickige Stahlröhren, in denen sich Schweißgeruch, Öldämpfe und Ozongestank zu einer olfaktorischen Hölle verbanden, vor der ihr graute.

Wenig später kündigte Fang ihre beiden Gäste an und ließ sie ein. Er verschwand sogleich wieder.

»Setzen Sie sich, meine Herren. Kann ich Ihnen etwas anbieten nach der langen Reise?«

»Nein danke, Kapitänin Yu Lynn Hua. Wir haben keine Zeit zu verschwenden.«

Der Politoffizier kam dem Kapitän zuvor. Dessen enttäuschter Blick sprach Bände, doch er verzichtete auf Widerworte.

Yu musterte die beiden Männer. Sie können einander nicht ausstehen, dachte sie. Zhang Wen mochte zwar Kapitän der *Changzheng* sein, aber sein Politoffizier vertrat die Interessen der Partei. Sie setzte ein wissendes Lächeln auf und nickte beiden freundlich zu.

»Selbstverständlich. Dann darf ich davon ausgehen, dass mit Ihnen auch meine Lieferung eingetroffen ist?«

»Jawohl. Und auf Weisung des Genossen Parteivorsitzenden neue Befehle des Ministers.« blaffte Mei Zheng.

»... die ich Yu Lynn Hua gerne erläutern möchte.« Offenbar gab sich der Kapitän so schnell nicht geschlagen. Recht so! Yu verkniff sich ein Schmunzeln.

»Wie Sie wissen, findet im April die jährliche Tagung des Nationalen Volkskongresses statt. Der Minister wünscht noch vor deren Beginn einen erfolgreichen Abschluss der Operation im Kvanefjeld. Aufgrund der Dringlichkeit gibt Ihnen der Minister freie Hand bei der Gestaltung der Aufgabe. Er lässt Sie im Übrigen herzlich grüßen und sendet

Ihnen eine modifizierte Variante des von Ihnen ange-
forderten ... Hilfsmittels. Wir nennen es die *Faust Mao
Zedongs*.«

Der Kapitän rief einen Befehl nach draußen.

Daraufhin rollten die vier Marineinfanteristen des Be-
gleitkommandos eine fast zwei Meter lange Transportkiste aus Aluminium ins Zelt.

Yu ließ es sich nicht nehmen, höchstpersönlich die Ver-
schlüsse der Kiste zu öffnen und den Inhalt zu begutachten.

»Wunderschön«, murmelte sie. »Und so kompakt.
Worin bestehen die Modifikationen?«

»Dank der Genialität unserer Wissenschaftler konnten
wir die Durchschlagskraft gegenüber der Basisversion um
fast dreißig Prozent steigern. Nichts wird der *Faust Mao
Zedongs* standhalten.« Der Kommissar applaudierte.

»Lang lebe die Kommunistische Partei Chinas! Lang
lebe der Genosse Staatspräsident!«

Yu und der Kapitän kamen seiner unausgesprochenen
Forderung nach und fielen in den Applaus ein.

Als ihre Besucher auf dem Rückweg zur *Changzheng*
waren, rief Yu ihren Adjutanten zu sich. Sie baute sich vor
ihm auf und hob eine Hand, strich ihm sanft über die
Wange. Er zitterte kaum merklich, wich ihrem Blick aber
nicht aus. Yu tätschelte ihm lächelnd die Wange.

»Ich habe einen Auftrag für Sie, Fang«

»Was immer Sie befehlen, Frau Kapitänin.«

»Vorbildlich. Aber Sie wissen ja. Erst die Arbeit, dann
das Vergnügen.«

Während sich ihr Team beeilte, Ausrüstung, Proviant und die *Faust Mao Zedongs* im Helikopter zu verstauen, schickte Yu die Quads mit der Mehrzahl ihrer Männer zum Hafen von Kangilinnguit, wenige Kilometer nördlich der verlassenen Minensiedlung. Dort wartete ein Frachter darauf, sie aufzunehmen. Sie hatte sich entschieden, das Lager in Ivittuut abzubauen und einen strategischen Ortswechsel vorzunehmen. Das Auftauchen von John Kaunak und seiner Begleiterin hatte ihr zu denken gegeben. Hatte er sie durchschaut? Wenn, dann sicher nicht vollständig. Yu lächelte schmallippig. Bei ihrer nächsten Begegnung würde sie nicht mehr improvisieren. Es würde ihr ein Vergnügen sein, länger mit ihm zu plaudern; nach ihren Regeln. Und er würde ihr einiges zu erzählen haben, da war sie sich sicher.

An- und abschwellendes Sirenengeheul erfüllte die Pituffik Space Base, die frühere Thule Air Base.

Piloten der Flugbereitschaft rannten über das Vorfeld zu einem bereitstehenden Seefernaufklärer. Im Horchraum tief im Innern der Station erstattete ein Lieutenant seinem Vorgesetzten Meldung.

»Da sind sie wieder, Sir! Die gleichen Schraubengeräusche wie neulich! Immer noch südlich von uns. Sie entfernen sich langsam ... Der Aufklärer startet gerade.«

»Haben wir nicht eines unserer Jagd-U-Boote dort unten auf Patrouille?«

»Ja, Sir. Die USS North Dakota.«

»Dann stellen Sie eine Verbindung her und übermitteln Sie dem Captain die Ortungsdaten.«

»Aye, Sir.«

»Wenn das kein Russe ist oder einer unserer Alliierten, dann bleibt uns nur eine Möglichkeit ... also Tempo!!«

In der Kommandozentrale der Changzheng ging der Ortungsalarm. Wie immer, wenn das schrille Schellen ertönte, verzog Senior Kapitän Zhang Wen keine Miene. »Sie haben uns entdeckt,« stellte er fest.

Von den Konsolen in der Ortungsabteilung wurden in kurzen Abständen Angaben über Entfernung, Kurs und Geschwindigkeit des Objekts durchgegeben, das sie im Visier hatte.

»Ein amerikanisches Jagd-U-Boot vermutlich. Seit unserem letzten Besuch sind sie wesentlich wachsamer geworden.« Der Kapitän warf einen Blick hinüber zu seinem schweigsamen Politoffizier.

»Nervös, Mei Zheng? Sie machen sich doch nicht in die Hose?«

Seine angespannten Kiefermuskeln zeugten von eiserner Selbstbeherrschung.

»Wir werden keinen internationalen Zwischenfall riskieren. Sonar? Auf Signale achten! Steuermann?«

»Ja, Herr Senior Kapitän?«

»Maximaler Sinkwinkel. Backbord – volle Kraft voraus. Schalten Sie die Dämpfer ein. Und nehmen Sie direkten Kurs auf das nordpolare Packeis. Wenn das ein Boot der North-Dakota-Baureihe ist, sind wir drei Knoten schneller als sie. Sie werden die Verfolgung abbrechen.«

KAPITEL 15

Endlich fegte der längst überfällige Wintereinbruch über das Land. Auch der Süden Grönlands blieb nicht verschont. Die Arbeiter des Tagebaus bereiteten sich auf ihre kurzen Weihnachtsferien vor. Viele würden über die Feiertage nach Hause zu ihren Familien in Dänemark, Norwegen oder Kanada fliegen.

Ein kleines Team blieb vor Ort, um die Förderung der Seltenen Erden aufrechtzuerhalten. Größtenteils Singles, die keine familiären Verpflichtungen hatten und zugunsten ihrer Kollegen auf die Heimreise verzichteten. Die fette Prämie, die ihr Arbeitgeber ihnen dafür zahlte, würden sie in den Kneipen und Bars an der Ilua-Bay oder in Narsaq für Alkohol ausgeben.

In der Stadt und auf den Farmen in der Umgebung wuchs die Vorfreude auf das Weihnachtsfest. Die Einheimischen, fast alle christlich getauft, wussten ihr traditionell animistisches Denken mit den Lehren der protestantischen Kirche zu verbinden – mit einem unnachahmlichen Pragmatismus. Gründe, ausgiebig zu feiern, waren in der Ödnis der Insel Mangelware. Sie ergriffen dankbar jede Gelegenheit, an einem gemütlich beheizten Ort zusammenzukommen.

Wie beispielsweise zum sonntäglichen Gottesdienst in der Kirche der Provinzhauptstadt Qaqortoq, deren Pastorin auch für die umliegenden Gemeinden zuständig war.

John saß zusammen mit Arbeitskollegen und Bekannten in einer der vorderen Bankreihen der schlichten rot-weißen Kirche mit der einladenden Fensterfront. Akas Onkel und Tante hatten ihn gedrängt, sie zu begleiten. Ebenso einige der Bekannten, die er bei einem *Kaffemik* der beiden angetroffen hatte; die waren mittlerweile häufiger geworden. Alle hatten ihn mit offenen Armen empfangen. Was in ihm nach wie vor ein vages Schuldgefühl wachrief. Aka selbst war nicht anwesend. Wichtige Geschäfte, die keinen Aufschub duldeten, wie sie ihm in einer Nachricht mitgeteilt hatte. Sie hatte ihn auf Heiligabend vertröstet.

Nachdem die Orgel verstummt war, wandte sich die Pastorin an die Gemeinde. Johns Grönländisch reichte aus, ihrer Predigt sinngemäß zu folgen. Sie handelte von der Natur als Beschützerin des Glaubens und der Kirche als einem Ort, wo man ihr und einander mit Bescheidenheit und Respekt begegnen könne. John sah sich um. Erstaunlich, weit und breit keine Apostelabbildungen, keine Heiligen, keine blutenden Wunden Christi. Stattdessen Bilder von Pflanzen und Gewächsen, die auf der Insel wuchsen. Sein tiefverwurzeltes Misstrauen gegen die Institution Kirche meldete sich. War dies die Strategie, mit der die christlichen Hirten ihre grönländischen Schäfchen für sich gewonnen hatten? Die Predigt endete. Der Organist bearbeitete Tasten und Pedale der Orgel, und die Gemeinde stimmte voller Inbrunst, wenn auch nicht sonderlich gerade, in den Choral ein.

Vermutlich waren sie dankbar dafür, in der Pastorin jemanden zu haben, der ihnen Trost spendete, wenn sie die Trauer übermannte oder die Depression an die Tür klopfte. John schaute sich um. Ein plötzliches Gefühl von Verbundenheit mit den Menschen stieg in ihm auf. Er versuchte, es abzuschütteln wie ein lästiges Insekt. Was ihm früher leichtgefallen war, misslang ihm diesmal.

Später, als er mit Akas Onkel und Tante und zweien ihrer Verwandten die Straße zum Hafen hinunterspazierte, sprach er sie auf ihr Verhältnis zur Kirche und zum Christentum an.

»Ach, diese Frage schon wieder.« Tante Gerda lachte. »Weißt du, als ich noch ein Kind war, habe ich zwei Dinge sofort begriffen. Dass die Welt um uns sich schnell veränderte und dass wir nun einen weiteren Gott hatten. Trotzdem habe ich weiter an unsere Meeresgöttin geglaubt. Und an die Macht der *Tupilait*, die mein Vater und mein Großvater schnitzten.«

»Schau dich um, John.« Onkel Lars holte zu einer weiten Handbewegung aus, als wolle er ganz Grönland umfassen. »Unsere Welt ist so weit, so groß und so kalt, da ist Platz für viele Götter. Und Jesus ist einer, der in kalten Nächten die Herzen wärmt. Davon kann man nie genug haben. Deshalb sind die Kirchen hier zur Weihnachtszeit voll.«

Tante Gerda sah John an, ernst diesmal. Die Furchen in ihrem Gesicht waren tief wie die Schründe eines Gletschers.

»Und du, woran glaubst du?«

Die Frage traf ihn ins Mark. Ja, woran glaubte er? Glaubte er überhaupt an irgendetwas? Oder hatte er in den langen Jahren bei der Kriminalpolizei schon zu viel Böses und Abartiges gesehen, um noch auf einen gnädigen Gott zu hoffen, auf einen Erlöser? Es fiel ihm fast schwer, überhaupt an Gerechtigkeit zu glauben, das Mindeste, was man bei einem Polizisten voraussetzen durfte.

John zögerte. »Ich weiß es nicht«, flüsterte er.

Onkel Lars und Tante Gerda nickten unisono, während sie untergehakt dem Liegeplatz ihres Bootes entgegensteuerten.

»Das macht nichts, John«, nahm Onkel Lars den Gesprächsfaden wieder auf. »Jeder kann sehen, dass du auf der Suche bist. Und wer weiß, vielleicht hast du längst gefunden, wonach du suchst. Du hast es nur noch nicht bemerkt. Aber das wird schon.« Er warf einen Blick auf seine Frau.

Tante Gerda nickte. »Ja«, sagte sie, »*siku kisimi*, allein das Eis entscheidet.«

Es ging auf Weihnachten zu, und die *Kaffemiks* häuften sich. John entschuldigte sich meist, doch man zeigte Verständnis dafür, dass er als Sicherheitschef des Tagebaus Verpflichtungen hatte. Doch als schließlich Aka bei ihm auftauchte und ihn zum familiären Weihnachtsessen auf ihrer Farm einlud, konnte er ihr den Wunsch nicht abschlagen. Beruhigt darüber, dass Sørensen alles im Griff zu haben schien, nahm er die Einladung an. Jedoch nicht ohne ein leichtes Magenflattern. Immerhin würde er zum ersten Mal ihre Familie kennenlernen.

Am vierundzwanzigsten Dezember lag der ganze Süden der Insel unter einer dichten Schneedecke begraben.

Längst hatten die Einwohner ihre Motorschlitten aus den Unterständen geholt und die Quads eingewintert. Das galt auch für den Fuhrpark der Mine. Die Høegh-Farm lag etwas abgelegen im äußersten Süden einer Landzunge, die weit auf den Fjord hinausreichte. Erreichbar sowohl von See her mit dem Boot als auch über Land mit dem Schneemobil. John entschied sich für den Landweg. Er ließ es ruhig angehen.

Aka hatte ihn vorgewarnt, dass ihre Eltern seit jeher Gegner des Tagebauprojekts waren und an zahlreichen Demonstrationen mit Farmern aus der Umgebung teilgenommen hatten. Es war nicht auszuschließen, dass dies selbst am Heiligabend zur Sprache kommen würde. Ein Grund mehr, weshalb sich John unwohl fühlte. Aber wer konnte schon Aka widerstehen? Er ganz sicher nicht.

Da er wusste, dass die Schafe über die Wintermonate in ihren Ställen untergebracht waren, erlaubte er Qimmeq, ihn zu begleiten. Der Rüde tobte hinter und neben dem Schneemobil durch die Schneewehen und war außer Rand und Band. Das ist seine Welt, dachte John; Eis, Schnee und Kälte, eine kristallklare Luft, die in die Haut schneidet und dem Graublau des Fjords einen metallischen Schimmer gibt.

Gegen drei Uhr nachmittags erreichte er die Høegh-Farm. Das Haupthaus lag direkt am Fjord, der Schafstall ein paar hundert Meter entfernt am Fuß eines Hügels, der in den Sommermonaten von saftigem Gras überzogen sein würde. Weiter oben entdeckte er zwei Gewächshäuser, daneben einen Windgenerator. Er stellte den Motorschlitten neben dem Haus ab. Von drinnen drang ein warmer Schein durch die mit orangegelben Weihnachtssternen geschmückten Fenster. Der Schnee knirschte und knarzte unter seinen Füßen, als er zur Haustür stapfte. Weiße Weihnachten, dachte er, das habe ich lange vermisst.

In der Ferne tollte Qimmeq durch den Schnee. Vermutlich jagte er Schneehasen.

Die Høeghs hießen ihn herzlich willkommen. Herzlicher, als er es nach Akas Hinweis auf ihre Haltung gegenüber seinem Arbeitgeber erwartet hatte. Elias und Beathe, Akas Eltern, stellten sich als überaus humorvolles Paar heraus. Eine Eigenschaft, die John angesichts der selbst im klimatisch moderaten Süden harten Lebensumstände verblüffte. Vielleicht erklärte das Akas ungezwungene Art? Die Høeghs stellten ihm reihum die anderen Gäste des Abends vor. Inekunâk, Pilippu, Ujût, Makka, Sophie, Magdalene ... es fiel ihm schwer, sich die Namen zu merken. Alles Mitglieder der großen Familie. Offenbar war er der einzige Fremde am Tisch. Kaum eine Stunde später hatte er diesen Gedanken jedoch bereits vergessen. Während das alljährliche TV-Weihnachtskonzert mit der Hymne *Guuterput Aavaat* heimelige Stimmung verbreitete, machten sich die Anwesenden über Beathe Høeghs köstlichen Lammbraten her. Eine für John ungewohnte, aber willkommene Abwechslung von den grönländischen Spezialitäten, die er bei diversen *Kaffemiks* kosten durfte – oder musste –, je nach Perspektive.

Unter dem Weihnachtsbaum, einem handelsüblichen Ungetüm aus grün gefärbtem Plastik, warteten die Geschenke. Auch John hatte seines dazugelegt. Seine Kirchgang-geübten und sangesfreudigen Gastgeber bestanden darauf, gemeinsam mit ihm Weihnachtslieder zu singen. Eigentümlich langsame, grönländische Melodien, die ihn mehr berührten, als er sich eingestehen mochte. Die Familie amüsierte sich köstlich über jede Note, die er falsch intonierte. Nachdem sich das Gelächter gelegt hatte, ging es ans Geschenkeauspacken.

»Das ist für dich«, sagte Aka und reichte ihm ein etwa fünfzehn Zentimeter langes Päckchen.

John bemühte sich, seine Neugier zu zügeln. Es gelang ihm, das Etwas auszuwickeln, ohne das Geschenkpapier zu zerreißen.

»Ohhhhh«, machte John.

»Gefällt er dir? Ich habe einen Bruder meiner Mutter drüben an der Ostküste besucht. Er schnitzt in seiner Freizeit *Tupilait* aus Rentiergeweih. Ich habe ihm von dir erzählt und dass du einen gefährlichen Beruf hast. Dieser *Tupilak* soll dich beschützen.« Sie deutete auf die glupschäugige Figur, die ihn unverwandt anstarrte.

»Das ist sehr lieb«, murmelte John. Er drehte und wendete die Figur, begutachtete ihre haarigen Pranken, die Säulenbeine, das aufgerissene Maul, den aus dem Hinterkopf quellenden Wolfsschädel und das zweite, gefletschte Gebiss, das ihm aus dem Unterleib wuchs.

»Vor Generationen gab es in der Familie meiner Mutter einige mächtige Schamaninnen. Lange bevor die Dänen auf unsere Insel kamen. Die Arbeiten des Onkels erinnern uns an diese Zeit.« Aka forschte in Johns Gesicht nach Anzeichen der Freude.

»Aka, ich freue mich wirklich über dein Geschenk«, beeilte er sich zu sagen. »Es erinnert mich daran, was mich auf Eure Insel geführt hat.« Er stockte. »Und ich weiß, dass es von Herzen kommt.« Bevor er groß nachdenken konnte, drückte er Aka einen Kuss auf die Wange. »Vielen, vielen Dank und fröhliche Weihnachten!«

Den Rest des Abends widmeten sie sich Kaffee und den *Klejner* genannten Krapfen, stopften Pfeffernüsse und Honigkuchen in sich hinein und ließen das fast vergangene Jahr Revue passieren. Es wurde spät an diesem Heiligabend.

Als John sich ins Gästezimmer verzog, das ihm die Høeghs zur Verfügung gestellt hatten, war ein Großteil der Last der vergangenen Wochen von ihm abgefallen. Die Familie hatte ihn mit eben der Offenheit und Wärme empfangen, die er schon so oft auf Grönland erlebt hatte. Seine Arbeit für das unbeliebte Tagebau-Projekt war mit keinem Wort zur Sprache gekommen. Er würde tief und friedlich schlafen in dieser Nacht, da war er sich sicher. Und wenn er von *Qivittut* träumen sollte, auch gut. Es scherte ihn nicht. Schließlich wachte Akas *Tupilak* über ihn.

Am Mittag des zweiten Weihnachtstages verabschiedete sich John von Aka und den Høeghs. Pappsatt wie er war, wollte er zurückfahren zu seinem Haus an der Ilua-Bay. So kurz nach der Wintersonnenwende hielt das Tageslicht selbst hier im Süden der Inseln nur vier Stunden an. Es war nicht empfehlenswert, im Dunkeln unterwegs zu sein.

Als er seinen Motorschlitten erreichte, war von Qimmeq weit und breit nichts zu sehen. Wahrscheinlich konnte er von den Schneehasen nicht genug bekommen, beruhigte sich John. Unterwegs würde er auftauchen, so, wie er das immer tat. Er drückte den Startknopf und drehte den Gasgriff, dann schoss er den Hang hinauf zu dem schmalen Weg, der nach Narsaq führte und weiter zur Ilua-Bay. Es schneite wieder leicht. Feine Eiskristalle diesmal, nicht die fetten Flocken der letzten Tage. Die Piste vor ihm war menschenleer, er drehte den Gasgriff weiter auf. Die Antriebskette des Motorschlittens schleuderte eine lange Schleppe von Schneekristallen auf, die hinter ihm langsam zu Boden sanken.

Er war zu schnell, um rechtzeitig zu reagieren, als er das dünne Stahlseil entdeckte, das auf halber Strecke den Hang hinauf den Weg vor ihm querte. Straff gespannt lauerte es etwa zwei Handbreit über dem vereisten Boden. Die vorderen Kufen des Scooters verhakten sich. Noch während sein Gefährt sich überschlug, schleuderte es John aus dem Sitz. Er schlug hart auf, einmal, rollte durch den Schnee. In einer Wehe blieb er liegen.

Zwei Männer in weißen Tarnanzügen huschten aus ihrer Deckung. Einer beugte sich über ihn. John sah die Injektionsnadel auf sich zukommen, war aber nicht imstande, auszuweichen. Die Sinne schwanden ihm. Das Letzte, was er spürte, war ein harter Griff unter seine Arme und das Schleifen seiner Füße durch den Schnee.

KAPITEL 16

Als John wieder zu sich kam, befand er sich in einem abgedunkelten Raum. Es war kalt. Er war nackt. Er saß auf einem Stuhl. Seine Handgelenke waren mit Kabelbindern hinter der Lehne fixiert, die Fußgelenke an die Holzbeine gebunden.

»Es war gar nicht so einfach, in dieser Einöde den passenden Stuhl für Sie zu finden, John«, sagte eine weibliche Stimme aus dem Halbdunkel. »Wir mussten ein wenig improvisieren. Ich hoffe, Sie wissen unsere Mühe zu schätzen.«

Erst jetzt bemerkte John, dass in der Sitzfläche unter ihm ein großes Loch klaffte. Und kannte er diese Stimme nicht?

»Siguang Yunhui, sind Sie das? Wollen Sie mir das Weihnachtsfest versüßen?«

»Witzig. Es schmeichelt mir, dass Sie mich so schnell wiedererkannt haben, John.« Ein Klicken, und zwei Ringlichter erhellten den Raum. Sie warfen ein weiches, gelbliches Licht auf ihn. Aus dem Halbdunkel dahinter schälte sich eine schlanke Gestalt. John kniff die Augen zusammen.

»Ich glaube, ich hatte mich noch nicht wirklich vorgestellt. Den Namen Yunhui habe ich mir, na ja, sagen wir mal ... ausgeborgt. Ich hoffe, Sie vergeben mir diese kleine Scharade. Tatsächlich heiße ich Yu Lynn Hua. Mehr müssen Sie fürs Erste nicht über mich wissen.«

»Ich kann nicht behaupten, dass ich entzückt bin, erneut Ihre Bekanntschaft zu machen.«

Yu lachte leise und wanderte einmal um den Stuhl herum, auf dem John saß. Dabei strich sie leicht mit der Hand über seine Schultern. Als sie hinter ihm stand, beugte sie sich vor und flüsterte ihm ins Ohr: »Das kommt noch, lieber John, das kommt noch ... Vielleicht ahnen Sie ja schon, weshalb Sie hier sind?«

John hustete trocken.

»Informationen?«

»Ah, ich sehe, wir verstehen uns. Richtig. Ich benötige Informationen von Ihnen. Alles, was Sie mir über die aktuellen Sicherheitsvorkehrungen im Kvanefjeld erzählen können. Wachwechsel, Rhythmus der Drohnen-Patrouillen, Positionen der fest installierten Kameras, Zugangs-Codes, Abschalt-Codes. Womit wollen wir anfangen?«

»Da können Sie lange warten.« Yu schritt zurück zu den beiden Stativen mit den Ringlichtern. An einem der Lichter war ein Smartphone montiert. Was soll das?, fragte sich John. Wollte sie ein Video von ihm aufnehmen und streamen?

Yu zog einen altmodischen Lehnstuhl aus dem Dunkel zu sich heran und setzte sich.

»Den haben wir neulich in Ivittuut gefunden, in einem der verlassenen Häuser. Eine echte Antiquität.«

Als sie mit einer Fernbedienung die Helligkeit der Ringstrahler hochdrehte, erkannte John neben dem Lehnstuhl ein Tischchen mit einer Teekanne und zwei Gaiwans. In eines goss Yu heißen Tee aus der Kanne, dann führte sie die Schale zum Mund und nippte daran. Ihr Blick ruhte auf John.

»Köstlich. Wissen Sie, was die eigentliche Kunst bei der Zubereitung des perfekten Oolong-Tees ist? Wir nennen das die *Gong-Fu-Cha*-Methode. Die Wassertemperatur muss zwischen fünfundachtzig und fünfundneunzig Grad Celsius liegen. Nicht mehr, nicht weniger. Zu je hundert Milliliter Wasser geben Sie genau dreieinhalb Gramm Tee hinzu. Die Aufgusszeit muss kurz sein. Weniger als sechzig Sekunden. Dafür können Sie den Tee bis zu einem dutzend Mal erneut aufgießen. Größter Genuss bei höchster Effizienz.«

Yu lächelte. »Das gilt auch für das Spiel, das wir gleich spielen werden.«

John spürte, wie ihm kalter Schweiß aus den Poren drang. Am ganzen Körper. Diese Frau ist wahnsinnig, dachte er. Was sollte das werden?

Yu goss sich Tee nach und dozierte weiter.

»Nachdem wir gerade so schön miteinander plaudern, will ich Ihnen ein Geheimnis verraten. Etwas ganz Privates.« Sie betrachtete das Muster auf ihrer Keramikteeschale. »Wissen Sie, wie ich mir in den wenigen freien Minuten, die der Beruf mir lässt, die Zeit vertreibe?«

»Brettspiele?«, vermutete John.

Yu lachte. »Aber nein, wo denken Sie hin. Privat bin ich ein großer James-Bond-Fan. Ich habe alle Filme gesehen und fast alle Bücher gelesen. Ironisch, nicht wahr? Eine chinesische Agentin geht ins Kino, um sich James-Bond-

Filme anzuschauen.« Yu gluckste. »Und wissen Sie, welcher Film mir am besten gefallen hat?«

»Keine Ahnung. Ich bin kein großer Kinogänger.«

»Ach kommen Sie, das müssen Sie doch ahnen. Sehen Sie sich um!«

John schüttelte den Kopf.

»*Casino Royale* natürlich! Die Version von 2006, mit Daniel Craig in der Hauptrolle. Na, klingelt da was bei Ihnen?«

John schwieg verbissen.

»Ein überaus inspirierender Film, wie ich finde. Auch wenn die Handlung ein wenig von der Buchversion abweicht. Es gibt da diese hübsche Folterszene mit Bonds Gegenspieler Le Chiffre ...«

John konnte nicht verhindern, dass sich alle Muskeln in seinem Körper verkrampften. Er schluckte.

Yu stand auf, ging zum Ringlicht und tippte auf den Bildschirm des Smartphones. John schätzte, dass sie ein Video gestartet hatte. Dann griff sie hinter sich und hob ein Tau vom Boden auf. In aller Ruhe begann sie, einen Knoten in das Ende hineinzuflechten.

»Erstaunlich, was man in einer verlassenen Siedlung wie Ivittuut so alles findet. Dieses Seil zum Beispiel, vermutlich Jahrzehnte alt, ist noch in tadellosem Zustand. Wahrscheinlich hat es ein Fischer zurückgelassen. Im grönländischen Klima dauert es sehr lange, bis das Material verrottet.«

Sie zog prüfend den Knoten straff. Dann schlug sie mit dem Tampen versuchsweise auf den Boden vor Johns Stuhl. John zuckte zusammen.

»Okay. Wollen wir anfangen?«

»Tun Sie, was Sie nicht lassen können!«

Yu holte aus und traf mit dem Knoten das vordere Stuhlbein.

»Entschuldigung«, sagte sie, »im Film sah das ganz einfach aus.« Sie holte erneut aus. Mit einem lauten Knallen prallte der Knoten wieder am Stuhlbein ab. »Noch mal daneben«, stellte sie enttäuscht fest. »Im Buch hat Le Chiffre einen Teppichklopfer benutzt. Albern, nicht wahr? Aber offenbar leichter zu handhaben. Obwohl ich ja finde, dass ihr Dänen genau wie die Engländer als echte Seefahrernation etwas Maritimeres verdient habt.«

Sie sah John in die halbgeschlossenen Augen, registrierte seine angespannte Kiefermuskulatur.

»Letzte Chance, John.«

John biss die Zähne aufeinander, dass sie knirschten, und schüttelte wortlos den Kopf.

Yu zuckte die Schultern, bedachte John mit einem fast liebevollen Blick und schwang das Seil erneut. Diesmal gezielter. Und sie traf.

John wollte nicht aufschreien, wirklich nicht. Aber der Schmerz stach aufwärts durch seinen ganzen Körper. Wie Feuer brannte er sich seine Lenden hinauf bis in den Brustkorb. Sein Atem stockte. Dann löste sich aus seinem tiefsten Innern ein langer Schrei, ein einziger Vokal, der erst abebbte, als ihm die Luft zum Atmen schwand.

»Seien Sie nicht so theatralisch, John. Nehmen Sie sich ein Beispiel an Bond. Er hat sich nichts anmerken lassen. Er hatte zumindest immer einen coolen Spruch drauf. Ein harter Typ. Sind Sie auch ein harter Typ, John?«

Ein weiteres Mal ließ Yu den Tampen auf Johns Schritt zuschnellen. Mit der gleichen verheerenden Wirkung.

»Merken Sie's? Ich schieße mich ein. Es ist gar nicht so schwer, wenn man den Bogen mal raushat.« Statt wieder auszuholen, legte sie eine Pause ein und nippte an ihrem Oolong. Blut tropfte unter Johns Stuhl auf den Boden.

»Verdammte Scheiße!« Mehr brachte er nicht heraus.

Yu amüsierte sich. »So charmant, John? Sie machen mich ja ganz verlegen.«

Sie strich sich mit einer aufgesetzt wirkenden Geste eine Strähne ihres Haars aus dem Gesicht.

»Wissen Sie, was mir aufgefallen ist? Über die Jahre haben sich die Bond-Charaktere weiterentwickelt. Zuerst Sean Connery, ein kaum domestiziertes wildes Tier, ein Barbar. Herrlich! Dann dieser Roger Moore, ein selbstironischer Dandy, ein Schnösel. Und viel zu fett, wenn Sie mich fragen. George Lazenby, nun ja, der hätte auch einen Finanzbuchhalter spielen können. Pierce Brosnan hingegen – raffiniert und aalglatt. Eher mein Typ. Allesamt zynische, desillusionierte Gentlemen im Dienste ihrer Majestät, Gott hab sie selig. Hedonisten, die vor Britishness nur so troffen. Aber unterhaltsam, das muss ich zugeben.«

Yu griff wieder nach dem Tau. Um den Knoten herum waren rote, nasse Stellen zu erkennen. »Und Sie? Was für ein Typ Bond wären Sie?« Sie schwang das Seil erneut. Und wieder. Und wieder.

»Jeder von denen war unterhaltsamer als Sie, John.«

Während Johns Blut zu Boden tropfte und sich dort in einer kleinen Pfütze sammelte, glitt er immer weiter ab. Schweiß rann ihm vom Kinn. Die stetig aufeinanderfolgenden Schläge verschwammen zu einem nicht aufhören wollenden Strom an Schmerzen, bis alle seine Nervenenden brannten. Die Sinuskurve der An- und abschwellenden Krämpfe schwang sich zu einem Hochplateau empor. Verzweifelt suchte er tief in seinem Innern nach einem Anker, einem Fixpunkt, an dem er sich festhalten konnte.

»Ein Bond wie dieser Daniel Craig sind Sie jedenfalls nicht«, drang Yus Stimme aus der Ferne an seine Ohren. »Brutal, verschwitzt, durchtrainiert, mit einem Körper wie von Rodin in Bronze gegossen. Sie hingegen, Sie haben ein Bäuchlein. Wirklich entzückend.«

Vor Johns innerem Auge tauchte ein Bild auf. Das Gesicht von Aka. Er trieb darauf zu, klammerte sich daran fest. Aus seinem Mund drang ein Stöhnen.

»Nun kommen Sie schon, John. Sagen Sie mir endlich, was Sie wissen. Alles, was Ihnen einfällt. Dann hat das hier ein Ende.« Der nächste Schlag traf ins Schwarze.

Aka, wunderbare Aka. Wunderschöne, liebevolle Aka. War heute noch der erste Weihnachtstag? Er hatte jedes Zeitgefühl verloren. Er folgte Akas Augen durch das Meer seiner Schmerzen. Er durfte sie nicht verlieren. Er … durfte … sie … nicht … verlieren …

»Die Daten, John!«, klang es aus dem Nirwana, dem er immer näherkam.

Eine lange Pause entstand. Hatte Yu ein Einsehen? Er öffnete die tränenden Augen einen Spalt weit. Im gleichen Moment traf ihn von unten ein weiterer Schlag.

»So langsam sollten Sie reden, lieber John. Sonst bleibt von Ihrem besten Stück nicht mehr genug übrig, um irgendwann Kinder zu zeugen und eine Familie zu gründen.

Sie wollen doch sicher Kinder mit der kleinen Inuk-schlampe, oder?«

Yu beugte sich über ihn. Sie tastete nach seinem Puls oder besser nach dem, was davon übrig war. Dann wischte sie ihm mit einem Tuch den Schweiß aus dem Gesicht.

»Armer Papa John. Da hat er sich aber in eine üble Lage gebracht.« Yu schritt zurück zu ihrem Lehnstuhl, setzte sich aber nicht. Stattdessen ließ sie den blutigen Tampen rotieren.

»Vielleicht bin ich zu zärtlich mit Ihnen gewesen?« Sie holte erneut aus, diesmal mit mehr Wucht.

In Johns Vorstellung tanzte das Abbild Akas, ihre dunkelbraunen, zum Pferdeschwanz gebundenen Haare, die mandelförmigen Augen über den hohen Wangen-knochen.

»Halt!«, krächzte er. »Es ist genug.«

Yu legte das Seil beiseite. Enttäuscht, wie es John schien. Hatte er ihr den Spaß verdorben? Aber um wel-chen Preis? Er versuchte, seinen Atem unter Kontrolle zu bekommen.

»Tee?« Yu hielt ihm eine Schale an die Lippen. Er trank gierig. Sie bewegte die halbvolle Teeschale vor seinen trä-nenden Augen hin und her und zwinkerte ihm zu. »Dann erzählen Sie mal. Und versuchen Sie gar nicht erst, mich zu belügen. Sonst ...« Sie deutete auf das blutige Seilende auf dem Boden.

John war kein Held und wollte keiner sein. Nicht gegen-über dieser Furie mit ihrer Bond-Obsession. Ich werde ihr jedes verdammte Detail verraten, schwor er sich. Wenn ich lebend hier rauskomme und zurück zur Mine, können wir alle Codes ändern. Als er diesen Gedanken fasste, wurde ihm klar, dass Yu keinerlei Grund hatte, ihn am Leben zu lassen.

»Was haben Sie eigentlich vor, wenn ich alles ausgeplaudert habe?«

»Oh, wir haben da etwas Schönes vorbereitet. Damit mein Auftraggeber im kommenden Frühjahr vor seinem Genossen Staatspräsident eine gute Figur macht.«

»Und wie genau soll das aussehen?«

»Das lassen Sie mal meine Sorge sein. Meine und Mao Zedongs ...« Sie lachte schallend. »Und nun schießen Sie los!«

John versuchte das Pochen in seinem Unterleib auszublenden und redete.

Als er geendet hatte, kannte Yu jedes Detail des Sicherheitssystems.

John ahnte, was folgen musste.

Yu griff in die Seitentasche ihres Overalls und zog einen altertümlichen Revolver daraus hervor.

»Wissen Sie, John, sie jetzt einfach zu erschießen, das wäre irgendwie zu ... undramatisch.« Sie entleerte die Trommel auf das Tischchen. Die Patronen klapperten und blieben neben dem Teekessel liegen. Dann schob sie eines der Geschosse zurück in die Waffe. Sie verharrte eine Weile, sah John an, nickte und steckte eine zweite Patrone in eines der Lager. Mit einem scharfen Knacken schlug sie die Trommel in die Arretierung zurück und ließ sie ein paarmal rotieren.

»Fang!«

Eine Stahltür am anderen Ende des Raums wurde aufgeschlagen. Der Adjutant eilte herbei, gefolgt von zwei Männern in Uniform. Offenbar hatten sie die ganze Zeit hinter der Tür gewartet. Wie nett von Yu, seine Privatsphäre zu schützen – angesichts des intimen Spiels, das sie mit ihm getrieben hatte. Er ließ den Kopf auf die Brust sinken. Das letzte bisschen Hoffnung schwand ihm.

Yu wies die Männer an, Johns Handfesseln zu lösen. Die Kabelbinder hatten tiefe, blutige Rinnen in seine Handgelenke geschnitten, die sich jetzt schmerzhaft bemerkbar machten. Erstaunlich, sinnierte John, der unendlich viel schlimmere Schmerz in seinen Genitalien hatte das Brennen und Pochen in seinen Handgelenken bisher überdeckt. Er war weit weg, so weit weg von sich selbst, dass er nur am Rande mitbekam, wie ihm Yu den Revolver in die Hand drückte.

»Lassen Sie uns einen Deal machen, lieber John.« Yus Stimme vibrierte vor Erregung. »Sie setzen sich jetzt den Lauf dieses Revolvers an die Schläfe und drücken ab. Zweimal. Wenn Sie dann noch leben, lasse ich Sie laufen.«

Sie winkte die Wachen näher heran.

»Und kommen Sie nicht auf die absurde Idee, auf etwas anderes zu zielen als auf Ihren eigenen Kopf. Meine Männer brechen Ihnen sonst das Genick. Verstanden?«

John nickte.

Seine Hand zitterte. Ob es der zurückkehrende Tremor war, der Horror der vergangenen Stunden oder die Schwäche, er vermochte es nicht zu sagen. Er schloss die Augen und da war sie wieder. Aka, die seine Hand nahm und ihn beruhigend anlächelte. John atmete ein und drückte ab.

Klack.

Eine leere Kammer. Sein Puls hämmerte ihm in den Schläfen. Sein Atem beschleunigte sich. Nicht nachdenken, John, nur abdrücken.

Er zwang sich, seinen Finger ein weiteres Mal zu krümmen.

Klack.

Wieder eine leere Kammer.

Die Waffe fiel ihm aus der Hand und schepperte auf den Boden.

»Schade.« Die Enttäuschung stand Yu ins Gesicht geschrieben. Ihre Männer zeigten keinerlei Regung.

»Also gut, Sie Glückspilz. Dann machen wir jetzt Folgendes ...« Sie winkte ihren Adjutanten zu sich und flüsterte ihm etwas ins Ohr. Er eilte nach draußen. Sie befahl den Wachen, Johns Fußfesseln zu lösen und ihn wieder anzukleiden. Er war ihnen dabei keine große Hilfe. Der Blutverlust und die pochenden Schmerzen in seinem Unterleib forderten ihm jedes Quäntchen Konzentration ab, zu dem er fähig war.

Nach einer Weile tauchte Fang wieder auf.

»Wir sind startbereit!«

»Sehr gut.« Yu baute sich vor John auf. Die beiden Wachmänner hielten ihn an den Armen aufrecht. Sonst wäre er wohl zusammengesackt.

»John Kaunak, es war mir eine Freude, mit Ihnen Informationen auszutauschen. Selbstverständlich werde ich mein Versprechen einhalten, Sie laufen zu lassen.« Sie unterdrückte ein Grinsen.

»Meine Männer werden Sie aufs Inlandeis fliegen und absetzen. Von dort aus finden Sie sicher den Weg nach Hause, oder?«

Sie verfiel in ein meckerndes Gelächter. Mit der Hand gab sie ihrem Adjutanten ein Zeichen, John abzuführen.

Vom Flug selbst bekam John kaum etwas mit. Die Männer hatten ihm eine blickdichte Kapuze übergezogen. Sie hatten ihn aus dem Verhörraum gezerrt, wo auch immer der sein mochte, und zum Helikopter gebracht. Dem Geräusch der Motoren nach musste es sich um ein großes Modell handeln, vielleicht um einen Frachthubschrauber der CCIC? Erst, als sie landeten, kam er langsam wieder zu sich und bemerkte, dass seine Kapuze verrutscht war. Er öffnete die Augen einen Spalt breit und schaute sich um. Überall lag Plunder herum. Ein Stapel versiffter, grauer Stoffsäcke in der einen Ecke, daneben ein weiß-graues Fell, ein paar offene Alukisten, aber auch verschlossene, weiter hinten einige Holzpaletten. Er hatte jedes Zeitgefühl verloren. Hatte der Flug ein, zwei oder drei Stunden gedauert? Er vermochte es nicht zu sagen. Ebenso wenig, wie er wusste, wo sie abgehoben waren, war ihm völlig schleierhaft, in welche Richtung sie geflogen waren.

Als sich die Heckklappe des Helis öffnete, stieß eine Böe bis tief ins Innere des riesigen Laderaums. Schneekristalle wirbelten umher. Einer der Männer riss ihm die Kapuze vom Kopf, der andere stieß ihn von der Kante der

Ladeklappe hinunter ins Eis. Er schaffte es, sich abzurollen und dem Aufprall so einen Teil der Wucht zu nehmen. Benommen blieb er liegen. Die Rotoren des Helikopters beschleunigten, da hörte er hinter sich laute Flüche, dann einen Ruf – »verdammtes Biest!« –, gefolgt von einigen Schüssen und dem Aufjaulen eines Tiers. Gab es Polarwölfe auf dem Inlandeis? Kaum war der Gedanke seinem Bewusstsein entstiegen, löschte ihn eine fiebrige Ohnmacht wieder aus. Er träumte wie schon so oft von einem weißen Wolf, der ihn in eine tiefe Schneewehe hineinzerrte. Dann nichts mehr.

Als John wieder zu sich kam, lag er halb unter frisch gefallenem Schnee begraben. Er schüttelte sich. Über ihm stach die Sonne aus einem stahlblauen Himmel. Unfassbar, wie warm es war, dachte er. Er hatte keine Ahnung, wie lange er bewusstlos gewesen war. Nicht lange genug, um zu erfrieren jedenfalls. Was ein gnädiger Tod gewesen wäre, so viel wusste er aus Erzählungen von Einheimischen. Er rollte sich in Seitenlage und versuchte, aufzustehen. Mit einem Stöhnen sank er zurück in den Schnee. Verdammt! Er musste sich beim Sturz aus dem Helikopter den Knöchel verstaucht haben.

Und was war das? Irgendetwas drückte an seiner Hüfte. Im Liegen griff er in die Seitentasche seines Anoraks und zog etwas daraus hervor. Akas *Tupilak* grinste ihn an. War das ein gutes oder ein schlechtes Zeichen? Er biss sich auf die Lippe. Aka ... er vermisste sie.

Durch den pochenden Schmerz in seinem Unterleib kroch die Kälte. Für einen Moment hatte ihn die strahlende Sonne in die Irre geführt. Es war nicht warm. Das

Licht war grell, ja, und die Sicht von einer unirdischen Klarheit. So, als blickte man durch ein Vergrößerungsglas auf die Welt. Er schaute sich um. Jede Bewegung jagte eine neue Schmerzwelle durch seinen Körper. Das also war das grönländische Inlandeis, der größte Eisschild der Welt.

Graue, blaue, meergrüne, türkisgrüne Farbtöne von unterschiedlicher Transparenz, dazwischen Spitzen und Wellen, die stumpf und tot wirkten, besprenkelt mit Staubpartikeln. Gezackte, gestaute und gestauchte Placken jahrhundertealter Eisschichten. Eine Welt zu Beginn der Schöpfung. Und doch, das wusste er, ihrem Ende nah. Übermächtig in ihrer Präsenz und Eintönigkeit. Eintönigkeit? Nein. Risse, Schründe, ganze Spaltenlabyrinthe umgaben ihn, Eiscanyons würden ihn zu Umwegen zwingen. Vorausgesetzt, er schaffte es überhaupt, auf die Beine zu kommen.

Er schaute auf seine Füße. Natürlich hatten ihm Yu und ihre Männer keine Steigeisen überlassen. Er würde nicht die geringste Chance haben, dem Eisschild zu entkommen. Er wusste ja nicht einmal, wo genau sie ihn aus dem Helikopter geworfen hatten. Wozu also Pläne schmieden? Er ließ sich zurück in den Schnee sinken.

Einige Meter entfernt schillerten rote Flecken unter der Schneedecke. Eine ungewohnt warme Farbe in diesem graublauweißen Universum der Kälte. Vielleicht Algen oder Flechten unter dem Schnee? Unsinn, schalt er sich. In dieser Umgebung existierte nichts Lebendes.

Das war das Letzte, was er dachte, bevor ihn eine wohltuende Schwärze umfing.

KAPITEL 17

Carl Olsvig und Silpa schritten die Stelle ab, an der sich Johns Motorschlitten in den Schnee gebohrt hatte. Eine der Kufen war fast abgerissen, die andere ragte verkrümmt in die Höhe. Der Scooter lag hangabwärts auf der Seite.

»Sein Schneemobil muss auf irgendein Hindernis geprallt sein«, sagte Silpa, »aber ich kann keines entdecken. Vielleicht ein Schaf, das sich verlaufen hat?«

»Die Høeghs vermissen kein Tier.« Der Polizeichef kratzte sich am Kopf. »Außerdem haben wir nirgendwo Blutspuren gefunden, geschweige denn einen Kadaver. Vielleicht musste er jemandem ausweichen und hat die Kontrolle verloren?«

Silpa schüttelte den Kopf. »Hier kommt so gut wie nie jemand vorbei. John ist wohl am ersten Weihnachtsfeiertag gegen Mittag aufgebrochen. Alle, die einen Grund gehabt hätten, die Høegh-Farm zu besuchen, waren über Weihnachten hier und haben bei den Høeghs übernachtet. Elias und Beathe haben ausgesagt, dass sie keinen weiteren Besuch erwarteten. Ich habe eben mit den beiden gesprochen, kurz vor Ihrer Ankunft.«

Olsvig nickte. Er stapfte ein paar Meter den Hang hinab und schaute sich um.

»Was mir am meisten Sorgen macht ... wo steckt John?«

»Ich habe auch kein gutes Gefühl. Der Schneefall hat mögliche Spuren längst getilgt. Wenn er sich bei dem Unfall verletzt hätte, wäre er sicher hier beim Scooter geblieben und hätte jemanden angerufen.«

»Gibt es hier Empfang?«

»Ja, zwei Balken, das reicht eigentlich, um einen Notruf abzusetzen.«

»Hat die Ortung etwas ergeben?«

»Nein«, sagte Silpa, »kein Signal, nichts.«

»Irgendwie glaube ich nicht an einen Unfall. Lassen Sie den Motorschlitten bergen und zur Station bringen. Vielleicht kann uns ein Techniker mehr sagen. Ich werde dafür sorgen, dass Nuuk jemanden schickt.« Olsvig überlegte kurz, wog die wenigen Optionen ab. »Außerdem werde ich einen Helikopter anfordern. Wir müssen die ganze Region aus der Luft absuchen.«

•

Die Nachricht vom Verschwinden des Sicherheitchefs machte schnell die Runde. Vor allem unter den Inuit, mit denen John zuletzt fast freundschaftliche Beziehungen gepflegt hatte – etwas, das sich in den Augen vieler von dem unterschied, was man in Grönland von einem Dänen kannte, den es hierher verschlagen hatte.

Das Traurigste war, dass es nicht ungewöhnlich gewesen wäre, wenn einer der Ihren verschwunden wäre. Weggegangen, weil er das Leben in der Zerrissenheit zwischen westlichem Glamour und dem mit Robbenblut gesprenkelten Eis vor dem eigenen Fenster nicht mehr ertrug. Die absurd hohe Selbstmordrate auf der Insel kam nicht von ungefähr. Sie speiste sich nicht zuletzt aus der Tatsache, dass die Modernisierung zwar schnell kam und viel versprach, aber insbesondere den Jungen vor Augen führte, dass ihnen ein Leben wie im restlichen Europa verwehrt bleiben würde.

Dass jedoch John Kaunak verschwand, als hätte es ihn nie gegeben, war und blieb unerklärlich. Viele gingen bereits nach wenigen Tagen davon aus, dass er den Tod gefunden hatte. Oder der Tod ihn. Denn, wie sollte einer wie er den grönländischen Winter überleben?

Jacob Sørensen gehörte nicht zu jenen, die vorschnell seinen Tod herbeiredeten. Browning hatte ihm Johns Posten angeboten, kaum, dass die Nachricht von dessen unerklärlichem Verschwinden sich verbreitet hatte. Sørensen hatte dankend abgelehnt.

»Den kriegt so schnell keiner klein, das sage ich euch!« Sørensen machte keinen Hehl aus seiner Überzeugung. Wenn er, die Zunge lose von einer nicht unerheblichen Menge Krähenbeerenschnaps, in der Kantine vom Leder zog, pflegte er meist die Chinesen zu beschuldigen. Er war sich sicher, sie wollten ihren Chef aus dem Weg räumen. »Aber da haben sie sich in den Finger geschnitten«, sagte er dann, während er weiter Schnaps hinunterstürzte. »Das war kein Unfall. Das war ein Anschlag. Aber Kaunak ist entkommen. Er hat seine Spuren verwischt und ist untergetaucht. Jawoll!« Die zweifelnden Blicke seiner Kollegen entgingen ihm. Trotzdem klammerte der eine oder andere im

Team sich an die vage Hoffnung, die Sørensen verbreitete.

In der Online-Ausgabe des *Grønlandsposten* erschien wenige Tage nach dem Zwischenfall ein langer Artikel mit der Schlagzeile *Kvanefjeld-Sicherheitschef unter mysteriösen Umständen verschwunden*. Die Autorin war Ina Nielsen, die Journalistin, die John in Nuuk interviewt hatte. Sie erging sich in wilden Spekulationen, die von einem tragischen Unfall wegen übermäßigen Alkoholgenusses bis zu furchteinflößenden *Qivittut* reichten, die ihn vom Kurs abgebracht haben sollten.

•

Nichts und niemand jedoch war in der Lage, Akas Überzeugung zu erschüttern, dass John am Leben war. Ebenso wenig konnten die dubiosen Spekulationen ihr die Sorge nehmen, dass er in einer gefährlichen Lage steckte. Sie hatte lange Diskussionen mit ihren Eltern geführt, denen nicht entgangen war, dass ihr etwas an dem mürrischen Fremden lag. Beide versuchten, ihre Tochter davon zu überzeugen, dass seine Chancen, allein im Eis zu überleben, gegen Null gingen. Zugleich teilten sie aber ihre Hoffnung, dass die Suchmannschaften eine Spur des Verschollenen finden würden. Meist endeten diese Diskussionen mit einem achselzuckenden *siku kisimi*.

In einer merkwürdigen Melange aus Sorge und Trauer machte sich Aka auf den Weg zur Ilua-Bay, um in Johns verwaistem Haus nach dem Rechten zu sehen. Der Ort, der sein Zuhause war, zog sie an. Würde sie dort Hinweise finden, die sein Verschwinden erklärten? Theoretisch hätte er es zu Fuß bis hierher schaffen können.

Als sie die Holzhütte erreichte, fand sie die Tür verschlossen. Der Schlüssel war an dem Platz versteckt, den ihr John verraten hatte – unter Qimmeqs Fressnapf. Der Napf selbst war leer, und von Qimmeq war weit und breit nichts zu sehen. Im Schnee ums Haus herum entdeckte sie keine der sonst so zahlreichen Pfotenspuren. Hatte der Grönlandhund John am Heiligabend zur Farm ihrer Eltern begleitet? Sie wusste es nicht. John hatte nichts gesagt. Sie hatte ihn auch nicht gefragt.

Sie betrat das Haus und schaute sich um. Alles schien unberührt und so unaufgeräumt, wie sie es bei ihrem letzten Besuch vorgefunden hatte. Im Kühlschrank war ein Brocken Robbenfleisch. Außerdem ein vergammelter Joghurt jenseits des Verfallsdatums sowie ein ungeöffnetes Glas Cornichons. Sie packte die Portion Robbenfleisch, die sie mitgebracht hatte, in den Kühlschrank und schloss ihn wieder.

Kein John, kein Qimmeq. Es war, als hätten beide nie existiert. Plötzlich kamen ihr die Tränen. Nur mit Mühe schaffte sie es, sie zurückzuhalten.

●

Olsvig, Silpa und ein Mitarbeiter des kriminaltechnischen Dienstes aus Nuuk, der soeben eingetroffen war, standen um das Wrack von Johns Motorschlitten herum. Olsvig hatte es in die Polizeistation von Narsaq schaffen lassen.

»Und, was können Sie uns sagen?« Olsvig beugte sich

so weit vornüber, dass er mit dem kleinwüchsigen Techniker auf Augenhöhe war.

»Immer mit der Ruhe«, sagte der, »ich bin gerade erst angekommen. So schnell geht das nicht!« Er packte seine Werkzeuge aus und platzierte sie ohne Hast auf einem Beistelltisch. Dann hockte er sich neben den Trümmerhaufen und begann, mit einer LED-Lampe darin herumzuleuchten. Schließlich stocherte er mit einer langen Pinzette in den Überresten der zersplitterten Aufhängung der linken Vorderkufe. Anschließend wiederholte er das Prozedere bei der verbogenen rechten Kufe.

»Hm, was haben wir denn da?« Mit ruhiger Hand fischte er ein dünnes, längliches Stückchen Metall hervor und platzierte es unter einer Leuchtlupe. Fast eine Minute lang betrachtete er es von allen Seiten.

»Und?« Olsvigs Stimme vibrierte.

»Zuerst dachte ich an einen Ermüdungsbruch der Aufhängung, möglicherweise ausgelöst durch den Zusammenstoß mit einem unter dem Schnee verborgenen Stein. Aber das hier spricht eine andere Sprache ...«

»Raus damit, worum handelt es sich?« Olsvig legte eine für ihn völlig untypische Ungeduld an den Tag.

»Na, was glauben Sie denn?« Der Techniker hielt die Pinzette mit dem Artefakt direkt unter seine Nase.

»Was weiß ich? Sieht aus wie irgendein Draht.«

»Bravo! Das ist ein Stück von einem Stahlseil. Und das bedeutet ...?«

»Dass Johns Motorschlitten mit einem Drahtseil kollidiert ist?«

»Exakt!« Der Techniker freute sich über Olsvigs schnelle Auffassungsgabe. »Ein straff gespanntes Stahlseil, in das der Scooter mit hoher Geschwindigkeit hineingerast ist und … bäng, Abflug!« Er machte eine seltsame, schlangenförmige Bewegung mit der freien Hand.

»Dann war das also keine Unachtsamkeit oder ein Unfall, sondern ein Anschlag.« Silpa sog scharf den Atem ein.

»Und dieses winzige Stückchen Draht ist unser einziges Beweismittel.« Olsvig runzelte die Stirn, was ihm ein raubvogelhaftes Aussehen gab. Er dachte nach. Dann traf er eine Entscheidung.

»Wir müssen Kvanefjeld benachrichtigen, diesen Sørensen und sein Sicherheitsteam. Wenn jemand Kaunak aus dem Verkehr gezogen hat, besteht Gefahr für alle Mitarbeiter der Mine. Und wir müssen den PET informieren. Wir brauchen Unterstützung.«

KAPITEL 18

John träumte. Er irrte durch ein Eislabyrinth. Der Boden bewegte sich unter ihm, hob und senkte sich in unregelmäßigem Rhythmus. Hin und wieder ertönte ein Knirschen und Scharren. Dann ein Rumpeln und Schleifen. Stöße malträtierten seinen Rücken. Er vermochte sich nicht umzudrehen, um nachzusehen, wer oder was auf ihn einhieb. Mitunter meinte er, einen weißen Schemen vorbeihuschen zu sehen. Doch nur aus dem Augenwinkel. Jemand wisperte in sein Ohr. »Halte durch, John, halte durch. Es ist nicht mehr weit.« Er drehte den Kopf. Akas *Tupilak* saß auf seiner Schulter. Seine Glubschaugen glühten wie feurige Kohlen. »Halte durch, John ...« War es der Wolfskopf im Nacken des *Tupilaks*, der ihm zuflüsterte? Alles versank in undurchdringlicher Dunkelheit.

Wo war er? John öffnete die Augen. Lag er auf dem Rücken? Seine Stirn fühlte sich zugleich heiß und kalt an. Er vermochte nicht, nach vorn zu schauen. Nur nach oben. War das der Himmel über ihm? Ein stählernes Blau ohne jede Abstufung. Nichts, was seinem Blick Halt bot. Er konnte sich nicht rühren. War er festgeschnallt? Er versuchte, seine Arme zu bewegen. Keine Chance. Um ihn herum wieder das Schaben und Schleifen. Alles schwankte, dann ergoss sich ein erneuter Schwall Schmerzen in seinem Unterleib über sein Bewusstsein und spülte es zurück in den Abgrund der Träume.

In der Ferne erscholl Wolfsgeheul. Der *Tupilak* auf seiner Schulter heulte zurück, antwortete den Bestien jenseits des Horizonts. Schnee stäubte auf, metallisch glitzernde Partikel, die auf ihn niederrieselten. Sie bissen und nagten an ihm. Fühlte es sich so an, wenn man erfror? Er versuchte sie abzuschütteln. Es misslang. »Lass es zu,« fauchte der *Tupilak*, »lass es zu ...«. Im Dunkel vor sich erahnte er den Schatten von etwas Großem, das sich in gleichmäßigem, wiegendem Gang vorwärtsbewegte. Ein Bär? Er ließ sich zurückgleiten in den Schoß der Bewusstlosigkeit.

•

Der alte Jäger fluchte. Fast bereute er es, sich diese Last aufgehalst zu haben. Ein toter Grönlandhund und ein halbtoter Mensch. Den Mann hatte er vor sich in den Schlitten gehievt und festgeschnallt. Der Tierkadaver lag im Pulka hinter ihm. Er schien eine Bedeutung zu haben für seinen fiebernden Passagier.

Die Hunde zogen den Schlitten mitsamt seiner doppelten Fracht mühelos die ihnen bekannte Route hinab zum Lager. Selbst nach stundenlangem Laufen zeigten sie keine Spur von Erschöpfung. Glücklicherweise hatte er heute das Gespann genommen, anstatt mit den Skiern loszumarschieren und den Pulka hinter sich herzuziehen.

Er warf einen Blick zurück. Die Sonne küsste bereits den Horizont. Es dämmerte – ein Zeichen dafür, dass die

Polarnacht kam. Er ließ die Peitsche über den Köpfen des Rudels knallen und trieb sie so zu höherem Tempo an.

Sie erreichten ihr Ziel in dem Moment, in dem die letzten Sonnenstrahlen erloschen und die Horizontlinie, nach einem kupfernen Aufflackern, im Blauschwarz versank.

Er rief ein kurzes Kommando. Die Hunde reagierten mit Verzögerung. Sie verfielen in einen langsamen Trott. Er bremste den Schlitten ab, und nach einem Viertelkreis kamen sie zum Stehen. Eine Schneefahne wirbelte auf. Er versenkte den Halteanker mit einem kräftigen Tritt im Eis, stieg ab und spannte die Hunde ab. Sorgfältig, einen nach dem anderen, löste er sie aus dem sternförmigen Gespinst von Leinen. Sie jaulten und hechelten. Hin- und hergerissen zwischen der Aussicht auf Futter und dem Drang, erneut loszurennen. Der Alte beruhigte das Rudel, sich seiner Autorität sicher. Nachdem alle versorgt und hinter dem Lager angekettet waren, kehrte er zurück zu seiner Fracht. Er schnallte seinen bewusstlosen Passagier los und wuchtete ihn vom Schlitten. Dann trug er ihn in den Schutz seiner Behelfshütte, einem halb im Eis vergrabenen Royal Arctic-Container. Den toten Hund legte er im Schatten der mannshohen, halbrunden Eiswand ab, die den Container zur Hälfte umgab und vor Blicken schützte.

•

Als John zu sich kam, geweckt von einem pochenden Schmerz in seinen Lenden und einem undefinierbaren Geruch, beugte sich ein Bär über ihn. John riss die Arme hoch, um sich zu schützen. Der Bär grunzte nur und schälte sich aus seinem Anorak. Es dauerte eine Weile, bis John endgültig in die Realität zurückfand und die Hände wieder sinken ließ. Der Bär entpuppte sich als ein Inuk fortgeschrittenen Alters, deutlich älter als er. Er schätzte ihn einen Kopf kleiner als sich selbst, dafür aber fast so breit wie hoch. Kein Wunder, dachte er, wer hier überleben will, muss etwas von einem Polarbären an sich haben. Aber wo war überhaupt dieses »hier«? Er sah sich um. Er lag auf einer Art Feldbett an der schmalen Seite eines rechteckigen Raums. Durch zwei Fensterschlitze konnte er einen Blick nach draußen erhaschen. Die geriffelte Stahldecke über ihm erinnerte ihn an den Ort, an dem Yu ihn … nein! Daran wollte er jetzt nicht denken.

Er legte sich die Hand auf die Brust. »Ich heiße John Kaunak. Wie heißen Sie?«, radebrechte John auf Grönländisch und deutete auf sein Gegenüber.

Der alte Mann schaute ihn an, dann lächelte er, wodurch die lange Narbe auf seiner Wange aussah wie eine Zickzacklinie.

»Moses Enoksen. Und du kannst ruhig Dänisch mit mir reden.«

»Gott sei Dank! Wie bin ich hierhergekommen?« Er unterstrich seine Frage mit einer vagen Geste.

Enoksen knurrte in sich hinein. Er ähnelt tatsächlich einem Bären, dachte John. Der Bär räusperte sich.

»Mit meinem Gespann. Der Hund hat mich zu dir geführt.«

»Welcher Hund?«

»Dein Hund. Der mit der Schusswunde.«

»O mein Gott! Meinen Sie Qimmeq? Wo ist er, wie geht es ihm? Schusswunde?«

215

»Er hat's nicht überlebt. Liegt draußen. Erstaunlich, dass er lange genug durchgehalten hat, um mich zu dir zu führen.« Enoksen verzog keine Miene. »Hätte er's nicht geschafft, wärst du jetzt tot, John Kaunak.«

John schlug die Hände vors Gesicht. Qimmeq tot? Wie konnte das sein? Und wie war er überhaupt hier aufs Inlandeis geraten? Er musste sich im Helikopter versteckt haben ... Der Stapel Säcke, das Fell daneben, er erinnerte sich. John spürte, wie sich seine Augen mit Tränen füllten. Ein Beben durchlief ihn. Er würgte.

»War ein guter Hund.« Enoksen legte ihm behutsam die Pranke auf die Schulter. »Kann dich verstehen.«

Er drückte ihn sanft zurück auf sein Lager.

»Du musst sich ausruhen. Bist noch lange nicht über den Berg. Deine Wunden habe ich versorgt, so gut es ging.«

Nachdem Enoksen seinen Hunden ihre abendliche Portion Robbenfleisch hatte zukommen lassen, kümmerte er sich wieder um ihn. Ein Topf heißes Karibu-Gulasch weckte Johns erfrorene Lebensgeister.

»Wo sind wir?« Er musterte den Mann, der ihm das Leben gerettet hatte. »Leben Sie hier?«

»Auf dem Inlandeis jenseits des Sermilik-Fjords. Im Sommer führe ich hin und wieder Touristen über das Große Eis. Bis zu dieser Hütte hier. Dann wieder zurück. War mal ein Container von Royal Arctic. Ganz praktisch hier oben. Vor allem, wenn der *Piteraq* kommt.«

Enoksen wiegte seinen fast kahlen Schädel. »Ich bin Jäger, war nie etwas anderes und will auch nichts anderes sein. Aber die Touristen zahlen gut. Und später haben sie sich was zu erzählen.«

John überlegte kurz, kratzte seine geographischen Kenntnisse zusammen.

»Liegt der Sermilik-Fjord nicht im Osten Grönlands? Das ist ganz schön weit weg von Narsaq, oder?«

»Ja.«

»Ich muss, so schnell es geht, zurück nach Kvanefjeld.«

»Du gehst vorerst nirgendwo hin, mein Junge. Nicht in deinem Zustand.«

John lehnte sich zurück. Das Gespräch erschöpfte ihn. Vermutlich hatte der alte Jäger recht, es ging ihm nicht besonders gut. In seinem Unterleib pochte ein dumpfer Schmerz, auch wenn die Schwellungen etwas zurückgegangen sein mussten, so fühlte es sich zumindest an. Unter Enoksens Blick fiel er erneut in einen fiebrigen Schlaf.

Als er wieder zu sich kam, vermochte er nicht zu sagen, wie viele Stunden er geschlafen hatte. Er stemmte sich auf seinem Lager hoch und sah sich um. Von seinem Retter war nichts zu sehen. Vermutlich war er draußen bei den Hunden. John versuchte, aufzustehen. Es gelang. Eine Weile stand er schwankend da. Vorsichtig machte er ein, zwei Schritte. Verdammt! Zwischen seinen Beinen brannte es lichterloh. Er biss die Zähne zusammen. Langsam machen, dachte er, immerhin hatte er gegen jede Wahrscheinlichkeit überlebt.

In der Außentasche seiner Jacke steckte Akas *Tupilak*. Er zog die Figur behutsam hervor und stellte sie vor sich auf den Tisch unter dem Fensterschlitz. Er stützte sich an der Tischkante ab und ließ sich auf den Stuhl sinken, ächzte, weil die nächste Schmerzwelle heranrollte. Der

Tupilak starrte ihn mit toten Augen an. Die Andeutung eines Lächelns schien um sein klaffendes Maul zu spielen. Schwachsinn!, sagte sich John. Das Ding lebt nicht. Auch wenn er sich einbildete, dass Akas Präsenz von ihm ausging, und ihn wie ein Heiligenschein umgab. Aka. Was empfand er für sie? Und was sie für ihn? Durfte da mehr sein als eine fragile Freundschaft zwischen ihm, dem Fremden mit seinem Rucksack voller Probleme und Vorurteile und ihr, der weltoffenen Einheimischen aus der sehr liberalen Inuitfamilie? Er fing seine abschweifenden Gedanken wieder ein. Er hatte jetzt weiß Gott anderes zu tun, als über Aka nachzudenken, und darüber, was sie ihm bedeuten mochte. Das Tagebau-Projekt war in Gefahr. Und er musste zusehen, dass er wieder auf die Beine kam. Vielleicht gab es noch einen Weg, abzuwenden, was immer seine Peinigerin im Schilde führte. Was hatte sie gesagt, bevor er endlich geredet hatte? Im Frühjahr würde etwas passieren ... Vielleicht blieb ihm noch etwas Zeit.

Die Tür schwang auf. Moses Enoksen füllte den Rahmen fast vollständig aus. Er schlug sich eine Schicht Schnee vom Anorak, schloss die Tür gegen den Wind, der heftigen Widerstand leistete, und ließ sich auf den zweiten Stuhl plumpsen.

»So früh schon auf? Wolltest du dich bei ihm hier bedanken?« Er zog die Handschuhe aus und deutete auf den *Tupilak*.

»Ich habe an eine Freundin gedacht. Sie hat ihn für mich schnitzen lassen.«

»Hat ja wohl geholfen ... Kaffee?«

John nickte.

Enoksen machte sich am Herdofen zu schaffen.

»Sie glauben nicht daran?«

»Ganz früher vielleicht«, sagte der Alte, ohne sich umzuwenden. »Bevor deine Leute herkamen. Da gab es in jedem Dorf einen *Tupilak*, der es beschützen sollte. Heute ist das Folklore. Ein Souvenir für Touristen. Und ein nettes Zubrot für die Schnitzer.«

»Schade eigentlich.« John schob den *Tupilak* beiseite, um Platz für die Kaffeekanne zu machen.

»Unsinn. Was hier draußen zählt«, sagte Enoksen, »sind ein gutes Gewehr, Hunde wie der, der dir das Leben gerettet hat und der Mut, den man hat. Oder nicht hat.«

John nickte. »Da mögen Sie recht haben.«

»Habe ich. Dann erzähl mal, John Kaunak, was dich hierher aufs Große Eis verschlagen hat. Wenn es eine gute Geschichte ist, mach ich dich vielleicht noch zu einem echten *Qivittoq*!« Er lachte dröhnend und mit einem rollenden Bass.

Wie ein Bär, dachte John zum wiederholten Mal. Und er begann zu erzählen.

Als er geendet hatte, schwiegen sie beide eine Weile. Schließlich brummte Enoksen etwas in sich hinein. Dann legte er die Stirn in Falten.

»Eine gute Geschichte«, sagte er. »Diese Frau, ich habe sie schon einmal gesehen.«

»Tatsächlich? Wo war das?«

»In Ivittuut, der verlassenen Bergbausiedlung an der Westküste.«

»Wann war das?«

»Ist schon ein paar Wochen her. Ich habe beobachtet, wie sie zwei Fischer erschoss ...«

»Verdammt! Sie sind der Mann, der den Aktivisten den Hinweis gegeben hat, sich dort mal umzusehen?«

»Nein. Das war der Sohn meines Bruders, Kalista. Er studiert in Nuuk. Hab ihn besucht und davon erzählt.«

»Dann sind Sie ein wichtiger Augenzeuge für die Polizei, Moses! Mit Ihrer Hilfe könnten die Behörden Yu das Handwerk legen.«

»Ich will mit den Behörden nichts zu tun haben. So etwas regeln wir anders ...«

Der alte Mann verstummte. John ahnte, worauf er anspielte. Er wusste, dass viele Indigene den meist mit dänischem Personal besetzten Polizeistationen misstrauten. Olsvig, der Polizeichef von Narsaq, war die Ausnahme, die diese Regel bestätigte.

»Also gut«, sagte John, »und wie geht's jetzt weiter?«

»Wenn das Wetter es zulässt und du stark genug bist, fahren wir runter zum Fjord. Das Meereis ist um diese Zeit gefroren. Wir werden Robben jagen. Ich habe Freunde am Fjord, bei denen können wir unterkommen. Notfalls gibt's in der Nähe ein leeres Haus, das ginge auch.«

Seine Stimme duldete keinen Widerspruch. John nickte und lehnte sich zurück. Für eine Weile hatte er die Schmerzen in seinem Unterleib ausblenden können. Nun waren sie zurückgekommen – mit voller Wucht. Er atmete konzentriert ein und aus, versuchte, das Pochen zurückzudrängen. Was beklage ich mich eigentlich?, fragte er sich. Er hatte unfassbares Glück gehabt, dass Enoksen ihn gefunden hatte. Sogleich korrigierte er sich ... dass Qimmeq den alten Jäger zu ihm geführt hatte.

Er schluckte.

»Ich möchte Qimmeq noch einmal sehen.«

Der Alte sah ihn lange an. Dann nickte er.

»Stütz dich auf mich. Es ist nicht weit.«

Als sie neben der Eiswand standen, in deren Windschatten Qimmeq lag, ließ sich John auf die Knie sinken. Vorsichtig streichelte er über sein gefrorenes Fell. Es war kristallhart, der Leichnam längst zu Eis erstarrt. Selbst durch die Polarhandschuhe war das zu ertasten. In seiner rechten Flanke klaffte ein Einschussloch. John senkte den Kopf, seine Schultern bebten. Dann brach es aus ihm heraus. Er schluchzte, er heulte, Tränen flossen ihm die Wangen hinab, tropften in seinen Bart, um im gleichen Moment vom Frost in Eisgirlanden verwandelt zu werden. Ein gellender Schrei entrang sich seiner Kehle, ein Ruf voller Wut und Leid.

Moses Enoksen klopfte ihm auf die Schulter. Dann stieß er einen lauten Heulton aus, als sei er selbst einer der Grönlandhunde und würde den Tod eines Artgenossen betrauern. Das Schlittenhundrudel antwortete von der anderen Seite der Eiswand. Mit Enoksens Hilfe humpelte John zurück zum Container.

Drinnen erzählte John dem alten Jäger, wie Qimmeq und er zum ersten Mal aufeinandergetroffen waren. Er beschrieb das merkwürdige Band, das er zwischen ihnen zu spüren glaubte. Dass er in den Augen der Einheimischen wagemutig war, sich als Fremder einem halbwilden Grönlandhund zu nähern. Das Gefühl, dass sie auf eine fast magische Weise zusammengehörten, beide Ausgestoßene, die ihren Leuten den Rücken gekehrt hatten. Sein

Eingeständnis, dass ihm Qimmeqs Tod näher ging, als es der Verlust irgendeines Menschen in seinem Leben je getan hatte.

Moses Enoksen hörte sich das alles an, ohne ihn ein einziges Mal zu unterbrechen. Als John endete, schwiegen sie beide für eine lange Zeit.

Schließlich griff Enoksen nach Akas *Tupilak*, der immer noch auf dem Tisch stand und unverwandt ins Nirgendwo starrte. Er wog ihn in der Pranke, besah ihn sich von allen Seiten.

»Da ist eine Trauer in dir, John, die ist älter als Qimmeq oder diese Yu. Trauer und Wut. Deine Freundin Aka muss das bemerkt haben ... Erzähl mir davon.«

Er stellte den *Tupilak* wieder an seinen Platz zurück. John schüttelte den Kopf.

»Ich weiß nicht. Das ist alles so lange her. Das war alles lange, bevor ich nach Grönland kam ...«

»Wir haben Zeit, John.«

»Es ist kompliziert.« John wand sich. »Und ich bin mir nicht sicher, ob Sie es verstehen werden.«

»Werd ich schon, Jungchen, werd ich schon.« Enoksen entfuhr ein dumpfes, grollendes Bärenlachen.

»Also gut. Wo fange ich an?« Johns Gedanken wanderten zurück in die Vergangenheit, nach Aarhus.

»Ich war gerade vom Streifendienst in den Kriminaldienst befördert worden. Mein Vater hatte dafür gesorgt. Er war damals ein hohes Tier im Präsidium. Anfangs lief alles gut. Ich verrichtete meinen Dienst bei der Sitte und hatte den Ehrgeiz, irgendwann zur Mordkommission zu wechseln. Es dauerte eine Weile, bis meine Kolleginnen und Kollegen mich akzeptierten. Zum einen, weil sie zu

Recht Protektion vermuteten, zum anderen, weil ich ihnen wohl nicht dänisch genug aussah. Wie auch immer, wir rauften uns zusammen. Und wir waren recht erfolgreich im Rotlichtviertel von Aarhus unterwegs. Schließlich gelang es uns sogar, einen Mädchenhändlerring auffliegen zu lassen. Das brachte mir die erste Beförderung ein. Mit dem Respekt vor meinen Leistungen stieg auch der Druck. Ich begann, die Richtlinien der Polizeibehörde sehr großzügig auszulegen. Wenn keiner hinschaute, langte ich bei Verhören schon mal zu. Bald genoss ich den Ruf, ein knallharter Bulle zu sein, dem man am besten aus dem Weg ging. Und dann begegnete ich Merrit ...«

John hielt erschöpft inne. Enoksen schob ihm die Wasserflasche zu. Nachdem John einen großen Schluck genommen hatte, nahm er den Faden wieder auf.

»Merrit, ja. Sie war als Anwärterin für den Kriminaldienst zu unserem Team gestoßen. Mein Gott, sie war so jung! Und verdammt hübsch. Und clever war sie obendrein. Sie lernte schnell. Und sie wickelte mich um den Finger. Irgendwann nach einem langen, stressigen Einsatz landeten wir im Bett. Das Ganze war so spontan, dass keiner von uns an Verhütung dachte. Eigentlich sollte es nur ein One-Night-Stand sein. Aber Merrit wurde schwanger und weigerte sich, das Kind abzutreiben. Keine Ahnung, was damals in ihr vorging. Ich bedrängte sie, hielt ihr vor Augen, was das für ihre Karriere bedeutete. Na ja, und für meine natürlich auch. Zwecklos. Sie wollte das Kind bekommen. Mithilfe meines Vaters arrangierte ich ihre Versetzung nach Kopenhagen. Noch bevor meine Kolleginnen und Kollegen etwas von Merrits ... Zustand mitbekommen konnten. Sie landete bei der dortigen

Mordkommission. So, wie ich ein paar Monate später bei der in Aarhus. Merrit brachte einen Sohn zur Welt. Meinen Sohn. Sie hat mir nie verziehen, dass ich sie habe hängen lassen ...«

John trank noch einen Schluck. Warum erzähle ich diese alte Geschichte einem Wildfremden?, dachte er. Irgendwo auf dem grönländischen Eisschild. Wie bescheuert ist das? Dann redete er weiter.

»Sie gab dem Jungen den Namen Jannik. Während ihre Großeltern sich um Jannik kümmerten – ihre Eltern sind bei einem Verkehrsunfall umgekommen, als sie zwölf Jahre alt war – machte Merrit Karriere in Kopenhagen. Sechs Jahre später starb sie bei einer Schießerei am Hafen. Jannik wurde daraufhin in die Obhut seiner Urgroßeltern gegeben. Ich bekam von alledem nichts mit. Vielleicht war ich zu sehr mit meinem eigenen Kram beschäftigt. Ich war mittlerweile Oberkommissar und galt nach wie vor als harter Knochen. Meine Abteilung glänzte mit der höchsten Aufklärungsquote in ganz Dänemark.

Von Merrits Tod erfuhr ich in der Zeitung. Erst wollte ich es nicht glauben, dann begann ich, mir Vorwürfe zu machen. Und schließlich griff ich zur Flasche. Von da an häuften sich meine Übergriffe im Dienst, bei Verhören oder Razzien. Die Polizeibeschwerdestelle wurde auf mich aufmerksam. Mein Team rückte von mir ab. Mehrere ambulante Entzugsversuche scheiterten.

Schließlich, eines Abends im Zentrum von Aarhus – ich war alles andere als nüchtern – observierte ich einen jungen Dealer. Ich ertappte ihn auf frischer Tat. Zwei Freunde oder Komplizen begleiteten ihn. Als die drei türmen wollten, rastete ich aus. Ich holte den Jungen ein, riss ihn zu

Boden und prügelte ihm die Seele aus dem Leib. Wäre nicht gerade noch rechtzeitig eine Polizeistreife aufgetaucht, hätte ich ihn wohl totgeschlagen. Als der Notarzt eintraf und die Personalien festgestellt wurden, erfuhr ich, dass der Junge Merrits Sohn Jannik war. Ich hatte meinen eigenen Sohn krankenhausreif geprügelt. Und die zwei Deppen, die ihn begleitet hatten, stellten davon noch am selben Abend ein Video ins Netz. Natürlich stürzten sich die Medien darauf.

Es kam, wie es kommen musste. Ich wurde suspendiert und zu einer kalten Entzugstherapie verdonnert. Es waren die härtesten acht Wochen meines Lebens. Die hatte ich gerade einigermaßen hinter mich gebracht, als mein Vater starb. Einfach so, ohne Vorwarnung oder irgendeine bekannte Erkrankung. Schlaganfall und aus! Zur gleichen Zeit gab es die beiden Morde im Tagebau von Kvanefjeld. Meine Chefin nutzte die Gelegenheit, um mich aus der Schusslinie zu nehmen und schickte mich hierher nach Grönland.«

John stützte die Ellbogen auf den Tisch und schlug die Hände vors Gesicht. Er atmete schwer. Dann ließ er sie wieder sinken und hielt sie ausgestreckt vor sich, die Finger gespreizt.

»Sehen Sie, Moses, kein Zittern, nichts! Ich bin trocken, immer noch. Und das, obwohl diese Hexe mich in Ivittuut nach allen Regeln der Kunst abgefüllt hat.«

John senkte die Hände auf die Tischplatte. Er ballte sie zu Fäusten und schlug auf den Tisch. Die Wasserflasche schepperte.

»Wissen Sie, was das Schlimmste ist? Seit ich hier auf der Insel bin, habe ich mich wie ein Verrückter in die

Arbeit gestürzt und keine Sekunde an meinen Sohn Jannik gedacht. Keine einzige. Er weiß nicht einmal, dass ich sein Vater bin.«

Der alte Mann hob die Augenbrauen.

»Bist du's denn wirklich?«

John schaute ihn entgeistert an.

»Wie? Natürlich. Zeitlich passt das alles.«

»Hast du keinen Test machen lassen? Kann man doch heute. Wie heißt das ...?«

»Vaterschaftstest. Nein, habe ich nicht machen lassen. Weil ... Verdammt! Ja, eigentlich wäre das das Standard-Prozedere.«

»Sag ich doch. Aber Dänemark ist weit. Du musst zu Kräften kommen und lernen, wie man im Eis überlebt. Glaub mir, Junge, das ist schwer genug.«

John nagte an seiner Unterlippe. Enoksen lag richtig, dachte er. Selbstmitleid brachte ihn nicht weiter. Er musste der Versuchung widerstehen, in eine Art arktische Melancholie zu verfallen. Wenn es jemanden gab, der ihm dabei helfen konnte, dann war es der alte Jäger.

»Sie haben recht, Moses. Also, wo fangen wir an?«

KAPITEL 19

Nach ein paar Tagen war John wieder einigermaßen sicher auf den Beinen. Die allgegenwärtige Kälte half dabei, die Schmerzen zu ertragen. Enoksen zeigte sich unerbittlich. Jeden Morgen scheuchte er ihn nach draußen, jagte ihn buchstäblich über das Eis. Nicht mit dem Schlittenhund-Gespann, sondern zu Fuß, mit Steigeisen oder mit Schnee-schuhen, wenn die Witterung es zuließ. Von Mal zu Mal fühlte sich John sicherer. Seine Kondition kehrte zurück. Weil die Hunde immer ungeduldiger wurden und ihren Unmut über die Untätigkeit lautstark zum Ausdruck brachten, machte Enoksen zum ersten Mal seit seiner Ret-tungsaktion den Schlitten wieder klar. Er benötigte fast eine Stunde, um das Gefährt auf etwaige Schäden zu un-tersuchen und die wuseligen Hunde anzuschirren. John bewunderte seine Präzision. Er machte keinen Handgriff zu viel und keinen zu wenig.

Der Wettergott zeigte sich gnädig mit ihnen an dem Tag, an dem sie ihre große Runde über das Eis drehten. Als der rostige Royal Arctic-Container wieder in Sicht kam, deutete Enoksen zum aufgeklarten, metallisch blauen Himmel, aus dem die Wintersonne brach. Sie war umgeben von einem silbrigen Schein, der einen großen

Teil des Firmaments bedeckte. Eine scharfe, halbrunde Linie von einer sanft rötlich schimmernden Färbung, die sich nach außen hin in ein diffuses Violett verlief.

»Phantastisch«, sagte John.

»Phantastisch gefährlich!« Enoksen lenkte das Gespann in den Windschatten des Containers. »Wir müssen uns vorbereiten. Da kündigt sich ein *Piteraq* an. Wenn in den nächsten Stunden Wolken aufziehen, braut er sich zusammen. Glaub mir, John Kaunak, dem möchtest du nicht hier draußen begegnen.«

Die Hunde reagierten instinktiv auf den Wetterumschwung. Nachdem Enoksen das Rudel abgeschirrt hatte, verzogen sich die Tiere unaufgefordert in ihre Schneekuhlen nahe der Containerwand. Der alte Jäger kettete sie an, ließ ihnen aber ausreichend Bewegungsspielraum. Den Schlitten zog er auf das Dach des Containers und sicherte ihn dort.

Als sie später bei einem heißen Kaffee am Tisch saßen, erklärte er John, was da auf sie zukam.

»In deiner Sprache bedeutet *Piteraq: Der, der dich angreift* oder *Das, was einen überfällt*. Eine Lawine aus Kaltluft, die über dem großen Eis entsteht und zur Küste hinunterstürzt. Unten ist es am schlimmsten. In den engen Fjorden beschleunigt der Wind zum Eisorkan. Kann dann über zweihundert Stundenkilometer erreichen. Oder noch mehr. In einem Ort wie *Tasiilaq*, das am Fuße eines Tals liegt, unterhalb der Klippen, wütet er am schlimmsten. Und draußen, vor der Küste, zerschlägt der *Piteraq* das Eis und treibt es vor sich her aufs offene Meer. Für kurze Zeit sind dann mitten im Winter die Fjorde eisfrei ...«

»Das klingt übel. Und wie überstehen das die Hunde?«

»Du fängst an, wie ein Jäger zu denken.« Enoksen grinste. »Aber um die Hunde musst du dir keine Sorgen machen. Die graben sich eine Kuhle und lassen sich darin einschneien. Sie kommen erst wieder raus, wenn alles vorüber ist. Ganz egal, ob es dreißig oder vierzig Grad unter null ist oder noch kälter.« Er lachte.

John fand, dass sich sein Gesicht dabei so in Kreuz- und Querfalten legte, dass es verblüffende Ähnlichkeit mit den Klüften des Eisschilds aufwies.

»Wie kommen die Menschen unten an der Küste mit diesen Eisorkanen klar?«

»Die wissen, was sie zu tun haben, wenn die Alarmsirenen anspringen. Lebensmittel bunkern, sich für die nächsten paar Tage im Haus verkriechen und Fenster und Türen verrammeln. Was draußen rumsteht und nicht gut gesichert ist, fliegt davon. Quads, Motorschlitten, Autos, Boote, alles. Menschen sowieso. Jeder weiß das. Trotzdem gibt's jedes Jahr Tote.«

»Und unser Container hier wird das überstehen?« John machte eine vage Geste, beeindruckt von Enoksens drastischen Schilderungen.

»Hier oben auf dem Eis ist der *Piteraq* ein spielendes Kind, verglichen mit seiner Kraft am Fuß der Klippen. Der Container ist gut geschützt. Trotzdem wird's verdammt kalt werden. Vor die Tür gehen sollten wir auf keinen Fall.«

Für eine Weile schwiegen sie.

»Hörst du das?« Enoksen legte den Zeigefinger an die Lippen. Von draußen kam ein Rauschen und Vibrieren, leise, an- und abschwellend, wie eine Stahlsaite, die in

Bewegung versetzt wird und zu singen beginnt, dann langsam an Lautstärke zunimmt und wieder verklingt.

»Er kommt.«

Gemeinsam lauschten sie.

»Er schleicht sich an wie ein wildes Tier. Zuerst merkst du kaum, dass sich etwas verändert. Dann beginnt es rings um dich zu vibrieren. Der Wind verhärtet sich. Er nimmt eine Form an. Er greift nach dir. Alles hier hat eine Seele, John. Auch der Wind. Gerade der. Hör genau hin!«

Der *Piteraq* fuhr seine Krallen aus. Er zerrte und schnappte nach ihnen, er heulte und tobte fast zwei Tage und zwei Nächte lang. Dann ebbte der Eisorkan ebenso schnell ab, wie er gekommen war. John wagte kaum, sich auszumalen, was er unten an der Küste angerichtet haben würde.

Die Stahltür auf der windabgewandten Seite des Containers ließ sich problemlos öffnen. Ein unangenehm hartes Licht fiel auf die weiß, grau, blau, schwarze Eislandschaft. Weiß, grau, blau, schwarz? Ach was! Bei genauerem Hinsehen entdeckte John alle Farben der Welt, das ganze Spektrum. Die eisige Luft enthielt so gut wie keine Feuchtigkeit, das spürte er. Die Sicht war dadurch von außerirdischer Klarheit. Und die Farben ... Urfarben! Blautöne in jeder denkbaren Abstufung. Von glasigem Türkis über Grün und Meerblau bis zu einem rubinroten Glitzern, dort, wo die Sonnenstrahlen auf die winzigen Eiskristalle trafen, die den Boden bedeckten. Eine Palette von Farben, genug, um die ganze Welt zu bemalen. Schneewehen türmten sich an jeder Kante, jedem Eisvorsprung auf, der dem Toben des *Piteraqs* Widerstand geleistet hatte.

Einige Schneehügel im Windschutz des Containers und der halbrunden Eiswand, die ihn umgab, gerieten in Bewegung, als Moses und John auf sie zu stapften. Aus einem arbeitete sich prustend eine Hundeschnauze hervor. Dann brachen die anderen Hügel auf und nach und nach kam das ganze Rudel ans Tageslicht. Sie hatten es überstanden.

»Wir warten noch einen Tag, dann machen wir das Gespann fertig und verziehen uns über den Gletscher hinunter zur Küste«, entschied Enoksen. »Zeit, auf die Jagd zu gehen.«

Der Abstieg über den in den Sermilik-Fjord mündenden Gletscher gestaltete sich schwierig. John fühlte sich in eine Welt versetzt, die sich seit Anbeginn der Zeit nicht verändert zu haben schien. Und dabei wusste er es doch besser. Die Klimakrise nagte längst am Jahrtausende alten Eis. Übers Jahr verlor Grönlands Eispanzer durch das Abschmelzen mehr Masse, als er durch Schneefall wieder hinzugewann. Eine Welt, die seit Äonen von Naturkräften geformt, von Eis geschliffen und von Stürmen poliert worden war, löste sich auf, verwandelte sich in Wasser. Und würde, wenn die Entwicklung anhielt oder sich gar weiter beschleunigte, den Meeresspiegel weltweit um fast sieben Meter steigen lassen.

Zum wiederholten Mal fragte sich John, ob er daran eine Mitschuld trug. Als Sicherheitschef des Tagebauprojekts im Kvanefjeld war er am Raubbau der arktischen Ressourcen beteiligt, oder sorgte zumindest dafür, dass er überhaupt möglich war. Durfte man das relativieren, indem man die Gegenrechnung aufmachte? Hier die Ressourcenausbeutung, da die Verringerung der politischen Abhängigkeit von Europa? Mit jedem weiteren Schritt, den er an der Seite des alten Jägers tat, kam er sich mehr wie ein Verräter an diesem Land vor. Einem Land, das ihm einerseits das Äußerste abverlangte, ihn nicht schonte, keine Sekunde, und ihm andererseits ein schwer erklärbares Gefühl des Einsseins mit der Natur und seinen Mitmenschen gab. John beschloss, die Gedanken hintanzustellen. Jetzt war weder die Zeit noch war das der Ort, über solche Grundsätzlichkeiten nachzudenken. Im Kvanefjeld stand das Leben von Hunderten auf dem Spiel, wenn diese Yu es darauf anlegte, ihren wie auch immer gearteten Sabotageplan auszuführen. Und Narsaq mit seinen Einwohnern? War die Stadt womöglich ebenfalls in Gefahr? Sie lag nur wenige Kilometer vom Tagebau entfernt. Silpa, Olsvig, Akas Onkel und ihre Tante, ihre Eltern, Aka selbst ... Wie viel Zeit hatte er noch? Er musste zunächst zu Kräften kommen, das wusste er. Er würde Enoksen eine Weile auf der Jagd begleiten, sagte er sich, lange genug, um von ihm zu lernen, was nötig war, um im Eis zu überleben. Vielleicht würde ihm jenes Quäntchen indigenes Blut in seinen Adern, das ihm seine Eltern vermacht hatten, endlich zu etwas nutze sein.

Am Tag darauf erreichten sie nach einem langen und steilen Abstieg die Küste. Vor ihnen lag der Sermilik-Fjord. Es war spät im Dezember und der Fjord fast vollständig zugefroren und von Schnee bedeckt. Die ersten der vom *Piteraq* ins Eis gerissenen Löcher schlossen sich schon wieder.

»Nicht weit von hier gibt's eine Fängerhütte, dort können wir übernachten,« sagte Enoksen, seine Augen blitzten. »Morgen geht's dann raus aufs Packeis, Robben jagen!«

John nickte. Der Alte würde schon wissen, was er tat. In seinen Sorel-Winterstiefeln, den Hosen aus Eisbärfell und mit der schweren Funktionsjacke eines amerikanischen Outdoor-Ausrüsters über dem Overall erinnerte er ihn daran, wie sehr die Inuit-Traditionen und die Moderne aufeinanderprallten. Und doch ... Mit dem abschmelzenden Eis war die Kultur der Indigenen ins Wanken geraten. Ob daraus etwas Neues entstand, wer mochte das wissen? Er wusste um die Bestrebungen indigener Organisationen, eine arktische Nation zu gründen. Aber er war sich auch über die Widerstände im Klaren, auf die dieses Vorhaben stieß – nicht nur im heimischen Dänemark.

Sie erreichten die Hütte kurz vor Einbruch der Dämmerung. Das Restlicht genügte, um die weitläufigen aufgetürmten, ineinander verkeilten und aufeinander geschobenen Meereismassen zu erkennen, die sie am morgigen Tag betreten würden. Aus der Ferne drang ein Krachen an ihre Ohren, das Knirschen von Eisplatten, dazwischen hin und wieder das Donnern zerbrechender Eisberge. Jetzt, im beginnenden Winter, waren diese Geräusche weit weniger häufig als während der Tauperiode. Über allem schwebte das frivole Kreischen der Polarmöwen. Verglichen mit der hypnotischen Stille des Inlandeises kam sich John vor wie am Kopenhagener Hauptbahnhof. Nur, dass die Fernzüge hier haus- bis kleinstadtgroße Eisungetüme waren, auf ihrem immer gleichen Kurs zum Kap Farvel an der Südspitze Grönlands, von wo aus sie hinaustreiben würden Richtung Baffin Bay. Ihr Weg ist festgelegt, nichts kann sie davon abbringen, dachte John. Ist es meiner auch?

In dieser Nacht träumte John von Yu. Einer Yu, groß wie ein Eisberg, die auf den Damm des Rückhaltebeckens oberhalb des Tagebaus von Kvanefjeld zustampfte und ihn mit einem einzigen Tritt zum Zerbersten brachte. Ein gewaltiger Knall zerschnitt die Luft, dann klaffte ein Riss im Damm, von der Krone bis zum Fundament. Daraus ergoss sich eine schwarze Suppe talabwärts, in das kilometerweite Halbrund der Abbauterrassen. Nichts vermochte die Flut stinkenden Schlamms aufzuhalten. Yu löste sich auf und verwandelte sich in eine Wolke flirrender Eiskristalle, die mit dem Wind davonstoben.

John wachte schweißgebadet auf. Es war früher Morgen. Der Knall des berstenden Damms hallte noch in seinem Inneren. Enoksen war bereits auf den Beinen und machte Frühstück.

»Hat dich der Knall aufgeweckt?«

»Ich dachte, das war nur ein Traum«, sagte John und rieb sich die Augen. Er balancierte auf dem schmalen Grat zwischen seinen verschwommenen Traumbildern und den sich aus dem Halbdunkel schälenden Umrissen der Realität.

»Hätte nicht gedacht, dass der Gletscher um diese Zeit noch kalbt«, sagte Enoksen. »Ist eigentlich schon zu spät dafür. Hat jedenfalls einen ziemlichen Schlag gegeben.«

Nachdem sie das Schlittengespann klargemacht hatten, fuhren sie aufs Meereis hinaus. Enoksen hatte allerlei Gerätschaften aufgeladen, die in der Hütte lagerten, darunter ein großes Netz mit weiten Maschen.

John war davon ausgegangen, dass es eine kurze Fahrt werden würde, doch Enoksen machte eine ganze Weile keine Anstalten, anzuhalten. Sie fuhren viele Stunden lang. Schließlich stoppte der Jäger den Schlitten und setzte mit einem kräftigen Tritt den Eisanker. Die Hunde fügten sich in ihr Schicksal und ließen sich dort nieder, wo sie gerade waren. Enoksen musterte die Umgebung und schien zufrieden mit dem, was er sah. John verstand nicht, was hier anders sein sollte als an jeder anderen beliebigen Stelle rundum. Das Eis stapelte sich in nahezu unmöglichen Winkeln ineinander und aufeinander wie ein im Frost erstarrtes Meer auf dem Meer.

»Warum hier?«, fragte er Enoksen, der vom Schlitten stieg und anfing, ihn zu entladen.

»Hier gibt es Robben.«

»Wie kommst du darauf? Es ist doch nichts zu sehen.«

»Ich weiß es einfach.«

Enoksen zog einen von einer Stahlspitze gekrönten, langen Holzstiel vom Schlitten und sah sich prüfend um. Dann begann er, mit der Spitze Löcher ins Eis zu stechen, im Abstand von mehreren Metern. John kniff die Augen zusammen. Wie wollte er auf diese Weise Robben erlegen? Nach gut einem Dutzend Löcher, die er in einem großen Halbkreis angeordnet hatte, legte Enoksen die Stange beiseite. Er zog das Netz vom Schlitten und befestigte dessen eine Ecke mit einer Leine am Ende der stahlbeschwerten Holzstange. Dann nahm er die Stange in die Hand, führte sie schräg in das erste Eisloch ein und stieß sie unter Wasser. Er lief zum zweiten Eisloch, griff hinein und zog die Stange dort wieder heraus. Diesen Vorgang wiederholte er, bis er beim letzten Eisloch angekommen war. Langsam dämmerte John, was er da tat. Offenbar fädelte er das Netz unters Eis, wie mit einer Riesenstopfnadel. Und dann?

»Das ist ein *Took*«, sagte Enoksen und deutete auf die Holzstange mit der Stahlspitze. »Die Strömung sorgt dafür, dass sich das Netz unter dem Eis auffächert. Jetzt müssen wir nur noch warten.«

Sie warteten lange. John bewunderte die Geduld seines Partners. Der musste die Fragen bemerkt haben, die John ins Gesicht geschrieben standen, denn er erklärte: »Im Sommer ist die Jagd einfacher. Du fährst hinaus zur Eiskante, bis ans offene Wasser. Dann klopfst du aufs Eis, um die Robben anzulocken. Robben sind neugierig.« Enoksen nahm eine Tabakpfeife aus seinem Anorak und begann, sie zu stopfen. »Du legst dich flach aufs Eis, das Gewehr im Anschlag. Sobald eine Robbe auftaucht ... Peng!« Enoksen zielte mit dem Mundstück der Pfeife auf John. Dann zündete er sie an. »Dein Partner muss mit dem Boot raus aufs Wasser und die Robbe bergen. Das muss schnell gehen. Sonst ist die Robbe weg, versunken.«

Enoksens Jagdmethode erwies sich als äußerst effektiv. Sie verbrachten fast eine Woche auf dem Packeis, fuhren nur zum Schlafen zur Hütte.

Johns Respekt vor den Fähigkeiten des Alten wuchs mit jedem Fang. Er lernte, wie man ein *Took* unters Eis fädelte, und bald fing auch er seine erste Robbe. Einzig das Töten und Zerlegen der Tiere stellte ihn vor Probleme. Denn der geübte Jäger machte sich die Lehrmethode zu eigen, die auf der ganzen Insel galt: Sieh zu und mach nach! Enoksen hatte die erste Robbe eigenhändig getötet und noch auf dem Eis in irrwitziger Geschwindigkeit ausgenommen und zerlegt. Die besten Stücke warf er den Hunden zu.

Den zweiten Fang überließ er John. Der, wie es kaum anders zu erwarten war, ein ziemliches Massaker anrichtete.

Doch Enoksen griff nicht ein. Er betrachtete das Schauspiel nur, mit der Distanz eines Erfahrungsschatzes aus Jahrzehnten arktischer Jagd.

Ein paar Tage später ging John die blutige Arbeit bereits leichter von der Hand. Außer einem kurzen Nicken reagierte Enoksen nicht. Sie teilten sich die rohe, vitaminreiche Leber ihrer Beute, aßen hinterher noch einige Stücke Blubber, die Zentimeter dicke Fettschicht der Tiere, und genossen die wohlige Wärme, die das Festmahl in ihren Körpern hinterließ.

KAPITEL 20

»Das Eis ist krank«, sagte Enoksen. Sie saßen auf dem Schlitten und ließen die Blicke über den Fjord schweifen. Der Alte deutete zum Horizont. »Früher konnten wir für Wochen hinausfahren. So weit, dass wir das Land nicht mehr sahen. Das Eis war stark. Und wir waren es auch. Aber heute … schau dich um!«

Er wies auf einen wässrigen Riss zwischen den Schollen.

»Wenn wir heute hinausfahren, bleiben uns nur wenige Tage, um Beute zu machen. Das Eis ist dünn und brüchig. Es ist krank. Wenn das Eis krank ist, dann wird auch die Welt krank. Und mit ihr die Menschen.«

Weiß er, dass wir es sind, die seine Welt zerstören?, fragte sich John. Mit unserer Gier nach Rohstoffen, nach grenzenlosem Wachstum? Er kannte die Zahlen. Er hatte oft genug mit Dr. Liebermann darüber diskutiert. Sie hatte sich genauso unwohl gefühlt wie er. Ja, es war offensichtlich. Das Eis wich. Der Eisschild taute ab. Unaufhaltsam. Jahr für Jahr verlor er an Masse. Die Wissenschaft ging längst davon aus, dass das arktische Meer bis 2050 im Sommer nicht mehr zufrieren würde. Und das waren noch die konservativen Schätzungen. In Moskau jubelte man über die Aussicht auf neue Handelsrouten. In Peking rieb man sich die Hände in Vorfreude auf die arktische Seidenstraße und ihre Profite. Niemanden schien es zu scheren, was das für die indigene Bevölkerung bedeuten würde. Schon jetzt zeichnete sich ab, dass die traditionelle Jagdkultur verloren ging. Und mit ihr das generationenalte Wissen der Inuit über ihre Umwelt und die Signale, die sie sendete. Wetterzeichen waren bedeutungslos. Vorhersagen kaum noch zu treffen. Kein GPS, keine Satellitentelefone, kein WLAN vermochte diesen Verlust wettzumachen. John sah zu Enoksen. Er war einer der letzten Jäger, und er wusste das. Wie ging er damit um?

Er musste seine Gedanken gelesen haben, denn er sagte: »Wir leben hier und jetzt, John. Und wir tun, was wir hier und jetzt tun können. Täte das jeder, würde die Welt anders aussehen.«

John nickte. Wie nannten sich die Indigenen selbst? Inuit. Menschen. Sollte es ausgerechnet diese verschwindend kleine Minderheit sein, die vierhunderttausend Bewohner des Polarkreises, die den Rest der Welt lehrten, was Menschsein bedeutete?

Hier in der Arktis nahm alles seinen Anfang. Und hier würde es auch enden.

»Machen wir uns auf den Rückweg«, sagte Enoksen. »Ich muss heute noch ein paar Freunde besuchen.«

An der Fanghütte legten sie eine kurze Pause ein, packten ihre Sachen zusammen und verstauten alles auf dem Schlitten. Inklusive einer Robbe, die Enoksen am Vortag erlegt hatte.

»Wohin fahren wir eigentlich?«

»Tiniteqilaaq«, antwortete der Alte. »Weiter oben gibt es eine Stelle, wo der Fjord komplett zugefroren ist, hoffentlich. Dort können wir ihn überqueren.«

Enoksens Ziel entpuppte sich als steinerne Erhebung mitten im Meereis, vermutlich eine kleine Insel. Sie war gekrönt von einem knappen Dutzend windschiefer Holzkreuze. John dämmerte, was der Alte mit »Freunde besuchen« gemeint hatte. Sie blieben vor einem Kreuz stehen, das ein wenig abseits der anderen in den felsigen Boden gerammt worden war. »Mein Bruder«, sagte Enoksen. »Er war ein guter Jäger, obwohl, na ja, eher ein mittelmäßiger. Als er seine Familie nicht mehr ernähren konnte, hat er sich totgesoffen.«

John schluckte. Er hatte einen Kloß im Hals.

»Hier liegt er gut. Schöner Meerblick. Er mochte das. Wir bestatten alle unsere Jäger so. Werden aber immer weniger.« Enoksen sah John an. Lächelte er? »Wenn ich in der Nähe bin, komme ich ihn besuchen. Ein bisschen reden und so. Das hilft uns beiden. Er war ein guter Kerl, wenn er nüchtern war.«

John schwieg, während der Alte mit seinem verstorbenen Bruder Zwiesprache hielt.

Die Fahrt zur Siedlung mit dem unaussprechlichen Namen Tiniteqilaaq entpuppte sich als beängstigender Hindernislauf. Das Meereis unter ihnen war brüchig, rechts und links von ihnen waren eisfreie Rinnsale zwischen den Schollen zu sehen. Enoksen war gezwungen, größere Umwege in Kauf zu nehmen.

»Es wird jedes Jahr schlimmer«, sagte der Alte. »Irgendwann wird noch der letzte Jäger zum Fischer werden.« Enoksen sah aufs Eis hinaus. »Weil der Fjord dann auch im Winter befischt werden kann.«

John zweifelte keine Sekunde daran, dass er der Letzte wäre, der aufs Fischerhandwerk umsatteln würde.

Moses Enoksen war unter den knapp hundert Einwohnern von Tiniteqilaaq bekannt wie ein bunter Hund. Mit den meisten schien ihn sogar eine Freundschaft zu verbinden, jeder brachte ihm Respekt entgegen. Ein Ausdruck der Hochachtung, die die Inuk einem Jäger entgegenbringen, selbst heute noch, dachte John. Es war dem Alten anzusehen, wie gut ihm das tat.

Die Familie, bei der sie unterkommen würden, begrüßte Enoksen wie einen engen Verwandten. Moses schirrte die Hunde ab. Sie rauften sich begeistert um die Brocken Robbenfleisch, die er ihnen zuwarf.

Das Holzhaus stand auf einer Anhöhe unweit des Supermarkts. Die Sicht über den teils zugefrorenen, teils offenen Fjord und die hölzernen Trockengestelle, an denen Dorsch, Heilbutt, Lachs und Schellfisch hingen, war atemberaubend. Das leise Knirschen der Eisplatten schwebte über allem. Jenseits ragten die Granitwände des Küstengebirges empor, dahinter schimmerte die Kappe des Inlandeises im aufkommenden Nebel. Waren sie wirklich von so weit her gekommen? John konnte es kaum fassen.

Ihre Gastgeber hatten beschlossen, Enoksens Ankunft zum Anlass für ein *Kaffemik* zu nehmen. John ahnte, was auf sie zukommen würde, und wappnete sich. Er schwor sich, dass es ihm diesmal gelingen würde, mit der ganzen Breite der grönländischen Kochkunst klarzukommen. Inklusive der vitaminreichen Rohkost aus Robbeninnereien, die er in den vergangenen Tagen – oder waren es bereits Wochen? – durchaus zu schätzen gelernt hatte.

Heute schien der halbe Ort bei ihren Gastgebern ein- und auszugehen. John wurde der gleiche Respekt entgegengebracht wie einem Jäger. Merkwürdig, dachte er, was war schon sein Beitrag? Der Großteil ihres Robbenfangs ging auf Enoksens Konto. Dennoch machten die Leute im Ort keinen Unterschied zwischen ihnen beiden.

Später am Abend fiel ein grünlicher Schimmer durch die Fenster, und Enoksen bestand darauf, rauszugehen. Es sei Neumond, die Kinder tanzten. Sie stiegen auf einen Hügel hinterm Haus. Der grünliche Schimmer entpuppte sich als Polarlichter.

John starrte in den Nachthimmel, der Mund stand ihm offen, was bei der Kälte nicht unbedingt angenehm war, doch er konnte es nicht verhindern. Über dem Fjord und hinter der schroffen Küste bis zur Kappe des Inlandeises waberten verschlungene Bänder von grünem und grüngelbem Licht, die nach oben hin in violette Spitzen ausliefen. Nein, sie waberten nicht, sie sprangen umher, hierhin und dorthin, tanzten im Takt des Sonnenwinds, der hoch über ihnen auf die Erdatmosphäre traf.

»Hier im Osten nennen wir sie *Arsarniq*«, sagte der Alte. »Für uns sind es die Geister verstorbener Kinder, die am Himmel tanzen.«

»Kinder der Sonne«, murmelte John, der wie hypnotisiert in den Himmel starrte und den Blick nicht abwenden konnte von den umherspringenden Schleiern, Bögen und Lichtwirbeln.

Sie beobachteten das Schauspiel, bis ihnen die Eises-kälte in Finger- und Fußspitzen kroch.

»Ich gehe schlafen«, sagte Enoksen.

»Ich bleibe noch«, antwortete John.

Der Alte runzelte die Stirn. »Aber schau nicht zu lange hinauf ins Totenreich. Sonst steigen die Geister zu dir hinab.«

»Nur noch ein paar Minuten.«

John verlor jegliches Zeitgefühl, während er gebannt den Tanz am Nachthimmel verfolgte. Irgendwann, Enoksen war längst verschwunden, heulten die Hunde. John hörte es kaum. Das Heulen schwoll an, die Hunde zerrte an ihren Ketten. Er achtete nicht darauf. Der tinten-schwarze Neumondhimmel bot den wirbelnden Licht-bändern eine Bühne, von der er sich nicht abzuwenden vermochte.

»Nicht bewegen!«

War das Enoksens Stimme? John erstarrte. Erst jetzt bemerkte er den dunklen Schatten, der sich wenige Meter vor ihm erhob. Er wuchs und wuchs, bis er ihn überragte. John wich langsam zurück. Er hielt unwillkürlich die Luft an. Sein Puls raste. War dies einer der vom Himmel herab-gestiegenen Geister, vor denen ihn der Alte gewarnt hatte?

»Laaaangsam, ganz laaaangsam«, ertönte Enoksens Stimme hinter ihm. Er dehnte die Vokale. »Wenn ich es sage, lässt du dich fallen und rührst dich nicht.«

John wich wie in Zeitlupe zurück. Der Schatten folgte ihm. Und die toten Kinder tanzten weiter am Himmel.

»Jetzt!«

Ein Schuss zerriss die Luft. John ließ sich fallen, rollte zur Seite. Ein weiterer Schuss. Dann noch einer. Direkt neben ihm ging etwas Massiges zu Boden, streifte ihn fast. John meinte, Blut zu riechen.

Aus dem Dunkel tauchte Enoksen auf, das Repetiergewehr in der Hand. Er half John auf.

»Das war knapp. Seit der Fjord im Winter nicht mehr zufriert, treibt sie der Hunger hierher. Hast du denn die Hunde nicht gehört?«

Aus dem Haus näherten sich ein paar Gestalten mit Stirnlampen. Und da sah er ihn: den Kadaver eines Eisbären. Seine linke Pranke lag kaum einen Meter von John entfernt. Fast hätte er ihn im Fallen noch erwischt. Er schauderte.

»*Angalatooq*, der große Wanderer. Die Hunde haben ihn gewittert und uns gewarnt. Ist kein ausgewachsenes Exemplar.« Enoksen schlug mit dem Lauf der Repetierbüchse gegen die Schulter des Tieres. Alle drei Kugeln hatten den Kopf getroffen.

»Es sind meist männliche Jungtiere. Wenn sie Hunger haben, plündern sie Mülltonnen, reißen Zelte auf und brechen in Häuser ein. Kein gutes Zeichen, wenn einer so weit hier heraufkommt.«

Als der kurze Tag heraufdämmerte – die Sonne ging um zehn Uhr auf und verabschiedete sich noch vor dreizehn Uhr wieder – steckte John der Schock immer noch in den Knochen. Er ertappte sich dabei, wie er immer wieder horchte, ob die Hunde erneut zu heulen begannen. Es blieb still. Nur das beständige Knacken und Knirschen der Eisplatten drang vom Fjord zu ihnen herüber.

John musste an Yu und ihre Andeutungen denken, den Tagebau im Kvanefjeld zu sabotieren. Sie würde sich genauso lautlos anschleichen wie der Eisbär gestern. Und sie würde gnadenlos zuschlagen.

War diese Begegnung ein Wink von *Arnarquashaaq* oder *Sedna* – wie die Meeresgöttin der Inuit auch genannt wurde –, dass die Zeit für ihn gekommen war, sich wieder auf seine Aufgabe zu konzentrieren? Gewiss, bis zum Frühlingsbeginn war noch Zeit. Aber wer wusste, ob Yu Lynn Hua nicht früher zuschlagen würde? Die Ungewissheit zerrte an seinen Nerven.

Enoksen hatte ihm in einem für ihn ungewohnt langen Monolog erklärt, wie Eisbären zu jagen pflegten. Als Meister im Anpirschen und Ansitzen gingen sie raffinierter und flexibler vor als jedes andere Raubtier. Die Inuit sagten »dem, der keinen Schatten hat« sogar nach, gezielt auf Menschenjagd zu gehen, wenn ihn der Hunger plagte. Nach seiner nächtlichen Erfahrung teilte John ihren Respekt. Vielleicht sollte er sich ein Vorbild an dem Polarbären nehmen? Enoksen hatte ihm erzählt, dass Tarnen und Täuschen zu ihren bevorzugten Jagdstrategien zählten. Sie arbeiteten sich durch Eisrinnen – mit weit in die Luft gestrecktem Hinterteil –, um einen kleinen Eisberg in der Ferne zu imitieren. Oder sie trieben wie weißer Eisbruch bewegungslos im Wasser auf eine Robbe zu, bis es für diese zu spät war, zu entkommen. So manche Inuit schworen sogar, beobachtet zu haben, wie ein Eisbär einen Eisblock vor sich herschob, um von seiner Beute nicht entdeckt zu werden.

Konnte er sich womöglich ein Beispiel daran nehmen?

Vor Einbruch der Dunkelheit hatte der halbe Ort den toten Bären inspiziert. Man ließ Moses Enoksen hochleben. Seine erfolgreiche nächtliche Jagd bot den willkommenen Anlass für ein großes Fest. Auch wenn es gar keine Jagd im eigentlichen Sinne gewesen war, sondern Johns Rettung in letzter Sekunde. Ein zu vernachlässigender Unterschied, wie die Inuit im Dorf fanden. Sie waren in Feierlaune.

»Dein Glück, dass ich den Bären erschossen habe und nicht du!« Enoksen hatte seinen Arm um Johns Schultern gelegt. Er lachte, und die Menge um ihn herum stimmte ein.

»Wieso?«

»Weil dich sonst die Regierungsbehörden in Nuuk angeklagt hätten. Der große Wanderer darf nur von einem Inukjäger getötet werden. Hätte ganz schön teuer werden können für dich, John!«

»Verstehe. Aber wenn ich das richtig sehe, habe ich einen nicht unerheblichen Anteil daran, dass du den Eisbären erlegen konntest. So ein Eisbärenfell ist einiges wert, nicht wahr?«

Enoksen prustete los. Dann klopfte er John so heftig auf die Schulter, dass er beinahe in die Knie ging.

»Ja, das Fell wird eine schöne Summe einbringen.«

Schlagartig wurde er wieder ernst.

»Du hast richtig reagiert heute Nacht. Hättest du dich umgedreht und wärst weggerannt, wärst du jetzt tot.«

Sie frühstückten gemeinsam mit ihren Gastgebern. Oke, der Herr des Hauses, erzählte ihnen, dass er aus dem

Westen der Insel stamme. Er war in den Osten gezogen, weil es ihm an der Westküste zu laut und unruhig geworden war. Laut und unruhig – John musste schmunzeln. Wie unterschiedlich doch die Wahrnehmung sein konnte.

Am Nachmittag, wenn die lange Polarnacht wieder über dem Ort liegen würde, sollte der Eisbär verarbeitet werden. Anlass für einen erneuten *Kaffemik*. In John regte sich ein merkwürdiges Mitgefühl für den Jungbären, der seinen Hunger mit dem Leben bezahlt hatte.

»Hier, John, lies mal ...«

Oke schob ihm über den Tisch eine zerfledderte Zeitung zu. Auf welchen Wegen auch immer hatte eine Ausgabe des *Grønlandsposten* den Weg nach Tiniteqilaaq gefunden. Das Datum lag fast zwei Wochen zurück, und die Schlagzeile auf der Titelseite war von Kaffeeflecken umgeben.

Unfall oder Mord? Sicherheitschef bleibt verschollen.

John überflog den Artikel und runzelte die Stirn.

»Yu kann mit sich zufrieden sein. So richtig zu vermissen scheint mich keiner.«

Außer vielleicht Aka?, echote es in seinem Kopf. Er blätterte weiter. Auf der dritten Seite fand er eine kurze Notiz zu den anhaltenden Streiks im Kvanefjeld. Wahrscheinlich wieder dieser Peder Pedersen, dachte er. Sørensen würde das hoffentlich im Griff haben.

»Sag mal, Oke, wie kommt die Zeitung eigentlich hierher? Per Schiff?«

»Mal so, mal so. Im Sommer mit dem Boot. Im Winter per Helikopter. Einmal pro Woche. Von Tasiilaq, der einzigen größeren Stadt hier an der Ostküste.«

»Bringt der Heli nur Fracht?«

»Manchmal nimmt er auch Touristen mit, die hier auf Expedition gehen ...«

»Expedition, ha!«, machte Enoksen. »Die rutschen hier zwei Tage auf Skiern herum und nennen es Expedition.«

»Ja, die meiste Zeit sitzen sie eh drüben in Tasiilaq im Roten Haus und starren aus dem Fenster, bis der *Piteraq* kommt.«

Oke teilte offenbar Enoksens Abneigung gegen Touristen. Obwohl er sich selbst für Führungen bezahlen ließ. John schüttelte den Kopf.

»Deswegen frage ich nicht. Wenn ich von hier zurück nach Narsaq wollte, wäre dann der Heli der einzige Weg?«

Beide nickten.

»Ich würde also von hier nach Tasiilaq fliegen. Und dann?«

Enoksen überlegte kurz, offenbar wenig erfreut über Johns Gedankengang.

»Mit dem Heli weiter nach Kulusuk. Dort gibt es einen Flugplatz, von dem aus man nach Narsasuaq kommt.«

»Falls das Wetter mitspielt«, warf Oke ein.

»Ja«, sagte Enoksen, »im Winter fallen mehr Flüge aus als stattfinden. Im Wintersturm hebt kein Pilot ab.«

»Oder der Heli ist defekt«, ergänzte Oke. »Kommt auch oft vor.«

»Außerdem wird das teuer«, sagte Enoksen.

»Also gut«, seufzte John, »dann müsst ihr mich noch ein bisschen länger ertragen. Aber ich kann nicht ewig bleiben. Ich muss zurück.«

»Um die Welt zu retten?«, witzelte Enoksen.

»Um die Menschen zu retten, an denen mir etwas liegt«, sagte John. Insbesondere eine Frau, dachte er dann.

»Da bleibt genug Zeit für ein paar ausgedehnte Jagdausflüge.« Enoksen zwinkerte Oke zu. »Vielleicht schießen wir noch einen Eisbären?«

»John ist ein prima Köder«, sagte Oke glucksend.

Die beiden lachten, und es war so ansteckend, dass John mit einfiel. Von wegen Köder, dachte er, sie würden sich noch wundern ...

In den folgenden Wochen kam John mehr und mehr zu Kräften. Seine Verletzungen heilten – zumindest die körperlichen, die ihm Yu zugefügt hatte. Anders verhielt es sich mit den Wunden, die man nicht sehen konnte. Sie würden vernarben, gewiss. Da war er sich sicher. Aber sie würden ihn ein Leben lang begleiten und daran erinnern, dass er schwach gewesen war. Er war schwach gewesen und Qimmeq stark. Jedes Mal, wenn er Enoksen half, die Hunde anzuschirren, tauchte vor seinem inneren Auge das Bild des zotteligen Grönlandhunds auf, dem er sein Leben zu verdanken hatte. Mindestens so sehr wie dem alten Jäger selbst. Und mit jedem Gedanken an seinen treuen Wegbegleiter wuchs in ihm eine kalte Wut – sie braute sich zusammen wie der *Piteraq* über dem Inlandeis. Langsam und bestimmt bildeten sich kleine Wirbel in Bodennähe, die schon bald zu einem Eisorkan anschwellen würden. Es brauchte nur einen Anlass.

Mitte März hatte es John noch immer nicht geschafft, ins Kvanefjeld zurückzukehren. Zum wiederholten Male stand er nun am Heliport im Dorf. Der Helikopter, der einmal die Woche Richtung Tasiilaq abhob, stand seit Längerem aufgebockt da. Der Heckrotor war abgenommen worden, um neu justiert zu werden. Im Licht einiger LED-Strahler mühten sich zwei Mechaniker. Ein Dritter schweißte ein Verstärkungsblech über die angeknackste linke Kufe des Landegestells.

Auf die Frage, ob sie am kommenden Montag wieder flugbereit wären, antworteten die Männer nur mit einem lapidaren *immaqa* - vielleicht. John verstand mittlerweile, weshalb die Einheimischen die Air Greenland gern *Immaqa*-Air nannten. Er wollte sich schon zum Gehen wenden, als hinter ihm jemand sagte: »Der wird so schnell nicht wieder abheben.«

John drehte sich um. Dort stand ein junger Inuk, an den er sich vage erinnerte. Er meinte, ihn bei einem der zahlreichen *Kaffemiks* bei Oke und seiner Frau gesehen zu haben.

»Scheint mir auch so.«

»Am Samstag landet hier ein Ersatzhubschrauber. Wenn du dich beeilst, kriegst du noch ein Ticket.«

John betrachtete den Jungen im AC/DC-Hoodie. Sein Blick sagte unmissverständlich, dass er sich darüber im Klaren war, wie wertvoll dieser Tipp für ihn war. John zog ein paar Scheine aus der Tasche und drückte sie ihm in die offene Hand.

Der Junge verschwand so schnell, wie er gekommen war. Vermutlich, um sich im Supermarkt ein Sixpack Bier zu holen, dachte John. So ziemlich das Einzige, womit sich die Jugendlichen im Dorf ablenken konnten, um mit ihrer Perspektivlosigkeit fertigzuwerden. John seufzte.

Er hatte mit Enoksen viele Gespräche darüber geführt, wieso die Selbstmordrate unter Jugendlichen, insbesondere den männlichen, in Grönland so hoch war. Höher als irgendwo sonst auf der Welt.

Enoksen meinte, dass die jungen Männer sich zu nichts mehr nütze fühlten, seit sie ihre traditionelle Aufgabe als Jäger und Ernährer der Familie nicht mehr wahrnehmen konnten. Eine Rolle, aufgrund derer sie jahrhundertelang bevorzugt behandelt worden waren. Kaum einer verkrafte das, sagte Enoksen. Wäre die wirtschaftliche Situation der Inuit eine andere, wenn die Regierung ihnen echte Alternativen bieten würde – wer weiß, was dann wäre. So aber surften sie im Internet und sahen, wie Ihresgleichen draußen in der Welt Glamour und Coolness vorlebten oder zumindest vorspielten, während sie selbst in ihrer Einsamkeit ertranken. Einmal mehr fühlte sich John schuldig, weil der Anteil indigener Arbeiter im Kvanefjeld so gering war.

Er sah sich suchend um. Wo zum Teufel war hier das Büro? Er musste sich schleunigst ein Ticket besorgen, bevor der Ersatzflug ausgebucht war.

KAPITEL 21

Yu Lynn Hua neben ihm räkelte sich. Dann stieß sie ihn in die Seite.

»Aufstehen, Fang! Trommeln Sie das Team zusammen. Vor uns liegt eine Menge Arbeit.«

Sie stieg aus dem Bett – ein Luxus, den sie nach dem Umzug in ihr neues Quartier zu schätzen wusste – und ging zur Duschkabine.

Fang raffte seine auf dem Boden verstreuten Kleidungs-stücke zusammen und zog sich hastig an. Dann schlüpfte er ungesehen aus Yus Kajüte.

Für ihre Versammlung hatten sie die Offiziersmesse des Frachters in Beschlag genommen. Die Crew des Contai-nerschiffs ließ sich nicht blicken. Dem Kapitän war wohl bewusst, mit wem er es zu tun hatte – Yu konnte äußerst überzeugend sein.

Fang warf einen Blick in die Runde. Das Team war kom-plett, nur Yu fehlte. Typisch, dachte er, sie muss wieder mal demonstrieren, dass sie oben steht und wir unten. Der Minister persönlich hielt eine Hand über sie, warum auch immer. Ob sie es ohne seinen Einfluss so schnell so weit gebracht hätte? Fang wollte es gar nicht so genau wissen.

Fünf Minuten nach zehn flog die Tür auf, und Yu betrat die Messe.

»Alle da? Sehr schön.« Sie nahm ihren Platz an der Stirnseite des langen Tisches ein und klackerte mit den langen, rot lackierten Fingernägeln auf der Tischplatte herum.

»Dann lassen Sie uns mal loslegen, meine Herren. Sie haben die Informationen, die wir über das Sicherheitssystem im Kvanefjeld besitzen, vorliegen?«

Papiergeraschel und Nicken rundum.

»Fang, Ihre Zusammenfassung bitte.«

●

Yu wusste, dass es trotz der Informationen, die sie John entlockt hatte, schwierig werden würde, ungesehen den Damm des Rückhaltebeckens zu erreichen. Ein Helikopteranflug kam nicht infrage. Nicht mehr. Nicht einmal mit abgeschaltetem Transponder wie damals, als sie ihre beiden als Inuit getarnten Killer abgesetzt hatten. Für einen Moment bedauerte Yu, diese Trumpfkarte bereits ausgespielt zu haben. Kaunak hatte dafür gesorgt, dass die Luftraumüberwachung im Tower von Narsasuaq rund um die Uhr besetzt war. Er hatte sogar Personal aus Nuuk dafür einfliegen lassen.

Über Land mit Motorschlitten oder Quads das Tagebaugelände zu durchqueren, war ebenfalls undenkbar. Selbst wenn sie die Kameraüberwachung abschalteten, wozu sie dank der Codes in der Lage waren. Irgendjemand von den zighundert Arbeitern würde sie entdecken. Zudem war sie sich nicht sicher, ob Kaunak ihr wirklich alles erzählt hatte. Sie war zu lange im Geschäft, um einem wie ihm zu trauen. Vielleicht hatte er sich ein Hintertürchen offengelassen. Ein zweites Mal würde sie ihn nicht befragen können. Yu lächelte. Immerhin hatte sie ihren Spaß gehabt. Nur zu gern hätte sie seine letzten Minuten im Eis mit angesehen.

»Nehmen wir mal an, dass wir die Kamera- und Drohnenüberwachung lahmlegen können. Wie gehen wir dann weiter vor?«

Schweigen in der Runde. Sie beherrschen ihr schmutziges Handwerk, dachte Yu, aber niemand hat ihnen beigebracht, über den Befehl ihres Vorgesetzten hinauszudenken.

»Na? Ich warte!«

Fang meldete sich.

»Sie haben eine Idee? Dann raus damit!«, forderte sie ihn auf.

Fang stand auf, ungewohnt selbstsicher, wie es Yu schien. Sie erkannte es an seiner Haltung, daran, wie seine Muskeln arbeiteten. O ja, sie kannte jeden einzelnen Muskel seines Körpers nur zu gut. Sie schnalzte mit der Zunge.

Fang ging um den Tisch herum zum Beamer und schaltete ihn ein. Dann erklärte er: »Was wir hier sehen, ist eine aktuelle Satellitenaufnahme des Tagebaugebiets. Wie Sie wissen, wird rund um die Uhr im Dreischichtbetrieb gearbeitet. Wir haben die Bewegungen von über vierundzwanzig Stunden in einem Zeitraffer zusammengefasst, aufgenommen mit einer Wärmebildkamera.«

Alle starrten auf die unterschiedlich breiten dunkelroten Linien, die sich wie ein Spinnennetz über das Minengelände zogen. Ein auffällig hellroter Strang verlief von den Aufbereitungsanlagen mehrere Kilometer hinüber zum Rückhaltebecken.

»Natürlich, die Rückstände!« Yu klatschte in die Hände. »Fang, Sie sind da auf etwas gestoßen.«

•

Brita Larsen schätzte es nicht, wenn sie bedrängt wurde. Sie eilte aus dem Büro, an ein paar ungeduldigen Passagieren vorbei, die den Warteraum des Heliports von Tasiilaq bevölkerten und tat so, als würde sie kein Wort Dänisch verstehen. Es war Mittwoch. Heute sollte endlich der wöchentliche Flug nach Kulusuk gehen. Sie hatte ihn zweimal verschieben müssen. Das Schneetreiben war so dicht gewesen, dass der Pilot sich standhaft geweigert hatte, den Heli auch nur anzurühren. Seitdem wurde ihr Büro von zunehmend ungeduldigen Reisenden belagert. Alles Dänen, war sich Brita sicher, denn die Einheimischen wussten um die Unwägbarkeit selbst der kürzesten Heli-Verbindungen im ausklingenden Polarwinter. Sie murrten nicht, sie saßen einfach da. Schließlich war der Warteraum beheizt. Aber diese Touristen ... Brita schüttelte den Kopf.

Die meisten hatten ein Ticket nach Island in der Tasche. Ab Kulusuk flog zweimal die Woche eine Turboprop-Maschine der Air Greenland nach Reykjavík. Nur ein einziger Reisender schien ein anderes Ziel zu haben. Narsasuaq im Süden der Insel. Und er war gewillt, den Umweg über die Hauptstadt Nuuk in Kauf zu nehmen. Der Flugpreis war entsprechend hoch, und der Kerl sah nicht unbedingt aus, als würde er im Geld schwimmen.

Eher wie ein Einheimischer, vielleicht sogar ein Inuk. Obwohl, wenn sie ihn sich genauer ansah, ging er zwar als Jäger durch, mit seinen Hosen aus Eisbärfell, den Sorel-Stiefeln und dem North-Face-Anorak, aber irgendetwas störte Brita an ihm. Sie hatte das vage Gefühl, ihn von irgendwoher zu kennen.

Von draußen winkte der Pilot. Es konnte losgehen.

●

John prüfte, ob sein Anschnallgurt saß. Ihm waren die prüfenden Blicke der Heliport-Leiterin nicht entgangen. War er aufgeflogen? Niemand durfte ihn erkennen. Hier nicht und auf dem dreistündigen Flug von Kulusuk nicht. Die Wochen, die er mit Moses und Oke verbracht hatte, die gemeinsamen Jagdausflüge, all das hatte Spuren hinterlassen. Sein Grönländisch war mittlerweile ganz passabel. Er ging auf den ersten und vielleicht auch auf den zweiten Blick als Jäger aus dem Osten durch. Davon hing alles ab. Nur wenn seine Tarnung glaubwürdig war, würde er seinen Plan in die Tat umsetzen können.

Als der Hubschrauber an Höhe gewann, warf John einen letzten Blick auf die Landschaft, durch die er und Moses Enoksen viele Wochen lang gestreift waren. Sie hatten Robben gejagt und Schneehasen geschossen. Sie waren mehr als einmal auf dem maroden Eis in Bedrängnis geraten. Doch die unerschütterliche Ruhe des Jägers hatte sich auf ihn übertragen. Bin ich noch derselbe, den Enoksen vor Monaten aus der Eishölle gerettet hat? Nein, gestand er sich ein. Ganz sicher nicht. Doch der Preis war

hoch gewesen. Qimmeq hatte dafür gezahlt. Qimmeq ...
Er fehlte ihm. Fast so sehr wie Aka.

In der Außentasche seines Anoraks steckte der *Tupilak*.
John tastete nach seiner glatten Oberfläche und schaute
aus dem Fenster. Unter ihnen verschwanden die über die
Schneelandschaft gewürfelten, bunten Spielzeughäuser
im Nebel. Sie flogen eine Weile entlang der schwarzen
Zinnen des Küstengebirges, dann drehte der Heli ab, süd-
wärts. Richtung Kulusuk.

Ein grimmiger Zug spielte um Johns Mundwinkel. Yu
Lynn Hua, dachte er, Yu Lynn Hua, das hier ist nicht zu
Ende, noch lange nicht ...

KAPITEL 22

Als John vor dem grünen, eingeschossigen Holzhaus stand, das die Polizeistation von Narsaq beherbergte, beschlich ihn ein Déjà-vu-Gefühl. Wie lange war es her, dass er zum ersten Mal an dieser Stelle gestanden hatte? Waren es Wochen oder Monate gewesen? Vielleicht sogar ein Jahr? Es kam ihm wie ein halbes Menschenleben vor.

Der Helikopter hatte ihn innerhalb weniger Minuten zum Flugplatz von Kusuluk gebracht. Der Pilot, so schien es ihm, musste früher einmal Kampfhubschrauber geflogen sein, anders ließ sich sein Flugstil kaum erklären. John unterdrückte einen Würgereiz, den die Erinnerung auslöste. Er musste dem Unbekannten dankbar sein. Nur so hatte er gerade noch rechtzeitig die Maschine nach Nuuk erreicht, die – Wunder, o Wunder – pünktlich abhob. Okay, der Weiterflug nach Narsasuaq hatte sich dann geringfügig verzögert. Ein Wintersturm hatte den Betrieb auf dem Rollfeld lahmgelegt, aber er hatte es mit der Gelassenheit eines Einheimischen hingenommen. Nachdem die Dash-8 in Narsasuaq gelandet war, war er kurz versucht gewesen, die Strecke bis zur Polizeistation in Narsaq zu Fuß zu gehen. Sein Wissen um die kurze Taghelligkeit jedoch hatte ihn zur Vernunft gebracht. Stattdessen war er in einen weiteren Helikopter gestiegen, der ihn nach Narsaq brachte. Wozu unnötig Zeit verlieren, nur um den Stolz eines Mannes auszuleben, der in den vergangenen Monaten gelernt hatte, mit Eis, Schnee und unberechenbaren Winden klarzukommen. Unwillkürlich musste John grinsen. Die Zeit mit Moses Enoksen war so etwas wie ein Crashkurs in Sachen Überleben im Eis gewesen.

Er stapfte die Stufen zum Windfang hoch und klopfte kräftig an die Tür. Es musste jemand in der Station sein, denn der dunkelblaue Polizei-Land-Cruiser war um die Ecke geparkt. Es dauerte eine ganze Weile, bis sich etwas rührte. Dann schwang die Tür auf.

»Hallo Silpa«, sagte John.

»Äh, kennen wir uns?« Silpa musterte ihn, wie er da im Halbdunkel stand. »Brauchen Sie Hilfe? Ist etwas passiert?«

»Kann man wohl sagen.«

»Wer sind Sie denn?«

»Schätze, ich bin ein *Qivittoq*.«

»Sie sind ...« Silpa klappte der Mund auf. »Nein, das kann nicht sein!«

John schob sich die Fellkapuze seines Anoraks in den Nacken.

»John Kaunak? Aber das ist doch nicht möglich!«

»Können wir reingehen? Es wird langsam dunkel hier draußen.«

»Natürlich«, sagte Silpa und zog ihn nach drinnen. »Was ist mit Ihnen passiert? Wir suchen seit Wochen nach Ihnen. Sie gelten als vermisst, aber wir dachten, Sie sind tot.«

»Ich war tot, so gut wie«, sagte John. »Und wenn ich nicht bald einen heißen Kaffee kriege ...«

»Ich kann's einfach nicht fassen«, sagte Silpa kopfschüttelnd und schob ihn durch den Flur in den Empfangsraum. »Carl ist noch unterwegs, müsste aber jeden Moment eintrudeln. Der wird Augen machen. Er hatte sie schon abgeschrieben.«

»Das war wohl ein bisschen vorschnell.«

»Ich habe immer daran geglaubt, dass Sie noch leben«, beeilte sich Silpa, zu versichern, während sie den Kaffeeautomaten einschaltete.

»Tatsächlich?« John nahm dankbar den Becher mit heißem Kaffee entgegen.

»Naja, vielleicht war es auch Wunschdenken, John ...«

»He, Sie flirten aber jetzt nicht mit mir, oder?«

Eine Welle helles Rot huschte über Silpas Gesicht. Sie wandte sich ab, um einen weiteren Becher Kaffee zu machen. Etwas zu hastig, wie John fand.

Die Eingangstür schlug zu, dann dröhnte aus dem Flur vor dem Empfangsraum ein lautes Fluchen. Olsvig erschien im Türrahmen und klopfte sich ein paar Schneeflocken vom Parka.

»Wird ein Scheißwetter heute Nacht.« Als er John erblickte, erstarrte er.

»Verflucht! Kaunak!«

John hob seinen Kaffeebecher. »Auch einen? Sie sehen aus, als könnten Sie etwas Koffein vertragen, Carl.«

In den nächsten Stunden erzählte John den beiden, was ihm in den vergangenen Monaten widerfahren war, darum bemüht, kein noch so schmerzhaftes Detail auszulassen.

Was in ihm ein unangenehmes Erwachen all dessen auslöste, das er seit Langem erfolgreich verdrängt hatte.

»Wir müssen Aka Bescheid sagen. Sie ist völlig verzweifelt, John.« Silpa zog ihr Handy aus der Tasche.

»Stopp!« John hielt sie am Arm fest.

»Wir werden niemandem Bescheid sagen. Ich bin nicht hier, Sie haben mich nicht gesehen. Sie wissen nicht, ob ich überhaupt noch lebe. Haben Sie das verstanden, Silpa?«

»Nicht einmal Aka?«

»Weder Aka noch irgendjemandem sonst. Vorerst.«

»Wahrscheinlich ist es besser so«, sagte Olsvig. »Wenn Yu tatsächlich einen Anschlag plant, darf niemand erfahren, dass wir davon wissen. John ist unsere Trumpfkarte.«

»Ich wünschte, wir wüssten mehr als die bloße Tatsache, dass sie irgendetwas vorhat«, sagte John stirnrunzelnd. »Aber vielleicht haben wir trotzdem eine Chance, sie aufzuhalten.«

»Zuallererst brauchen Sie eine sichere Unterkunft, John. Im Gästehaus an der Ilua-Bay dürfen Sie sich jedenfalls nicht blicken lassen.« Olsvig grinste so breit wie eine Ringelrobbe. »Und ich habe auch schon eine Idee ...«

»O nein!«

»Unsere Ausnüchterungszelle genießt unter den Einheimischen einen tadellosen Ruf. Und Sie sehen schließlich aus wie einer.«

»Das soll wohl ein Kompliment sein.«

»Unbedingt!«

»Also gut, überredet«, sagte John.

»Brauchen Sie sonst noch irgendetwas, John? Eine Dusche vielleicht?« Olsvig rümpfte die Nase.

»Ist angekommen ... Aber ja, da wäre noch etwas: Können Sie dafür sorgen, dass die Chefgeologin Dr. Liebermann und mein Assistent Jacob Sørensen unauffällig hierherkommen? Und diese zwei vom PET, wie hießen die noch mal ...«

»Ole Walstedt Hansen und Lars Andersen?«

»Genau, die beiden. Vielleicht haben sie noch irgendetwas herausgefunden, was uns weiterhelfen kann.« John verzog das Gesicht. »Verdammt, Carl, Sie haben recht, ich muss dringend unter die Dusche.«

Im Gegensatz zum letzten Mal belegte er die Nachbarzelle. Zumindest konnte er also damit rechnen, heute Nacht ungestört zu schlafen. Er schälte sich aus den schweren Winterklamotten, stellte die Sorel-Stiefel beiseite und breitete seine wenigen Habseligkeiten auf der Pritsche aus. Erstaunlicherweise hatte Yu nichts davon angerührt, geschweige denn einkassiert. Geldbörse, Kreditkarten, die zerknitterte Visitenkarte der Høegh-Farm, nicht einmal sein auf dem Eisschild völlig nutzloses Handy. Sie war sich ihrer Sache und seines Endes wohl sehr sicher gewesen. Dass sie ihm den *Tupilak* gelassen hatte, wunderte ihn hingegen weniger. Schließlich waren es ihre Schergen gewesen, die im Kvanefjeld ähnliche Figuren am Tatort hinterlassen hatten. Ihn mit dem *Tupilak* in den eisigen Tod zu schicken hatte sie vermutlich amüsant gefunden.

Er stellte die Figur auf den Konsoltisch an der Wand. Vielleicht würde sie ja weiter über ihn wachen. Kopfschüttelnd wandte er sich ab. Es war ein Souvenir, mehr nicht. Seine einzige Bedeutung lag darin, dass es ein Geschenk von Aka war.

Eigentlich hatte er gehofft, noch eine Internetrecherche machen zu können, doch sein Laptop war im Gästehaus. Er würde Silpa darum bitten müssen, ihn morgen zu holen. John hängte sein Handy ans Kabel, schaltete es ein und warf einen Blick auf das Display. Der Ladebalken des Akkus strahlte rot. Einen Moment suchte das Gerät nach Netz, dann traf auf einmal ein ganzer Haufen Nachrichten ein. Die letzten zwanzig waren besorgte Fragen seiner Mutter. Er überlegte kurz, aber ... keine Ausnahmen! Er schaltete das Handy wieder aus. Offiziell tot zu sein, hatte durchaus Vorteile.

Die heiße Dusche in der engen Kabine am Ende des Flurs wirkte Wunder. Mit dem Schmutz, dem Schweiß und den abgestorbenen Hautpartikeln spülte er Zweifel, Selbstvorwürfe und Erinnerungen in die Kanalisation. Vor ihm lag Arbeit. Mit seiner Rückkehr nach Narsaq hatte ein Wettlauf begonnen. Das wusste er.

Am Morgen fühlte sich John wie erschlagen. Gesprächsfetzen hatten ihn geweckt. Sie kamen von draußen, aus dem Empfangsraum oder aus einem der Büros. Besuch? Er schwang sich von der harten Pritsche und ging sich frischmachen. Als er zurückkam und einen Blick auf die Uhr warf, erschrak er – kurz nach zehn. Er hatte fast zwölf Stunden durchgeschlafen.

Die Stimmen schienen aus Olvigs Büro zu kommen, und er war nicht allein. Silpa musste es noch am Abend zuvor geschafft haben, die Chefgeologin und seinen Stellvertreter zu erreichen. Sie waren in ein Gespräch vertieft, als John eintrat. Olsvig hatte die Büroutensilien beiseitegeschoben und den Schreibtisch eingedeckt, als wolle er alle zum gemeinsamen Frühstück einladen. Er bestrich sich gerade ein Stück Schwarzbrot mit Butter. Vor ihm stand ein Eierbecher.

»Guten Morgen«, sagte John.

»Ich fasse es nicht!« Bevor er sich's versah, war Dr. Liebermann auf ihn zugestürmt und schloss ihn in die Arme. »Wir konnten es gestern kaum glauben. Alle haben sie für tot gehalten.«

»Äh ja, ich lebe«, beeilte sich John zu versichern, unangenehm berührt von ihrem Ausbruch.

»Entschuldigung, ich wollte nicht ... ist nicht meine Art ...«, stammelte Dr. Liebermann und machte einen Schritt zurück.

»Schon gut. Ist der Kaffee schon fertig?«

»Wozu braucht ein Langschläfer wie Sie noch Kaffee?«, fragte Olsvig und deutete auf einen dampfenden Becher.

»Ich habe geschlafen wie ein Toter.« John grinste und setzte sich.

»Mann, Chef, da haben Sie uns aber einen Schrecken eingejagt. Verflucht will ich sein!« Jacob Sørensen schlug mit der flachen Hand so heftig auf die Tischplatte, dass es klirrte.

»Vorsicht Jacob, sie verschütten ja alles. Und gewöhnen Sie sich endlich das Fluchen ab.« John schlürfte an seinem zu heißen Kaffee und verzog angewidert das Gesicht. »Da kommt ja die Faust raus, Carl! Geben Sie mir mal die Zuckerdose. Wo steckt eigentlich Silpa?«

»Die holt die beiden PET-Mitarbeiter vom Flugplatz ab. Müsste bald zurück sein.«

John nickte anerkennend.

»Nach allem, was ich höre, hat der PET einiges in Erfahrung gebracht. Aber das sollen Ihnen die beiden Herren selbst erzählen, wenn sie hier eintreffen.« Olsvig schnippte zwei Stück Zucker über die Tischplatte. John versenkte sie in seinem Kaffeebecher, grinste Dr. Liebermann an und deutete auf Sørensen. »Und, wie macht sich Jacob als Sicherheitschef?«

Bevor sie antworten konnte, meldete sich Sørensen selbst zu Wort.

»Moment Chef, ich bin und bleibe Ihr Stellvertreter. Hab ich auch unserem Herrn Geschäftsführer klargemacht. Der wollte mir ein unmoralisches Angebot machen, sobald Sie von der Bildfläche verschwunden waren.«

»Danke, Jacob. Ich weiß, was ich an Ihnen habe.« John sah ihn an. Er wirkte unruhig. »Haben Sie noch was auf dem Herzen?«, fragte er ihn.

Sørensen druckste herum. Was immer es war, es schien ihm peinlich zu sein. Dann beugte er sich zu John hinüber und flüsterte: »Tut es noch weh?«

John überlegte kurz, dann griff er nach einem herumliegenden Kaffeelöffel, nahm Olsvigs Frühstücksei und klopfte mit der Unterseite des Kaffeelöffels auf die Spitze, bis die Schale von Rissen übersät war.

»Ja, Jacob, das tut es.« Er setzte das Ei zurück in Olsvigs Eierbecher. Der starrte ihn an, als zweifele er an seinem Verstand.

»Lassen Sie es sich schmecken, Carl.«

Olsvig ließ seinen Blick zwischen dem angeschlagenen Ei und der Schwarzbrotscheibe in seiner Hand hin- und herwandern. Dann schüttelte er verständnislos den Kopf und biss herzhaft in die Stulle.

In der folgenden halben Stunde wägten sie ihre Möglichkeiten ab. Da sie zwar wussten, dass Yu etwas plante, aber weder wie noch wann sie zuschlagen würde, drehte sich das Gespräch im Kreis. Sørensen schlug vor, die Codes für das Überwachungssystem zu ändern, John gab zu bedenken, dass Yu dann gewarnt sein würde. Olsvig wollte das Gelände von Polizeieinheiten aus Nuuk sichern lassen, John schüttelte den Kopf. Auch das wäre zu auffällig. Zudem gab es in der Hauptstadt kaum genug Polizeikräfte, um das ganze riesige Gelände abzudecken.

Es war Dr. Liebermann, die sie schließlich einen Schritt weiterbrachte.

»Ich denke die ganze Zeit darüber nach, ob ...« Dr. Liebermann zögerte. »Aber das wäre zu schrecklich!«

Mit geweiteten Augen sah sie in die Runde. Sie stellte den Laptop, den sie die ganze Zeit umklammert gehalten hatte, auf den Bürotisch und klappte ihn auf. »Es gibt da eine Möglichkeit, den Tagebau lahmzulegen. Und die hat verheerende Konsequenzen. Geradezu apokalyptische Konsequenzen ...«

»Jetzt rücken Sie schon raus mit der Sprache«, sagte John ungeduldig.

Dr. Liebermann blinzelte, dann fuhr sie fort: »Ich komme darauf, weil Sie sagten, Yu will ihren Plan wahrscheinlich im Frühjahr umsetzen. In der Tauperiode ist der Damm des Rückhaltebeckens durch Schmelzwasser feuchter als sonst. Unter normalen Umständen ist das kein Problem, aber wenn man den Damm irgendwie einreißen würde ...«

Olsvig sog scharf die Luft ein. »Sie meinen durchstoßen oder durchbohren?«

Dr. Liebermann nahm einen langen Atemzug, dann sagte sie: »Nein. Sprengen.«

Sie öffnete eine Reihe selbstgezeichneter Skizzen des Rückhaltebecken, anhand der sie die Folgen eines Dammbruchs erklärte. Ihre Prophezeiung war erschreckend. Millionen Kubikmeter schlammiges, mit Uran- und Thoriumresten verseuchtes Wasser würden sich hangabwärts ergießen, alles mit sich reißen, was im Weg war, den Tagebaukessel fluten und danach in den Fjord abfließen.

»Ich bin mir sicher, Sie können sich ausmalen, was das für die Mine, die Arbeiter, aber auch für den Fischbestand und die Robbenpopulation bedeuten würde«, schloss Dr. Liebermann ihre Ausführungen.

Olsvig schluckte, sein Adamsapfel sprang auf und ab. »Eine Umweltkatastrophe.«

»Mit politischen Konsequenzen«, ergänzte John. »Das Parlament in Nuuk würde die Wiederaufnahme des Tagebaus niemals genehmigen.«

»Falls überhaupt etwas von der Mine übrig bliebe«, sagte Olsvig.

»Wenn diese Yu so clever ist, wie John vermutet, dann wird sie bis zum Einsetzen des Tauwetters warten, um den Damm zu sprengen«, sagte Dr. Liebermann. »Denn mit dem Antauen des Untergrunds wird die gesamte Struktur des Damms schwächer. Das wäre der perfekte Zeitpunkt.« Wie beiläufig hatte sie einen Bleistift vom Tisch genommen und spielte mit ihm, ließ ihn über den Handrücken wandern, von Finger zu Finger. Dann fuhr sie fort: »Es dürfte sich aber nicht um eine herkömmliche Sprengladung handeln. Es müsste eine sein, die sich auf einen einzigen Punkt fokussiert. So, dass der Wasserdruck sich Bahn brechen kann. Dann würde es wie ein Unfall aussehen. Genau die Art Unfall, vor der ich Thomas Browning, unseren hochgeschätzten Herrn Geschäftsführer, schon vor einem Jahr gewarnt habe. Aber der ist ja leider auf beiden Ohren taub.«

»Und wie schaffen Yus Leute diese Sprengladung zum Damm, ohne gesehen zu werden?«, fragte Olsvig.

»Aus der Luft ganz sicher nicht«, sagte John. »Der Tower von Narsasuaq erfasst und dokumentiert alle Flüge, und das rund um die Uhr. Und eine Kolonne Motorschlitten oder Quads müsste sich durch das gesamte Tagebaugelände bewegen. Unmöglich, das ungesehen zu tun – selbst, wenn alle Kameras und Drohnen abgeschaltet wären.«

»Verdammt, verdammt, verdammt«, fluchte Sørensen, wofür er sich einen missbilligenden Blick von John einfing. »Dann können wir hier nur herumsitzen und abwarten?«

»Und uns darauf einrichten, sehr schnell zu reagieren, sobald wir erkennen, dass etwas im Gange ist, ja«, sagte Dr. Liebermann seufzend.

Die Frustration, die sich daraufhin im Raum breitmachte, war mit Händen zu greifen.

Draußen vor der Station heulte ein Motor auf, ein Fahrzeug kam zum Stehen, Türen wurden geöffnet und zugeworfen. Kurz darauf standen Silpa und die beiden PET-Agenten im Empfangszimmer.

»Und, seid Ihr weitergekommen?«, erkundigte sich Silpa. »Wenn nicht, dann solltet Ihr Euch mal anhören, was die beiden Kollegen herausgefunden haben.«

Nach einigem Stühlerücken fanden alle an Olsvigs Schreibtisch Platz. Weitere Kaffeebecher wurden gefüllt. Während der Kaffeeautomat angestrengt vor sich hin rumpelte, nahmen die beiden Agenten mit einem kurzen Nicken zur Kenntnis, dass John von den Toten auferstanden war.

Hansen sah zu seinem Kollegen hinüber. »Du zuerst, Lars.«

Lars Andersen räusperte sich und zog das kleine schwarze Kästchen aus der Tasche, das sie nach dem Attentat auf den Wachmann in der Nähe des Sprengstoffbunkers gefunden hatten.

»Sie erinnern sich noch an diesen Satellitenkommunikator, Made in China?« Andersen drehte die winzige Box mit der Stummelantenne in den Händen. Er grinste. Offenbar genoss er die Aufmerksamkeit.

»Spannendes Teil. Dagegen ist ein *Garmin inReach* ein Babyphon. Es greift offenbar auf ein chinesisches Netzwerk von Kommunikationssatelliten zu, ähnlich unserem Iridium-Netz. War nicht leicht, an die gespeicherten Daten ranzukommen. Zumal das Teil normalerweise mit einem Smartphone zusammengeschaltet wird, auf dem das ganze Kartenmaterial abliegt. Mit einiger Mühe ist es uns gelungen, das GPS-Tracking zu entschlüsseln ...«

Er bedachte die chinesische Black Box mit dem liebevollen Blick eines IT-Nerds.

»Wirklich faszinierend. Offenbar hat die angebliche Expeditionsleiterin mit diesem Ding jederzeit und überall Kenntnis davon, was ihre Leute treiben, wo sie sich wie lange aufhalten und wie ihr körperlicher Zustand ist.«

Andersen lachte.

»Sogar Angaben zu Pulsfrequenz und Körpertemperatur des Trägers wurden über Satellit weitergeleitet. Vermutlich von einer Smartwatch. Wer immer diese Yu Lynn Hua ist, sie hat ein Kontrollproblem.«

»Komm zum Punkt, Lars!« Hansen klopfte mit den Handknöcheln auf die Tischplatte.

»Ja, ja, schon gut.« Andersen hielt das Gerät mit spitzen Fingern hoch.

»Wir konnten die gespeicherten GPS-Daten von einem Zeitraum von mehreren Monaten extrahieren. Sprich: Wir haben ein meter- und minutengenaues Bewegungsprofil des Täters inklusive seiner physischen Daten erstellen können. Und das schauen wir uns jetzt mal gemeinsam an.« Er reichte Olsvig einen USB-Stick.

Der Polizeichef steckte den Datenträger in seinen Laptop, öffnete die einzige Datei darauf und fuhr den Beamer hoch. Auf der Projektionsfläche an der gegenüberliegenden Wand erschien eine Satellitenaufnahme, daneben eine Karte ebendieses Abschnitts Südgrönlands. Kreuz und quer über die Karte zog sich eine rot gepunktete Linie, an einigen Stellen ergänzt um Datums- und Zeitangaben.

»Wow!« John kniff die Augen zusammen, und versuchte, sich Details einzuprägen.

Olsvig nickte den beiden PET-Offizieren zu. »Gute Arbeit.«

»Der Kerl ist ganz schön herumgekommen«, sagte John und deutete auf den verschlungenen Verlauf der Linie. »Hier war er in Ivittuut ... eine ganze Weile, dann ging's nach Kangilinnguit, zweimal, ist dort nicht ein Hafen?« John folgte der Linie weiter. »Und hoppla! Auf direktem

Weg hierher zum Tagebau ... muss wohl geflogen sein.« Er schaute genauer auf das Datum neben dem Ortsmarker.

»Verdammt!«

»Nicht fluchen, Chef«, ermahnte ihn Sørensen.

John ignorierte den Kommentar und deutete auf die Karte.

»Genau dort und zu dieser Uhrzeit ist es passiert.«

Andersen lächelte jetzt.

»Das Schöne an diesem Kommunikator sind die winzigen Dimensionen. Der Täter musste seine Handschuhe ausziehen, um ihn zu bedienen ...« Andersen ließ die Worte im Raum stehen.

»Sie wollen sagen, Sie haben Fingerabdrücke?«

»Exakt. Die sind zwar nicht in unseren Datenbanken registriert, aber wir haben sie an die Kollegen vom CIA weitergereicht und warten derzeit auf Antwort.«

»Mit ein bisschen Glück können wir dann zumindest einen der Täter identifizieren«, stellte Olsvig fest, »das ist schon mal ein Anfang, Kopenhagen wird sich freuen.«

»Was glauben Sie, was Yu mit dem Kerl angestellt hat, nachdem er seinen Kommunikator verloren hatte?«, fragte John. Er zog sich den Zeigefinger über die Kehle, um zu verdeutlichen, was er meinte.

Olsvig wiegte den Kopf hin und her. »Nicht unbedingt, John. Wenig später gab es einen weiteren Mord, im Krankenhaus von Nuuk, kurz bevor sie eintrafen, erinnern Sie sich?«

John sah Olsvig mit hochgezogenen Augenbrauen an. »Allerdings.«

»Und erinnern Sie sich an die Maske? Es ist gut möglich, dass das derselbe Täter war.«

»Und?«

»Dann lebt er womöglich noch, und Ihre Yu hat ihn nur, na ja, sagen wir mal ... abgemahnt.«

»Sie ist nicht *meine Yu*.«

»Okay, okay, nehmen Sie's nicht so persönlich, John.«

»Sie haben nicht auf diesem Stuhl gesessen, Carl, das war persönlich.«

Hansen unterbrach sie, indem er mit einem Kugelschreiber energisch gegen seinen Kaffeebecher schlug.

»Können wir wieder zur Sache kommen, bitte? Wir sind noch nicht fertig.« Er legte eine Akte auf den Tisch. »Thomas Browning hat uns nach mehreren freundlichen Aufforderungen gestattet, einen Blick in die Personalakten seines Unternehmens zu werfen.«

»Was ein Kunststück«, murmelte Sørensen, »es geht ja auch um seinen Arsch.«

»Jacob!«

»Schon gut.«

Hansen ließ sich nicht irritieren. Er blätterte durch die fotokopierten Unterlagen, bis er die richtige Seite gefunden hatte.

»Minenarbeiter, Kantinenpersonal, die IT-Leute, die Wissenschaftler ...« Er deutete zu Dr. Liebermann, »So weit scheinen alle sauber zu sein. Hier und da eine Ordnungswidrigkeit oder eine kleine Vorstrafe, aber nichts Gravierendes. Im Rahmen unserer Überprüfungen haben wir natürlich auch die Identitäten gecheckt. Was bei fast achthundert Mitarbeitenden recht lange gedauert hat – aber uns ist eine Person aufgefallen, die unter falschem Namen in der Mine arbeitet.«

»Lassen Sie mich raten«, fiel John ihm ins Wort, »ein junger Mann mit dunklem Haar, der sich zum Wortführer der Unzufriedenen aufgeschwungen hat?«

Hansen zog einen Ausdruck aus dem Ordner und hielt ihn hoch, so dass jeder das Foto sehen konnte.

»Peder Pedersen. Dieses Schwein, wenn ich den in die Finger kriege ...« Sørensen machte mit den Händen eine unmissverständliche Halsumdrehgeste.

»Tatsächlich handelt es sich bei Peder Pedersen um einen gewissen Nils Peder Byager«, fuhr Hansen ungerührt fort. »Und der ist uns nicht ganz unbekannt.« Er legte den Ausdruck wieder in den Ordner zurück.

»Byager ist ein führendes Mitglied der Umweltschutzorganisation New Arctic Watch und hält sich wohl schon eine ganze Weile in Grönland auf. Nach allem, was wir wissen, gehört er zu einem Flügel der NAW, den wir als durchaus gewaltbereit einstufen und seit einer Weile beobachten. Konkret können wir ihm noch nichts zur Last legen. Er scheint aber über ein gewisses Charisma zu verfügen und hat überall in Skandinavien lokale Gruppen aufgebaut, die zunehmend militant agieren. Zuletzt bei uns in Dänemark. Warum er das Land verlassen hat und hierhergekommen ist, wissen wir nicht genau. Vermutlich aber wegen des umstrittenen Seltene-Erden-Tagebaus.«

»Sollen wir ihn aus dem Verkehr ziehen?«, bot Olsvig an und schob seinen Frühstücksteller beiseite. »Wenn er tatsächlich mit gefälschten Papieren unterwegs ist, haben wir eine Handhabe.«

»Nein!«, rief John entschieden. »Wir beobachten ihn. Als was genau arbeitet er im Kvanefjeld?«

Hansen warf einen kurzen Blick in die Akte. »Er ist als Fahrer angestellt, LKW-Fahrer, um genau zu sein. Das hat er wohl früher schon mal gemacht, in einem Tagebauprojekt in Schweden.«

»Hm, Fahrer also.« In Johns Hinterkopf klingelte etwas, doch er vermochte es nicht zuzuordnen.

»Wie wollen wir jetzt weiter vorgehen? Einfach die Stellung halten und warten, bis sie sich aus ihrer Deckung wagen?«, fragte Olsvig.

»Bei den Inuit-Jägern gibt es ein Sprichwort«, sagte John mit einem dünnen Lächeln, das seine Augen nicht erreichte. »Willst du einen hungrigen Bären jagen, warte einfach, bis er dich findet.«

KAPITEL 23

Nils musterte verstohlen seine beiden NAW-Kolleginnen. Es war Sonntag. In der Mine wurde nur eine einfache Schicht gefahren, und er hatte die Gelegenheit genutzt, sich für drei Tage nach Nuuk zu verabschieden. Familienangelegenheiten, wie er seinem Vorarbeiter vorgelogen hatte. Die erfundene Schwester seiner Tarnidentität Peder Pedersen war in der Personalakte aufgeführt. Eine Hintertür, die er bei seiner Einstellung vorsorglich eingebaut hatte.

Sie saßen im Foyer der Universität und warteten auf die Teilnehmerinnen und Teilnehmer des NAW-Symposiums, das Nils für heute angekündigt hatte. Der Hausmeister, ein Unterstützer, war gegen einen kleinen Obolus bereit gewesen, die Aula für sie aufzusperren. Die Rektorin wusste davon nichts. Oder sie schaute weg. Das kümmerte Nils nicht. Birtes und Livs Zurückhaltung hingegen schon. Sie waren in letzter Zeit merkwürdig wortkarg gewesen, insbesondere Birte, die ihr Herz sonst auf der Zunge trug. Ob er sich noch auf ihre Loyalität verlassen konnte? Er wollte es gleich herausfinden.

»Hallo Birte!« Ein junger Mann war im Foyer erschienen. Er lächelte breit.

»Hallo Kalista«, Birte stand auf und ging auf ihn zu. »Wie schön, dich zu sehen«, sagte sie.

Nils sah, dass sie strahlte. Hatten ihre Wangen einen leichten Rosaton angenommen? Er behielt sie im Auge, während sich das Foyer mit Leuten füllte. Die beiden kannten sich also. Konnte das die undichte Stelle sein, die weitere Erfolge der NAW bislang verhindert hatte? Die Artikel im *Grønlandsposten* waren zuletzt nicht gerade schmeichelhaft gewesen. Wörter wie »Entmündigung« und »Umweltkolonialismus« waren gefallen. Und Kalistas Schwester arbeitete für die Zeitung, soweit Nils wusste. Er witterte Verrat.

Mit gemischten Gefühlen führte Nils die Menge zur Aula. Sollte es ihm nicht gelingen, die NAW zu überzeugen, dass genug geredet worden sei und endlich Taten folgen mussten, dann ... ja, was dann? Hatte er einen Plan B? Da war er sich selbst nicht so sicher.

Das Symposium wurde ein Desaster.

»Bei allem Verständnis für eure Zurückhaltung«, rief Nils der Menge zu, die die Stuhlreihen vor ihm belegte, »Ihr müsst doch einsehen, dass wir so nicht weiterkommen!« Seine Stimme überschlug sich. »Unsere Demonstrationen fruchten nicht. Die Blockade der Hauptstraße von Nuuk war eher ein Straßenfest als eine Aktion des zivilen Widerstands. Und der Sitzstreik in der Wohnsiedlung an der Ilua-Bay war ein Witz!«

»Wer organisiert auch sowas bei minus dreißig Grad?« Der Zwischenrufer hatte die Lacher auf seiner Seite.

Kalista hob seine Hand. Er saß in der vordersten Reihe, neben Birte und Liv. Nils winkte ihn notgedrungen zu sich auf die Bühne, doch Kalista machte sich nicht die Mühe, die vier Stufen zum Podium zu nehmen, sondern sprang mit einem einzigen eleganten Satz neben ihn. Nils sah, dass Birte ihn nicht aus den Augen ließ. Er trat zur Seite.

»Freunde«, begann Kalista, »und Freundinnen!« Er nickte Birte kaum merklich zu. »Ihr kennt meine Meinung. Ich sehe die Umweltrisiken, die das Tagebauprojekt birgt. Ich weiß aber auch, dass dieses Projekt eine historische Chance darstellt, unabhängig von der dänischen Regierung und ihren sogenannten Zuwendungen zu werden.« Zustimmung im Publikum. Er wandte sich an Nils.

»Ich verstehe dich. Und ich weiß, dass du glaubst, uns zu helfen. Aber ich möchte ehrlich mit dir sein. Ihr von der NAW sitzt irgendwo in Kopenhagen oder in Stockholm oder sonst wo und zerbrecht euch den Kopf. Und dann taucht ihr hier auf, mit eurer Überzeugung davon, wie die Arktis auszusehen habe und drängt uns, das zu tun, was ihr für richtig haltet. Was schlussendlich Gewalt bedeutet.«

Gemurmel und vereinzelter Beifall im Auditorium – insbesondere die Älteren klatschten. Kalista machte eine Handbewegung, und die Menge verstummte. Nils registrierte die Reaktionen der Versammelten mit Unbehagen.

»Was wir derzeit erleben, ist die zweite Kolonialisierung Grönlands. Und das gleich doppelt. Einmal durch internationale Bergbauunternehmen, die scharf sind auf die Rohstoffe, die unter dem Eis zum Vorschein kommen – mit denen können wir immerhin einen lukrativen Deal machen – und andererseits durch Organisationen wie die

NAW, die unter dem Deckmantel der Solidarität ihren Kampf mit den Konzernen auf unserer Insel, nein, auf unserem Rücken austragen. Mit eurer westlichen Sicht auf die Welt und die Menschen entmündigt ihr uns! Wie Hans Egede und seine Missionare vor dreihundert Jahren und die dänischen Kolonialisten, die ihnen auf dem Fuß folgten. Ihr habt nie akzeptieren wollen, dass wir selbst entscheiden können. Dass es unsere Werte sind, die wir leben und nicht eure. Seid ihr nie auf die Idee gekommen, dass wir vielleicht eine andere Vision von Grönland haben als ihr? Ihr seid hier nur Gäste. Also benehmt euch auch so und zeigt ein klein wenig Respekt. Reden können wir über alles, aber bitte auf Augenhöhe. Danke.«

Ebenso elegant wie zuvor schwang er sich vom Podium wieder hinab. Rundum brandete Beifall auf, dazu Bravo-Rufe. Diesmal auch von den Jüngeren. Darunter Birte. Viele von ihnen hatten die Handys gezückt und auf ihn gerichtet.

Nils wusste, dass er verloren hatte. Das Video von Kalistas Kampfrede würde vermutlich schon in den nächsten Minuten in den sozialen Medien auftauchen, geteilt und geliked werden. Nils spürte, wie ihm alles Blut aus dem Gesicht wich. Er biss die Zähne zusammen, so fest, dass seine Nackenmuskulatur verkrampfte. Mit diesen Leuten würde er keine radikale Aktion gegen die Mine umsetzen können, das war ihm klar. Also musste er andere Wege gehen, um ans Ziel zu kommen. Ich brauche neue Verbündete, dachte er, Verbündete ohne Skrupel.

Er trat ans Mikrophon.

»Danke für eure Beiträge. Ich denke, wir vertagen eine

Entscheidung, wie wir weiter vorgehen.« Dann eilte, nein, flüchtete er aus dem Auditorium.

•

Aus Yus Tasche tönten die ersten Takte von *Der Osten ist rot*. Sie stellte die Teeschale beiseite und zog ihr Handy hervor, um zu sehen, wer ihr eine Nachricht geschickt hatte. Yu sah eine Mitteilung, die nur aus einem einzigen Satz bestand:

Können wir uns treffen?
Der Absender hieß NPB.

Sie legte das Handy vor sich auf den Tisch. Dann nahm sie die Schale mit Oolong in beide Hände und atmete den Duft ihres Lieblingstees ein. Nach kurzem Nachdenken setzte sie die Schale wieder ab und tippte eine Antwort.

Wo und wann?
Die Antwort erschien fast unmittelbar auf dem Display.
Wie letztes Mal. Morgen, gegen Mittag.
Yu tippte *Wann genau?*
Zwölf Uhr.

Nachdem sie ihr Handy ausgeschaltet hatte, widmete sie sich wieder ihrem Oolong. Dann rief sie ihren Adjutanten zu sich und erteilte ihm einige Anweisungen. Fang eilte mit strammem Schritt davon, und über Yus Gesicht huschte die Andeutung eines Lächelns, gut verborgen unter ihrem strengen Make-Up.

Die Kirchenruine von Hvalsey war während der kurzen Touristensaison ein beliebtes Ziel von Trekkerinnen und

Trekkern. Heute jedoch, an einem diesigen Märztag, war Yu weit und breit die einzige Besucherin. Sie ließ die Magie des Ortes auf sich wirken. Das rund acht mal sechzehn Meter große, rechteckige Gemäuer lag auf halber Höhe eines flach auslaufenden Hangs mit Blick auf den Fjord.

Yu strich mit der Hand über die dicken Bruchsteine, aus denen die Kirchenmauer einmal bestanden hatte. Wäre das heute längst verfallene Holzdach noch vorhanden, so stellte sie sich vor, könnte jederzeit ein Wikinger durch die Eingangspforte stapfen. Sie malte sich aus, wie es wohl gewesen wäre, in jener Zeit zu leben. Nur für sich selbst verantwortlich, nicht irgendeinem Minister in einer fernen Hauptstadt untergeordnet, der sie schlussendlich nur zur Erfüllung seiner eigenen Machtgelüste missbrauchte. Hatten Grönlands Nordmänner ihre Freiheit zu schätzen gewusst – zum Christentum bekehrt, aber deswegen noch lange nicht abhängig? Männer aus einer Zeit, als der Westen noch nicht daniederlag, als Europa noch über die Meere segelte, um Reiche zu unterwerfen, neue Siedlungen zu gründen und seinen Rohstoffhunger zu stillen.

Und heute?, dachte sie verächtlich. Schwächlinge. Schwächlinge, die es dennoch wagten, das neue alte Reich der Mitte herauszufordern. Ein China, das auf dem besten Wege war, seinen angestammten Platz in der Welt wieder einzunehmen. Sie würde dafür Sorge tragen, dass sich Grönland nicht so schnell aus seiner Abhängigkeit befreien würde, wie es die Bevölkerung vielleicht gehofft hatte. Schon bald würde der Tagebau im Kvanefjeld kein einziges Gramm Seltene-Erden-Oxid mehr fördern. Derzeit waren es fast vierzigtausend Tonnen pro Jahr. Und so würde das mehr als dreißig Jahre weitergehen, wenn niemand einschritt.

Sie warf einen Blick auf ihre Uhr. Kurz vor zwölf. Höchste Zeit, dass dieser lausige, kleine Aktivist auftauchte. Sie hasste Unpünktlichkeit und der Frachter draußen vor der Küste würde nicht ewig warten können. Schließlich hatten sie und ihr Team einen Zeitplan einzuhalten.

Yu wartete im Inneren der Ruine. Sie stand an der Fensteröffnung direkt gegenüber dem schmalen Pfad, der vom Anlandungspunkt des Beiboots heraufführte. Erneut warf sie einen Blick auf ihre Armbanduhr. Punkt zwölf. Wenn er nicht bald auftauchte, würde sie zum Schlauchboot zurückkehren, das, bewacht von zwei Marineinfanteristen, außer Sicht auf sie wartete.

Um genau sieben Minuten nach zwölf tauchte Nils Peder Byager endlich auf.

»Hallo«, sagte er. Wirklich glücklich über ihr Treffen schien er nicht zu sein, das las Yu in seiner verkrampften, leicht vorgebeugten Haltung.

»Wurde Zeit, dass Sie sich blicken lassen, Byager.« Sie nagelte ihren Blick in seinen. Er hielt ihm nicht lange stand, wich aus.

»Wir haben gemeinsame Interessen«, begann er.

»Darüber haben wir letztes Mal schon gesprochen. Erzählen Sie mir etwas Neues.«

»Nun, es gibt da Entwicklungen ...«

»Haben Sie mit Ihrer Aktivistenbande etwas ausgetüftelt, das zur Abwechslung mal funktioniert?«

»Nicht direkt. Die NAW wird nicht mitziehen.« Byager stockte, schien zu überlegen, ob er bereit war, sich ihr anzuvertrauen.

»Dachte ich mir. Also, was wollen Sie mir anbieten?« Yu kannte diesen Blick. Sie beschloss, ihm ein wenig zu helfen. Vielleicht hatte er ja wirklich etwas beizutragen?

»Na kommen Sie, Nils, ich weiß ja, wie sehr Ihnen diese Giftschleuder im Kvanefjeld gegen den Strich geht. Glauben Sie mir, mir geht es nicht anders. Haben Sie einen Plan, wie wir Grönland vor einer Umweltkatastrophe retten können? Denken Sie nur an all die Fische und Seerobben, von den Einheimischen ganz zu schweigen.«

Für einen Moment fragte sie sich, ob sie nicht ein bisschen zu dick aufgetragen hatte. Aber siehe da …

»Also gut, ich habe tatsächlich einen Plan.«

Eine halbe Stunde später trennten sie sich, und Yu hatte ein zufriedenes Lächeln aufgelegt. Auf dem Weg zum Schlauchboot federten ihre Schritte wie die einer Frau, die ihr Ziel zum Greifen nah sieht. Byager hatte sich hastig verabschiedet. Er wollte pünktlich zu seiner Sechzehn-Uhr-Tour zurück im Kvanefjeld sein. Seine Idee fügte sich so lächerlich perfekt in den Plan ein, dass es fast schade war, dass ihr die Idee nicht selbst gekommen war. Aber die Sache würde ein klein wenig anders ablaufen, als es Nils Peder Byager erwartete, was den Reiz nur erhöhte.

Wie naiv diese Aktivisten doch waren. Gefangen im dunklen Tunnel ihres Wunschdenkens. Der Feind meines Feindes ist mein Freund. Sahen sie nicht die Absurdität dieser Argumentation? Yu schüttelte den Kopf. So etwas wie Freunde gab es in ihrem Geschäft nicht. Allenfalls

Partner. Und selbst die nur in Teilzeit. Fast bereute sie es, John Kaunak dem eisigen Tod ausgeliefert zu haben. Er hätte durchaus das Zeug zum würdigen Gegenspieler gehabt. Anders als diese Kinder.

Zurück auf dem Frachter rief Yu ihren Adjutanten zu sich.

»Fang, es kann losgehen.« Sie hatte es sich in der Messe bequem gemacht. Vor ihr eine dampfende Schale Oolong – den Tee eigenhändig zuzubereiten, war eines der wenigen Rituale, die sie sich bei ihren Einsätzen gönnte – und eine ausgebreitete Karte.

»Nun stehen Sie doch nicht so steif. Wir sind unter uns.«

»Wie Sie befehlen«, bellte Fang. Er hat Angst vor mir, dachte Yu, immer noch. Selbst wenn wir miteinander schlafen. Einerseits gefiel ihr das, andererseits ... Ich schweife ab, rief sie sich zur Räson.

»Passen Sie auf, Fang, wir werden folgendermaßen vorgehen.« Je mehr sie ihm von ihrem Plan enthüllte, desto zufriedener wurde Fangs sonst so steinerne Miene.

»Nun, was denken Sie?«

»Das ist brillant, Frau Kapitänin. Alle Welt wird diesen Umweltaktivisten die Schuld in die Schuhe schieben. Die westlichen Medien werden sie in Stücke reißen.« Erneut nahm Fang Haltung an.

»Lang lebe unser Staatspräsident! Lang lebe die Kommunistische Partei!«

»Ja, ja, Fang, schon gut. Mögen sie lange leben«, sagte Yu und verdrehte die Augen.

»Und jetzt trommeln Sie das Team zusammen. Wir müssen innerhalb von drei Tagen alle Vorbereitungen getroffen haben. Aber sorgen Sie zuerst dafür, dass die *Faust Mao Zedongs* hierhergeschafft wird. Ungesehen.« Sie deutete auf einen Punkt auf der Karte, der südlich vom Kvanefjeld lag, unweit der Stelle, die sie mit Byager als Treffpunkt für den nächtlichen Anschlag vereinbart hatte. »Sie können hier oder hier anlanden. Sieben Leute. Keine Motorschlitten! Nehmen sie unsere stärksten Männer mit. Sie müssen die Kiste auf einen Pulka packen und durch das Gelände ziehen. Die beiden anderen fahren mit dem Schlauchboot die Küste entlang bis hierhin.« Yu deutete auf einen Punkt einige Kilometer südöstlich vom Rückhaltebecken. »Dort warten Sie auf uns.«

»Zu Befehl, Frau Kapitänin.«

»Hervorragend. Wenn Sie die Kiste am vereinbarten Treffpunkt abgestellt haben, lassen sie sie durch zwei unserer Leute sichern. Sie müssen in Deckung bleiben. Auch wenn Byager wie verabredet bei der Ladestation auftaucht. Die beiden anderen Männer schleichen zum Materialdepot – das ist nur ein paar hundert Meter entfernt, hier – und organisieren einen GREEC-Pick-up. Sie werden uns Rückendeckung geben, wenn wir uns auf den Weg zum Damm machen.«

»Zu Befehl! Volle Kampfausrüstung?«

»Nein, Fang. Wir ziehen schließlich nicht in den Krieg. Sturmgewehre nur für die Bootsführer. Wir beschränken uns auf Handfeuerwaffen. Wir sind harmlose Minenarbeiter, die einer ganz normalen Routine folgen, haben Sie das etwa schon vergessen?«

Yu zwinkerte ihm zu.

»Ich werde noch einen kleinen Abstecher machen, bevor ich wieder zur Truppe stoße.«

Fang quittierte ihre Andeutung mit etwas, was er wohl für ein Lächeln hielt. Es sah verkrampft aus.

»Gut, Fang, dann ab mit Ihnen. Schicken Sie mir Bootsmann Bao Huang rein, er müsste in seinem Quartier sein.« Yu nickte gönnerhaft und wedelte ihren Adjutanten mit einer Handbewegung nach draußen. Dann wandte sie sich ihrem Laptop zu.

Wenig später klopfte es wieder an der Tür.

»Kommen Sie rein, Huang!«

»Melde mich wie befohlen zur Stelle, Frau Kapitänin.« Der schon etwas ältere Bootsmann nahm ungeschickt Haltung an.

»Stehen Sie bequem, ich habe eine besondere Aufgabe für Sie. Fang hat Sie bereits über das Sicherheitsnetz unseres Zielobjekts informiert?«

»Jawohl, das hat er.«

»Und sind Sie in der Lage, die Überwachungssysteme auszuschalten, wenn ich Ihnen die notwendigen Informationen übermittle? Von hier aus?«

»Selbstverständlich. Das wäre nicht mein erster Cyber-Einsatz.«

»Sehr schön. Wie kommt es dann, dass Sie noch Bootsmann sind? Mit Ihren Fähigkeiten müssten Sie doch längst einen Offiziersrang haben.«

»Dumme Geschichte, Frau Kapitänin. Ich bin wohl den falschen Leuten auf die Füße getreten, damals in Shanghai.«

Yu nickte. Keiner der Marinesoldaten, die man ihr zugeteilt hatte, war aus Sicht der Partei makellos. Alle hatten Flecken auf der Weste, waren durch Subordinationsvergehen aufgefallen oder schlicht mit den falschen

Verwandtschaftsbeziehungen verflucht. Trotzdem, oder vielleicht gerade deswegen, hatte sie einige echte Rohdiamanten unter sich. Sie benötigten nur den richtigen Schliff. So wie dieser Huang Bao. Selbstverständlich kannte sie seine Akte. Ihre Frage war nur ein Test gewesen. Sie schmunzelte. Er würde seine Chance zu nutzen wissen, da war sie sicher. So, wie ein anderer sie genutzt hatte. Ihn aber würde es nicht weiterbringen. Nicht, wenn sie mit ihm fertig war.

KAPITEL 24

»Sie sollten sich wirklich mal eine Vorzimmerdame anschaffen, Browning.«

Thomas Browning fuhr herum.

»Sie?«

»Ja, ich«, sagte Yu Lynn Hua mit einem breiten Lächeln. »Es ist wirklich lachhaft, wie einfach es ist, hier hereinzulaufen.« Sie ließ sich im Besuchersessel nieder. Die Tür zum Büro hatte sie hinter sich geschlossen.

»Schön, dass wir uns mal wieder sehen. Kann ich noch irgendetwas für Sie tun?« Browning nahm seine unterbrochene Tätigkeit wieder auf – anscheinend sortierte er Firmenunterlagen aus. Einige steckte er in seine Aktenmappe, andere schichtete er neben dem Aktenvernichter auf. Er bemühte sich um Contenance, ließ Yu aber nicht aus den Augen.

»Wollen Sie uns verlassen, Herr Geschäftsführer?« Sie schmunzelte. »Wie irgendein kleiner Saboteur, der sich in die Büsche schlägt, bevor das große Feuerwerk beginnt?«

»Ich habe meinen Auftrag ausgeführt. Wir sind quitt.« Brownings Sortierbewegungen verlangsamten sich.

»Die Agency hat Sie großzügig entlohnt für Ihre Kooperation. Aber quitt sind wir deswegen noch lange nicht.

Ich denke nicht, dass Langley sie einfach so gehen lassen wird.« Yu lehnte sich zurück und zog gemächlich eine Pistole aus der Tasche. Ebenso gemächlich begann sie, einen Schalldämpfer auf den Lauf zu schrauben.

»Das können Sie nicht tun«, sagte Browning atemlos. Schweißperlen glitzerten auf seiner Stirn. »Ich habe alles getan, was Sie mir aufgetragen hatten.«

»Ja, gewiss. Das haben Sie sehr gut gemacht. Äußerst charmant, dass ausgerechnet der Geschäftsführer all diese kleinen Sabotageakte auf seinem eigenen Tagebau verübt. Sie waren eine gute Wahl. Absolut unverdächtig. Nicht mal dieser Bluthund Kaunak ist Ihnen auf die Spur gekommen. Da muss ich die Kolleginnen und Kollegen in Langley beglückwünschen.« Yu beendete ihren Schraubprozess. Sie lächelte jetzt nicht mehr.

»Aber sehen Sie es mal aus meiner Sicht: Sie wissen zu viel über unser gemeinsames Projekt. Würde jemand mit einem Bündel Scheine vor ihrer Nase herumwedeln, würden sie alles ausplaudern. Und das fände dann weder die CIA amüsant noch das Ministerium für Staatssicherheit. Wann kommt es schon einmal vor, dass wir gemeinsame Interessen verfolgen?« Yu entsicherte ihre Walther mit routiniertem Griff.

»Gemeinsame ...?« Browning stand der Mund offen. Die Papiere, die er eben noch hatte einsortieren wollen, glitten ihm aus der Hand. Er stützte sich an der Tischkante ab, als wolle er aufstehen, ließ sich dann aber wieder in seinen Sessel fallen. »Nein. Nein, das ist unmöglich!«

»Ach kommen Sie, erzählen Sie mir nicht, dass Ihnen das entgangen ist. Es lag doch auf der Hand.«

»Die USA und China? In der derzeitigen Situation? Unmöglich!« Brownings Blick flackerte. Seine Hand tastete nach einer der Schubladen des Rollcontainers neben seinem Schreibtisch. Yu ließ ihn gewähren.

»Denken Sie doch mal nach: Wenn Ihr Tagebauprojekt pulverisiert wird, ist das eine – wie nennt man das in Ihren Kreisen? –, richtig, eine klassische Win-win-Situation. Für Washington wie für Peking.« Yu spitzte die Lippen. O ja, sie genoss diesen Ausdruck des Entsetzens in Brownings Gesicht. Ohne ihn aus den Augen zu lassen, dozierte sie weiter. Mit dem Schalldämpfer der Walther zählte sie an den Fingern ihrer Linken die Vorzüge auf.

»Erstens: Unser Monopol auf Seltene Erden bleibt erhalten, und wir kommen unserer Arktischen Seidenstraße näher. Zweitens: Die Einnahmen der grönländischen Regierung gehen zurück auf nahe Null. Drittens: Das verursachte Chaos kostet Kopenhagen die letzten Nerven, weshalb sie der Insel viertens großzügig die volle Selbstständigkeit gewähren. Und fünftens kann Washington Nuuk im Anschluss ein Angebot machen, das sie nicht ausschlagen können. Weil Grönland dann nämlich pleite ist. Die Öl- und Gaskonzerne applaudieren.«

Yu vergewisserte sich mit einem Griff, dass der Schalldämpfer fest verschraubt saß.

»Ist das nicht wesentlich eleganter als das, woran die USA bereits zweimal gescheitert sind? Im Jahr 1946, als der damalige US-Außenminister Dänemark hundert Millionen Dollar für die Insel geboten hatte. Und 2019, als Präsident Trump auf seine unnachahmlich dezente Art erneut ein Kaufangebot aussprach.«

»Hören Sie auf! Das ist doch absurd.« Browning schrie jetzt. »Washington und Peking ... nie, niemals würden sie gemeinsame Sache machen. Schon gar nicht bei so einer schmutzigen ...«, er brach ab.

»Bei so einer schmutzigen Angelegenheit, meinen Sie?« Yu lachte trocken. »Sehen Sie's sportlich. So war es schon immer. Regierungen kommen und gehen, und sie sehen jedes Mal anders aus. Hinter den Kulissen jedoch spielen alle das ewig gleiche Spiel – das Spiel um Rohstoffe, Geld und Macht ...«

Mitten in ihrer Erklärung sprang Browning auf. Mit der Linken schleuderte er Yu die Aktentasche entgegen, mit der Rechten fischte er eine Pistole aus der Schublade seines Rollcontainers. Dann zielte er und drückte ab. Außer einem Klacken geschah nichts. Browning fluchte und versuchte, mit einem gewaltigen Satz an Yu vorbei zur Tür zu hechten. Sie glitt mitsamt Besuchersessel zur Seite. Die Laufrollen des Stuhls quietschten. Sie streckte ihr Bein aus. Browning stolperte darüber und schlug der Länge nach hin. Sofort war Yu über ihm. Ohne weitere Vorwarnung spuckte ihre Walther zwei Kugeln in Brownings Kopf. Mehr als ein dumpfes Ploppen war nicht zu hören. Einen Moment lang verharrte sie über dem Körper des Sterbenden. Dann warf sie eine Handvoll Patronen auf ihn. Sie stammten aus dem Magazin seiner eigenen Waffe. Sie hatte es in seiner Kaffeepause geleert.

»Sie hätten sich eben gut überlegen sollen, mit wem sie ins Bett steigen, Thomas.« Mit einem kleinen, wirklich sehr kleinen Anflug von Bedauern schraubte Yu den Schalldämpfer von der Pistole und steckte sie wieder in ihr Holster. Sie warf einen Blick auf die Armbanduhr. So spät schon? Da hatte sie sich wohl ein wenig verquatscht. Zeit für den Show-down. Sie verschwand so lautlos, wie sie gekommen war.

KAPITEL 25

Nils fühlte sich unwohl. Trotz der Minusgrade war er in Schweiß gebadet. Tat er das Richtige? In der Tasche seiner Latzhose steckte die Schlüsselkarte für einen der 793er. Drei dieser Muldenkipper-Ungetüme parkten in einer Reihe an den Ladestationen, die er mit Yu als Treffpunkt vereinbart hatte. Armdicke Ladekabel führten von den Starkstromblöcken zu den Anschlüssen der Giganten. Die anderen fünf waren im Gelände unterwegs. Die Chinesin war sofort in seinen Plan eingestiegen, fast ein bisschen zu schnell, wie er im Nachhinein gedacht hatte. Er war sich nicht sicher, ob er ihr trauen durfte.

»Ah, da sind Sie ja!« Eine schlanke Gestalt schob sich zwischen den übermannshohen Ladestationen hindurch, gefolgt von einer zweiten, athletischeren. Yu und ihr Gehilfe, der ihr wie ein Schatten folgte.

Nils wollte ihr die schwitzige, behandschuhte Hand reichen, ließ es aber sein, als sie zur Begrüßung sagte: »Haben Sie die Karte dabei?«

»Ja, sicher«, antwortete er und zog die Chipkarte aus der Tasche, »wie wir es vereinbart hatten.«

»Nils, Sie sind ein Schatz«, säuselte Yu und griff danach.

Er nickte kurz, während sie die Karte betrachtete. Dann hielt sie sie ihm wieder hin. »Aber sie können sie ruhig behalten.«

Nils nahm die Chipkarte, und seine dunkle Vorahnung verwandelte sich in blanke Angst.

»Ich habe mir die Freiheit genommen, an Ihrem kleinen Plan geringfügige Änderungen vorzunehmen. Sie werden uns begleiten. Und Sie haben sogar das Vergnügen, einen von denen selbst steuern zu dürfen.« Sie wies nach oben, zum Cockpit des Muldenkippers sechs Meter über ihnen. Das Caterpillar-Logo prangte auf der Seitenwand, vorne in großen Lettern die Zahl 793.

»Beeindruckende Teile, die Sie hier im Tagebau fahren, Nils. Ich habe mir die Daten angeschaut. Batterieelektrischer Antrieb, vollbeladen über sechshundert Tonnen schwer, umgerechnet über zweitausend kW.« Sie legte den Kopf in den Nacken und starrte nach oben. »Die Daten von einem Bildschirm abzulesen, ist das eine. Davorzustehen ist noch mal was anderes.« Ihr Blick glitt zurück zu Nils, der erstarrt war. Er atmete stoßweise und viel zu schnell, das bewiesen die Nebelwölkchen vor seinem Gesicht.

»Schaffen Sie ihn da rauf, Fang. Ich komme gleich nach.«

Während Yus Adjutant Nils vor sich herschob, die Gangway zur Fahrerkabine hinauf, winkte Yu weitere Männer herbei, die anscheinend in Deckung gewartet hatten. Vom anderen Ende der Ladezone rollte ein orangefarbener GREEC-Pick-up heran und blieb mit laufendem Motor stehen. Drei Männer sprangen heraus und halfen den anderen, ein großes Etwas herbeizuschaffen. Alles geschah nahezu lautlos. Bevor Nils einen genaueren Blick auf das werfen konnte, womit sie sich abmühten, war er auf der stählernen Brücke angekommen, die von einer Art Reling gesichert die obere Ebene des Kippers umschloss.

Vom Boden führte eine Leiter mit vier Trittstufen zur ersten Ebene, auf der die Scheinwerfer und die Druckkammerhörner zum Hupen installiert waren. Rechts und links waren absenkbare Gangways, die man hochklappen und verriegeln konnte. Die Lademulde reichte bis über ihre Köpfe, über das Fahrerhaus hinaus.

Fang riss die Tür zum Cockpit auf und stieß ihn hinein. Von hier oben sah er, wie die Männer unter Yus wachsamen Augen einen Zylinder aus einer Kiste hievten – das war wohl das große Ding gewesen – und ihn vorn unter dem Muldenkipper anzubringen versuchten. Was zur Hölle taten sie da?

Ihm blieb die Luft weg, als er sah, wie sich Yu daran machte, ihm und Fang zu folgen.

Es war eng im Führerstand. Nils kauerte auf dem Fahrersitz, neben sich Yu, die jeden seiner Handgriffe beobachtete. Draußen, auf der Brücke, klammerten sich Fang und ein weiterer Mann an die Reling. Weil das Fahrerhaus auf der linken Seite war, hatten sie sich nach rechts verzogen, um ihm nicht die Sicht zu nehmen. Drei weitere von Yus Leuten saßen mittlerweile abfahrbereit im Pick-up.

»Dann mal los! Und halten Sie sich bitte an die Verkehrsregeln.« Yu gluckste wie ein Kind, das sich auf ein neues Spielzeug freute.

Nils zog die Chipkarte aus seiner Hosentasche und schob sie in den Leseschlitz. Dann drückte er den Startknopf. Seine Hand zitterte. Er schaltete die Scheinwerfer ein. Die Strahlen der LED-Spots stanzten zwei weiße Löcher ins Halbdunkel vor ihnen. Ein leichter Druck aufs Gaspedal genügte, und es schob den fast vierhundert Tonnen schweren Koloss nach vorn. Außer einem tiefen Brummen und dem Knirschen der auf dem losen Untergrund anrollenden, meterhohen Reifen war nichts zu hören. Neben ihnen setzte sich der Pick-up in Bewegung.

»Faszinierend«, sagte Yu.

Nils beschleunigte. Die Ladestation verschwand hinter ihnen in der Dämmerung der Polarnacht. Nach wenigen hundert Metern bremste er, um auf die Stichstraße zur Generatorenstation abzubiegen.

»Kleine Planänderung, mein Lieber. Wir nehmen die Piste nach Südosten!«

Er zuckte zusammen und schaute hinüber zu seiner Co-Pilotin.

»Aber wir wollten doch mit dem Muldenkipper in die Station fahren und so die Stromversorgung lahmlegen?«

»Ach Nils, das bringt doch nichts. Wie sagt man? Das wäre nicht ... nachhaltig!« Yu sah ihn herausfordernd an. Er wich ihrem Blick aus.

»Was zum Teufel haben Sie dann vor?«

»Ist das nicht offensichtlich? Wir wollen rauf zum Damm. Dorthin, wo Sie den kontaminierten Abraum der Mine sammeln. Das ist doch Ihre Standardtour, oder?«

»Ja, aber ...«

»Dann geben Sie Gas.«

Nils fügte sich. Das Stahlgefährt beschleunigte auf

sechzig Stundenkilometer, wobei das Brummen der Elektromotoren bedrohlich anschwoll. Ebenso wie seine Schweißproduktion. Er nahm all seinen Mut zusammen, um die Frage zu stellen, die sich ihm aufdrängte: »Was wollen Sie dort oben?«

Yu lehnte sich zurück. Sie schaute jetzt starr nach vorn.

»Meine Mission erfüllen. Und die lautet, den Betrieb dieser Mine zu beenden. Ein für alle Mal.«

Ihm stand der Mund offen. Ihre Antwort hatte sich angefühlt wie ein Schlag in die Magengrube. Er atmete flach.

»Sie wollen doch nicht ... Sie können doch nicht ...?«

»Ich will und ich kann.«

Aus dem Augenwinkel sah er, dass sie eine Pistole auf ihn richtete. Er hatte nicht einmal bemerkt, dass sie sie gezogen hatte. Yu behielt jede seiner Bewegungen im Auge.

»Ich erzähle Ihnen, was passieren wird, Nils.« Sie warf einen Blick auf ihre Armbanduhr, eine klobige G-Shock, auf der ein Timer im Countdown-Modus lief.

»In zwanzig Minuten wird der Damm des Rückhaltebeckens brechen. Ein regelrechter Tsunami wird sich in den Tagebaukessel ergießen und dort alles zunichtemachen. Die Wassermassen werden weiterströmen, bis hinab zur Ilua-Bay und in den Fjord. Vielleicht sogar bis nach Narsaq. Hunderte Menschen werden sterben. Eine Katastrophe. Und der Auslöser, mein lieber Nils, wird die Amokfahrt eines gewaltbereiten Umweltaktivisten sein.«

Sie sah ihn fast liebevoll an.

»Sie sind wahnsinnig, total wahnsinnig«, stammelte er.

»Ich tue nur, wozu Sie nie die Eier hätten.«

Sein Denkvermögen setzte wieder ein. Dieser Laster war nicht schwer genug, um den Damm zum Einsturz zu bringen.

»Der Muldenkipper wiegt vierhundert Tonnen, wie wollen Sie damit den Damm auch nur annähernd beschädigen?«

»Gute Frage. Sie haben natürlich recht. Ein Schwerlast-LKW allein genügt da nicht. Aber erstens haben unsere Geologen sich sehr intensiv mit den Schwachpunkten des Damms beschäftigt – und er ist längst marode, mein Lieber, aufgeweicht wegen der enormen Temperaturschwankungen –, und zweitens haben meine Leute dem Kipper vorhin eine nette Zusatzausstattung verpasst. Eine, die nicht auf der Aufpreisliste von Caterpillar steht.«

Lachfältchen erschienen in Yus Augenwinkeln.

Sie genoss es, realisierte er, sie genoss es wirklich.

»Vor Jahren hat das Militär einen Sprengkopf entwickelt, der in der Lage ist, Bunkeranlagen tief unter der Erdoberfläche zu sprengen. Ein sogenannter High-Tech-Penetrator. Ein ursprünglich tonnenschweres Monster, das fast alle Militärmächte in ihrem Arsenal haben. Mit den Jahren schrumpften die Dimensionen. Die Technologie wurde immer leistungsfähiger. Wir haben uns auf Umwegen ein Exemplar beschafft und daraus die *Faust Mao Zedongs* entwickelt.«

Stolz schwang in ihrer Stimme mit. Nils schauderte.

»Hundertfünfzehn Kilogramm pure Präzision. Mit einer Sprengwirkung, die mehrere Meter Beton durchschlägt. Ein Exemplar hängt in diesem Moment vorne unter Ihrem Truck, Nils. Verbunden mit einem Zünder. Und so modifiziert, dass niemand aus den Überresten

Rückschlüsse auf seine Herkunft ziehen könnte, sollten sie irgendwo angeschwemmt werden. Peking wird mit all dem nichts zu tun haben. Im Gegenteil, wir werden selbst Opfer sein.«

Yu zog eine Schnute.

»Derzeit finden wieder Sabotageakte auf den Baustellen der CCIC statt. Was denken Sie, Nils, da werden doch sicher irgendwelche militanten NAW-Aktivisten dahinterstecken?«

»Das wird Ihnen keiner abnehmen!«

»Machen Sie sich da mal keine Sorgen. Kurz nach der Katastrophe wird ein Bekenner-Video auftauchen.«

»Was für ein Video?« Er krallte seine Hände in das Leder des Lenkrads.

»Na, Ihres, Nils. Das Video, in dem Sie den Anschlag ankündigen und die Verantwortung dafür auf sich nehmen.«

»Ich habe nie ...«

»Natürlich nicht. Aber wir. Dieses Deepfake-Video ist ein kleines Kunstwerk, an dem im Ministerium eine ganze Abteilung gebastelt hat. Sie können sich glücklich schätzen, Nils. So viel Mühe machen wir uns selten.«

Yu wandte ihren Blick nicht eine Sekunde lang ab. Ihre Pistole hielt sie immer noch auf ihn gerichtet. Wenn er nun überraschend das Steuer herumreißen würde, überlegte er, dann könnte er Yu womöglich ...?

»Denken Sie nicht mal daran, Nils.«

Ein metallisches Knacken. Yu hatte die Waffe entsichert.

»Vertreiben wir uns lieber ein bisschen die Zeit. Sie können mir ja mal erklären, wie man diesen Kipper fährt und bedient. So schwierig scheint das nicht zu sein. Und man kann ja nie wissen ...« Mit einem Schwenk des Pistolenlaufs unterstrich sie ihre Worte.

Nils schwitzte jetzt am ganzen Körper. Er begann zu erklären, was sollte er auch sonst tun. In Stichworten erläuterte er die Funktionen der wichtigsten Schalter und Hebel im Cockpit.

»Na sehen Sie«, sagte Yu zufrieden, »mit ein wenig gutem Willen geht es doch. Vielleicht werden wir ja noch Freunde.« Sie lachte ein Lachen, das an Kälte dem vom Inlandeis herabwehenden *Piteraq* gleichkam.

Nils zitterte.

Draußen, auf der stählernen Brücke, machte sich Fang bemerkbar. Er gestikulierte wild. Der Muldenkipper wurde langsamer.

●

Johns Handy klingelte. Er hatte es sich, so gut es ging, in der Ausnüchterungszelle bequem gemacht. John allein zu Haus, dachte er und musste grinsen. Olsvig war mit Silpa auf einem Einsatz. Der Anrufer war Sørensen. Er nahm das Gespräch an.

»Jacob, was gibt es?«

»Es tut sich was, Chef. Wir sind gehackt worden. Alle Kameras ausgefallen. Und die Drohnen verweigern den Start.«

»Dann ist Yu in der Nähe.«

»Jede Wette, Chef. Und ich glaube auch, ich weiß, wo sie steckt ...«

»Mein Gott, Jacob, spannen Sie mich nicht auf die Folter!«

»Sorry, Chef. Eine der Chipkarten fehlt, mit denen die Trucks aktiviert werden. Und die Wachleute, die ich im Gelände verteilt habe, melden einen Muldenkipper auf der Schotterpiste nach Südosten. Ist aber keiner für eine Tour eingetragen. Außerdem scheint er eine Leerfahrt zu machen. Keine Ladung!«

»Das muss sie sein. Nach Südosten, sagen Sie? Wo endet die Piste? Etwa ...?«

»An der Dammkrone vom Rückhaltebecken am Taseq-See. Dort, wo die Abfälle verklappt werden, Chef.«

»Was will ein unbeladener Vierhunderttonner dort oben? Das kann nur bedeuten ...«

»Fürchte ich auch, Chef. Das Ding muss eine Sprengladung an Bord haben.«

»Informieren Sie Hansen und Andersen. Sie sollen den Rettungshubschrauber klarmachen und mich hier abholen. Wir müssen diesen Truck stoppen.«

»Ich drücke Ihnen die Daumen, Chef!«

»Drücken Sie uns allen die Daumen. Und, Jacob ...?«

»Ja?«

»Sagen Sie Aka Bescheid, dass ich lebe?«

»Mach ich, Chef.«

Hastig schnappte sich John seinen Anorak, warf ihn über und schob den *Tupilak* in die Brusttasche. Dann rannte er aus der Zelle. In Olsvigs Büro machte er Halt. Er steckte seine USP9 ein – war ja nur geliehen – und durchwühlte die Schreibtischschublade auf der Suche nach einem Reservemagazin für die Heckler & Koch. Er wurde fündig. Zum Glück hielt sich der Polizeichef nicht an die Regeln. Dann hätte er Waffe und Munition voneinander getrennt wegsperren müssen. Er stürzte nach draußen.

Wenig später näherte sich aus der Ferne schon ratternd der Rettungshelikopter aus Narsasuaq. Weil in der ganzen Region kein einziger Polizei-Heli zur Verfügung stand, hatte John die Piloten Tage zuvor instruiert, sich bereitzuhalten.

Als der Air-Greenland-Heli, ein SH225 mit SAR-Ausrüstung, knapp über dem Boden schwebte, hechtete John auf die Maschine zu. Er nahm Anlauf und sprang, Hansen half ihm an Bord, Andersen schlug die Seitentür zu. Seine Knie schmerzten, er war nicht mehr der Jüngste.

»Richtung Kvanefjeld, zum Damm oben am Taseq-See.«

John sank auf den Schalensitz neben den beiden Agenten und atmete tief durch.

»Yu hat einen Schwerlast-LKW gekapert und steuert ihn Richtung Damm«, fasste er zusammen. »Vermutlich mit einer Bombe versehen.«

»Wie viel Zeit haben wir?« Hansen wirkte routiniert, die Maschinenpistole vor seiner Brust fest im Griff. Er saß in voller Kampfausrüstung an Bord. Für einen Moment beneidete John den PET-Agenten um seine Coolness.

»Vielleicht eine halbe Stunde.«

»Das wird knapp.«

»Verdammt knapp.«

»Wie gehen wir vor? Passen wir sie auf der Dammkrone ab?«

»Das ist zu riskant. Wir müssen sie vorher stoppen.« In Johns Gehirn raste ein Gedanken dem anderen hinterher.

Er schloss die Augen. Es gab da eine Möglichkeit, allerdings eine äußerst riskante.

Er sah sich im Rettungshubschrauber um. Ja, das könnte funktionieren.

»Wir müssen uns abseilen«, rief er Hansen gegen den Lärm der Rotoren zu. Er gestikulierte, deutete nach draußen.

»Es ist alles da, was wir brauchen. Draußen ist ein Schwenkarm, wo wir ein Seil einklinken können. In der Kiste dahinten sollten Geschirre lagern.«

»Sie wollen ernsthaft, dass wir uns auf einen fahrenden Muldenkipper abseilen? Wenn die uns sehen, können sie uns vom Himmel knipsen, bevor wir überhaupt in der Nähe sind.« Hansen, der eben noch so abgebrüht ausgesehen hatte, hatte einen empörten Tonfall angeschlagen.

»Wenn wir den Truck von hinten anfliegen, können sie uns nur durch einen Zufall entdecken«, versuchte John seine Vorbehalte zu zerstreuen.

Andersen sprang ihm zur Seite.

»Er hat recht, Ole. Es ist riskant, aber es könnte klappen. Die Lademulde endet vorne über dem Fahrerhaus in einer Plattform. Die ist zig Quadratmeter groß. Wenn wir es da mit dem Heli drüber schaffen, können wir uns auf den Muldenkipper abseilen.«

»Ihr seid völlig verrückt, alle beide.« Ole Hansen schüttelte den Kopf, hielt kurz inne, dann nickte er.

»Also gut. Wir holen die Karabiner und die Seile raus. John kann den Piloten Bescheid sagen.«

Als John im Cockpit ankam, deutete der Copilot mit dem Finger nach vorne. John blinzelte. Die Sicht war nicht gerade gut. Endlich schälten sich zwei Konturen aus dem Halbdunkel. Eine größere, der riesige Muldenkipper, und eine kleinere, hundert Meter dahinter, ein Pick-up der Minengesellschaft. John schluckte. Er instruierte den Piloten und zog sich wieder zurück nach hinten in den Laderaum, um die Lage zu besprechen.

Da erscholl aus dem Cockpit ein Ruf.

»Der Truck wird langsamer!«

•

»Was ist los, warum werden wir langsamer?« Yu wedelte mit der Pistole. »Treiben Sie keine Spielchen mit mir!«

»Tu ich nicht«, sagte Nils. Seine Hände waren schweißnass. »Die letzten drei Kilometer geht es bergauf. Bei so viel Steigung wird der Truck langsamer. Die sechzig Stundenkilometer, die wir in der Ebene geschafft haben, kann ich hier nicht halten. Nicht mal die Hälfte.« Er deutete in den Fußraum. »Sie sehen doch, dass ich das Gaspedal bis zum Anschlag durchdrücke.«

»Das kostet uns wertvolle Zeit.«

»Ich kann es nicht ändern, wirklich nicht.« Nils wischte sich den Schweiß aus den Augen. Er war nahe daran, zu hyperventilieren.

»Das hätten Sie mir vorher sagen müssen, mein Lieber.« Yu spielte mit dem Abzugsbügel ihrer Pistole.

Draußen auf der Brücke gestikulierte Fang immer noch. Yu gebot ihm mit einer Handbewegung Einhalt. Er zuckte die Schultern und drehte sich zu seinem Begleiter um. Beide hatten ihre Waffen gezogen und entsichert.

Die Elektromotoren des Trucks jaulten. Die Steigung nötigte ihnen Höchstleistungen ab. Yu kniff die Augen zusammen, als würde sie lauschen. Irgendetwas stimmte hier nicht. War da etwa noch ein anderes Geräusch zu hören? Nils wollte etwas sagen, da warf sie ihm einen scharfen Blick zu und legte den Zeigefinger an die Lippen. Ja, da war etwas. Ein regelmäßiges Schlagen, mit hoher Frequenz, wie ein Hubschrauber.

»Rühren Sie sich nicht«, herrschte sie ihn an, »wir bekommen Besuch!«

•

»Ich gehe zuerst runter!« Hansens Ton ließ keine Widerrede zu. Sie standen an der geöffneten Seitentür, das dicke, lange Seil, das er in den Schwenkarm eingeklinkt hatte, lag in einer Tasche zu ihren Füßen aufgerollt. »Dann seilen Sie sich ab, John, und zum Schluss Lars.«

John nickte mit einem klammen Gefühl im Magen. Von wegen Geschirre, Sicherungen oder Seilbremsen. Das, was Hansen vorhatte, war die sogenannte Fast-Roping-Technik, bei der man sich mit bloßer Arm- und Beinkraft an einem dicken Seil herabgleiten ließ. Er hasste artistische Einlagen.

»Du gibst uns Deckung«, wandte sich der Kaptajn an seinen Løjtnant, »vielleicht schaffst du es, den Pick-up auszuschalten, wenn er näher kommt.« Andersen bestätigte mit einem militärischen Handzeichen, dass er verstanden hatte.

Der Pilot lenkte den Heli in einen steilen Sinkflug. Er hielt ihn im toten Winkel hinter dem immer langsamer werdenden Muldenkipper. Sie holten rasch auf, bis der Pick-up hinter sie fiel. Er beschleunigte heftig, dann knallten Schüsse.

Aber es war keine Zeit, zu überlegen. Schon sahen sie den Kipper unter sich. Hansen warf das Seil aus dem Heli und glitt in selbstmörderischem Tempo daran herunter. Die Landung sah hart aus, aber er behielt das Gleichgewicht.

Andersen feuerte eine Salve Schüsse auf den Pick-up ab, und einer der Vorderreifen platzte. Der Truck geriet ins Schlingern.

»Machen Sie schon, John!« Andersen schrie ihn an, ohne das Feuer zu unterbrechen.

John nickte verbissen und stürzte sich aus der Luke. Das Seil drohte am Kipper vorbeizutrudeln, und der Pilot korrigierte hastig. John fiel ein Stein vom Herzen, als es Hansen gelang, das Ende zu fassen.

Er rauschte die letzten Meter auf die schwankende Plattform zu und schlug neben Hansen auf, blieb liegen, alle Viere von sich gestreckt. Sein Herz raste. Ein stechender Schmerz zuckte durch seine Schulter, als er sich aufzurichten versuchte.

»Nicht! Bleiben Sie liegen«, herrschte ihn der Kaptajn an. Er gab ein Zeichen nach oben.

Andersen seilte sich ab wie ein Trapezkünstler im Zirkus. Dabei feuerte er einen weiteren Schuss auf den Pick-up ab, der trotz des zerfetzten Vorderreifens wieder aufholte. Wie kann er sich nur so elegant da herunterschwingen, fragte sich John. Und wie oft musste er das trainiert haben, bis es so glatt ablief. Er befühlte seine schmerzende Schulter. Eine Prellung. Zum Teufel, dachte er, das hätte auch anders enden können. Zum Beispiel unter einem der dreieinhalb Meter durchmessenden Reifen dieses Monsters.

Andersen landete leichtfüßig neben ihnen. Er ging in die Hocke und gab dem Piloten das verabredete Zeichen. Die Maschine drehte ab und gewann schnell an Höhe.

»Alles okay?«, fragte Hansen.

John nickte mit zusammengebissenen Zähnen.

»Besser als jedes Workout.«

Hansen gab ihm einen freundschaftlichen Klaps auf die Schulter. Leider auf die falsche.

KAPITEL 26

Die Dammkrone kam in Sicht.

»Der hier ist für die Lademulde?« Yu deutete mit dem Pistolenlauf auf den kleineren von zwei Hebeln, die aus der Mittelkonsole ragten.

Byager nickte.

Mit einem kräftigen Ruck stellte sie den Hebel auf UP. Er rastete ein, und ein dumpfes Dröhnen aus dem Heck kündigte an, dass die beiden Hydraulikstempel die Mulde in Bewegung setzten. Der stählerne Überstand über der Fahrerkabine strebte gen Himmel.

»Guten Rutsch!«, sagte Yu. Sie lächelte nicht. Und sie hätte auch keinen Grund dazu gehabt, wie sie schnell erkannte, denn die Lademulde bewegte sich im Schneckentempo, und vor der Windschutzscheibe des Cockpits zappelte bereits ein Paar Beine.

Da fiel ein Schuss, und Fangs Untergebener taumelte zurück – in die Arme seines Vorgesetzten, der ihn sofort als Kugelfang benutzte. Yu entfuhr ein Schreckensschrei. Die Sache drohte zu entgleisen.

Den Beinen vor der Windschutzscheibe folgte ein männlicher Körper, der zu Boden sprang.

Gleichzeitig schwang sich von der Seite ein weiterer

Mann auf die Brücke und rollte sich ab. Er kam sofort wieder auf die Beine, hob die Pistole und eröffnete das Feuer auf Fang, der, den Körper seines Untergebenen als Schild nutzend, seinerseits das Feuer erwiderte.

Plötzlich gab es einen kräftigen Ruck, und der Muldenkipper kam zum Stehen. Der verfluchte Byager musste mit voller Wucht auf die Bremse getreten haben. Yu wurde in ihrem Sitz nach vorn geschleudert.

Ein dritter Mann tauchte links von der Fahrerkabine auf. Er riss die Tür auf und zerrte Byager vom Fahrersitz. Der wehrte sich nicht. Im Gegenteil, er warf sich dem Angreifer regelrecht in die Arme, strampelte und traf Yu dabei mit dem Stiefel im Gesicht. Sie taumelte, schrie vor Schmerz auf. Wut kochte in ihr, und noch bevor Byager entkommen konnte, rappelte sie sich auf und jagte dem NAW-Aktivisten eine Kugel hinterher. Sie sah noch, wie er zu Boden ging, dann stürzte sich der Mann auf sie und versperrte ihr die Sicht.

●

Hatte sie ihn erkannt? Er war auf Yu losgegangen, ohne groß zu überlegen, hatte die Gunst der Stunde genutzt. In ihrer Verwirrung hatte es John geschafft, ihr die Pistole zu entwenden, die jetzt jedoch in den Fußraum schlitterte.

Andersen umklammerte draußen die Reling, schneeweiß im Gesicht, eine Hand an seine Schulter gepresst. War er verletzt? John erkannte, dass ihm die Maschinenpistole entglitten war, aber in seiner Reichweite lag.

Der kurze Moment seiner Unaufmerksamkeit kam John teuer zu stehen. Mit einem einzigen Tritt beförderte Yu

ihn aus der Kabine. Er stolperte rückwärts auf die Plattform.

»Sie sind tot, John. Also bleiben Sie's auch,« keuchte
sie. Ja, sie hatte ihn wohl erkannt. Bevor er sein Gleichgewicht wiederfand, verpasste sie ihm einen Faustschlag
gegen das Kinn, der es in sich hatte. John stöhnte, er
schaffte es nicht Yu aufzuhalten. Blitzschnell stieg sie
über ihn hinweg und griff nach der Reling. Bevor Hansen auf sie anlegen konnte, schwang sie sich elegant
darüber. John stürzte ihr nach, sah nach unten. War sie
wahnsinnig? Doch Yu war schon neben dem Vorderrad
des Muldenkippers vier Meter tiefer gelandet und nahm
dem Aufprall mit einer Rolle die Wucht, deren Eleganz
für lange Jahre hartes Training sprach. Ohne einen Blick
zurückzuwerfen, sprintete sie los. In Richtung des Pick-
ups, der umgekippt wenige hundert Meter hinter dem
Schwerlast-LKW lag. Andersen musste den Fahrer getroffen haben.

John schüttelte heftig den Kopf und versuchte so, seine
Benommenheit loszuwerden.

Verdammt! Das war entschieden zu viel Körperertüch-
tigung für einen Tag. Er lief zurück ins Cockpit, um sich
Yus Pistole zu holen. Zurück auf der Plattform entdeckte
er Hansen, der sich um Andersen kümmerte.

Er hatte einen Arm um ihn gelegt und sah jetzt auf.

»Sieht nicht gut aus, Lars braucht sofort einen Arzt. Ein
Treffer knapp oberhalb der Schutzweste. Ich habe den
Rettungshubschrauber zurückgerufen.«

»Was ist mit denen?« John wies auf Fang und dessen
Kugelfang.

»Beide tot. Lars sei Dank. Er hat sie mit der MP erwischt. Vollmantelgeschosse lassen sich durch einen Körper nicht aufhalten.«

Er wies hinunter zur Schotterpiste.

»Und Yu?«

»Wird mir nicht entkommen«, sagte John mit bebender Stimme, »sie hat keine Schusswaffe mehr!« Er hielt Yus Automatik hoch, eine Walther PPS M2.

»Worauf warten Sie dann noch? Ich kümmere mich um die Bombe.«

John nickte. Er beugte sich über die Reling und fluchte. Aber es half ja nichts. Dann sprang er.

Yu hatte einen gehörigen Vorsprung. Als John den Pick-up erreichte, war nichts von ihr zu sehen. Er atmete tief und kontrolliert ein und aus, bis sich sein Puls beruhigte. Was hatte Moses Enoksen gesagt? *Mögen alle meine Fehler sich auf ihre Plätze begeben und möglichst wenig Lärm dabei machen.*

Er schlich näher an den umgekippten Truck heran, unter dem ein Bein hervorlugte. Der Fahrer des Wagens? Wo war der, der geschossen hatte? Er ging hinter dem Nissan in die Hocke, die Waffe im Anschlag, und lauschte. Nichts zu hören. Keine knirschenden Schritte, keine Atemzüge.

Er beschloss, das Risiko einzugehen, sprang aus der Hocke auf, lief ums Heck herum, aber es war niemand zu sehen. Ein Blick auf die zersplitterte Windschutzscheibe und ins nach oben weisende Seitenfenster offenbarte, was dem Beifahrer und dem Mann auf der Rückbank zugestoßen war. Eine Kugel hatte dem einen den Hals aufgerissen.

Der andere war wohl durch eine Schusswunde in der Brust zu Tode gekommen. Andersen musste ein begnadeter Schütze sein, wenn er auf diese Distanz traf. Zumal mit einer Maschinenpistole. Die Waffe des toten Beifahrers lag neben ihm auf der Innenseite der Tür. Eine weitere fand er im hinteren Teil des Wagens. Eine Glock G45. Nicht sein Fall.

»Plastikknarren«, murmelte John. Drei Männer, aber nur zwei Waffen, wo war die fehlende dritte? Yu! Er musste vorsichtig sein, vermutlich war sie wieder bewaffnet.

John nutzte das Dämmerlicht und umrundete den Pick-up auf der Suche nach Spuren.

Für irgendetwas mussten die Monate im Eis doch nütze gewesen sein. Nach einigem Suchen entdeckte er eine Fußspur, die vom Fahrzeug wegführte, weiter hinauf ins Kvanefjeld.

Er verfiel in einen leichten Trab.

Nach ein paar Minuten war er sicher, dass Yu den Weg zur Küste eingeschlagen hatte. Das waren fünf Kilometer querfeldein. Mindestens. Vermutlich wartete dort jemand auf sie. Ganz sicher sogar. Sie hätte eine solche Aktion nicht unternommen, ohne für eine Rückversicherung zu sorgen.

Das Gelände war hier zerklüfteter. Erstes Frühjahrsgrün zeigte sich zwischen den von Flechten bewachsenen Felsen. Kleine Farne lugten zwischen den Steinen hervor, und arktische Weidenröschen schossen aus der Erde. Rosenwurz wechselte sich ab mit nicht identifizierbaren Bodendeckern. Polar-Fingerkraut und Glockenblumen sprenkelten das Graubraungrün des Fjells mit Leuchtgelb und Himmelblau. Immer wieder stieß John auf niedergetretene Blüten und die abgeknickten Zweige von Zwerg-birken.

Das war fast ein bisschen zu offensichtlich. Spielte sie mit ihm? Er joggte weiter, eine ganze Weile, den Spuren folgend.

Auf einer Anhöhe sah er sich um und atmete durch. Vor ihm fiel das Gelände in Stufen Richtung Fjord ab. Schwer, irgendwo Deckung zu finden. Nur an wenigen Stellen wurde das Dunkelgelb und Rostrot der Landschaft von Felsblöcken oder Geröll durchbrochen. Dazwischen klaff-ten Flächen ohne jeden Bewuchs. Weit in der Ferne glaubte er, eine Bewegung auszumachen. Er kniff die Augen zu-sammen und wünschte, er hätte daran gedacht, einen Feldstecher mitzunehmen. Weidende Moschusochsen? Vermutlich.

Er musste sich auf das verlassen, was Enoksen ihn gelehrt hatte. Steh regungslos. Halt die Augen offen. Achte auf Bewegungen. Er hielt inne, konzentrierte sich. Tatsächlich, da schien sich etwas zu rühren, am Rande seines Sichtfelds ... fast hinter ihm. Hinter ihm? Er fuhr herum.

»Waffe runter!« Yu hatte sich aus dem Schatten einer Felsspitze schräg hinter ihm gelöst. Der Lauf ihrer Pistole deutete direkt auf seinen Kopf.

»So sieht also ein Mann aus, der von den Toten aufer-standen ist.« Yu starrte ihn grimmig an. »Ich muss zu-geben, ich bin beeindruckt, John. Hätten wir ein wenig Zeit zum Plaudern, würde ich nur zu gern hören, wie Sie das geschafft haben.«

»Wenn ich Sie jetzt um meine Walther PPS bitten

dürfte. Ich habe ein sehr persönliches Verhältnis zu ihr, wissen Sie?«

»Ganz schön obsessiv, Ihre Bond-Marotte, oder?« John senkte die Walther und bewegte sich langsam zu Seite.

»Gönnen Sie mir mein kleines Hobby, John. Immerhin hatten wir viel Spaß miteinander.«

»Ja, ich habe sehr gelacht.«

»Sie machen Ihren Job, ich mache meinen. Das ist nichts Persönliches.«

»Das habe ich irgendwie ganz anders in Erinnerung ...«

»Die Walther, John!« Yu spannte den Abzug.

John sammelte sich, dann warf er die Pistole in Yus Richtung und hechtete zur Seite, rollte sich dabei zusammen. Mit beiden Armen den Kopf schützend kugelte er den steilen Abhang hinunter und auf einen Felsvorsprung zu. Er hörte Yu über sich fluchen. Ein Schuss ging direkt neben ihm in die Erde, und er schaffte es gerade noch, hinter einem Felsen in Deckung zu gehen, als schon weitere Schüsse fielen. Die Kugeln verfehlten seinen Kopf um Haaresbreite, Steinsplitter spritzten.

Er zog Olsvigs Heckler & Koch und überschlug im Geiste die Anzahl der Schüsse. Die USP9 enthielt fünfzehn Patronen im Kaliber 9 mm, noch mal so viele waren im Reservemagazin. Yus PPS kam auf acht Schuss. Dazu maximal achtzehn weitere, weil sie dem toten Pick-up-Fahrer die Waffe abgenommen hatte. Insgesamt sechsundzwanzig Schuss. Minus die vier, die ihn soeben Gott sei Dank verfehlt hatten.

»So schnell stirbt man nicht, wenn man das Eis überlebt hat, Yu!«, rief er. Er lugte hinter der Kante des Felsens hervor. Sie war gut zwanzig Meter oberhalb von ihm in Deckung gegangen.

»Sie werden sich ein bisschen mehr anstrengen müssen«, fügte er hinzu.

Ein weiterer Schuss war die Antwort. Die Kugel zirpte knapp an ihm vorbei, traf ein Moosbüschel. »Einundzwanzig zu dreißig«, zählte John laut auf. Zeit, ihre Freundlichkeiten zu erwidern.

Er wagte sich ein paar Zentimeter aus seiner Deckung. Einatmen, Pause, Ausatmen. Einatmen, Pause, Ausatmen … Er zielte sorgfältig und zog den Abzug durch. Zweimal. Die beiden Schüsse peitschten durchs Fjell und schlugen unmittelbar nebeneinander in der Felskante ein, hinter der er Yu vermutete.

Sie sprang auf und hetzte auf ihn feuernd den Hang hinab. Ein, zwei, drei, vier Schüsse. Neben einem schmalen Felsplateau führte eine Schneise weiter hinunter Richtung Küste.

»Siebzehn zu achtundzwanzig«, rief John und folgte ihr mit einem grimmigen Lächeln. Er merkte sich die Stelle, an der die Schneise weiter unten flach auslief. In einem großen Bogen rannte er darauf zu, geduckt, damit ihn Yu nicht sehen konnte.

Für einen kurzen Moment geriet er in ihr Blickfeld. Sie schoss sofort. Fast glaubte er, die Kugel zu sehen, so knapp verfehlte sie ihn. Blut lief ihm über die Schläfe. Ein Streifschuss! Er wischte es mit dem Ärmel ab. Sechzehn zu achtundzwanzig.

Von hier aus konnte man bereits das Ufer des Fjords sehen. Irgendwo dort unten musste ein Boot auf sie warten. John war sich sicher. Er ließ sich zu Boden fallen und robbte die kurze Distanz, schob sich mit den Ellenbogen vorwärts bis zum nächsten Felsvorsprung. Dahinter war so etwas wie eine Stufe. Es ging zwei Meter senkrecht hinab, darunter war ein Abhang, der in einer kleinen Bucht endete.

»Wir sollten das hier und jetzt beenden, John«, tönte es von unten. Dann feuerte Yu wieder. John kauerte sich zusammen, dann schoss er blindlings in die Richtung, in der er sie vermutete.

»Neun zu einundzwanzig, nein, zwanzig«, rief John ihr zu.

Vom Fjord her krachte ein weiterer Schuss.

»John, lieber John, ich gewinne ...«, rief Yu triumphierend.

Jetzt ist sie endgültig übergeschnappt, dachte John. Wieso wiegte sie sich in Sicherheit? Hinter ihr war freies Gelände, ein flacher Kiesstrand. Was erhoffte sie sich?

Sekunden später wusste er es.

Vor ihm in den Felsen schlugen hintereinander mehrere Kugeln ein. Kein Zweifel, das war ein Sturmgewehr, und es klang wie ein trockener Husten. Verdammt! Sie hatte ihn ins Kreuzfeuer gelockt. Das musste einer der Kerle sein, die mit dem Boot auf sie warteten.

John sprang auf, sah den Schützen unten am Strand. Der wechselte soeben das Magazin seines Sturmgewehrs. John legte an, atmete durch, zielte, zog ab. Einmal, zweimal, dreimal, viermal. Der fünfte Schuss traf. Sein Gegner warf den Kopf in den Nacken und ging zu Boden. John ließ sich im selben Moment zur Seite fallen, als Yu wieder zu feuern begann. Er hatte aufgehört zu zählen und schoss.

Dann tauschte er das Magazin und feuerte weiter. Aber plötzlich war da nur ein metallisches Klack-Klack, als der Hammer der Heckler & Koch ins Leere schlug.

Carl hatte das verdammte Reservemagazin nicht vollgeladen.

Er war verloren. Außer ... John sprang auf und rannte in Richtung des Erschossenen, schlidderte den Abhang hinunter.

Yu war wohl auf denselben Gedanken gekommen, denn auch sie warf ihre Pistole von sich und sprintete los. Mit demselben Ziel: das Sturmgewehr des Toten.

Sie trafen gleichzeitig ein.

John überwand die letzten Meter mit einem Sprung. Es gelang ihm, den Schaft der Waffe zu greifen, bevor Yu ihm mit voller Wucht in die Seite grätschte und sie beide zu Boden gingen.

John kam als Erster wieder auf die Beine, holte aus und verpasste ihr mit dem Kunststoffkolben einen Schlag.

Sie schien unbeeindruckt, schüttelte sich wie ein nasser Polarwolf und erhob sich. Aus einer Wunde über ihrer Augenbraue sickerte Blut. Sie wischte es ab, mit einer Hand, in der sie – verdammt – das Reservemagazin hielt.

»Das nennt man wohl ein Patt, mein Lieber!«

John fluchte.

»Von wegen Patt«, sagte er und hielt die nutzlose Waffe wie eine Keule vor sich. »Wir tragen das jetzt aus, Yu.«

»Wenn Sie darauf bestehen, John. Wer bin ich, Ihnen diesen Herzenswunsch zu verweigern?« Ihr Grinsen sah jetzt aus wie ein Zähnefletschen. Sie schob das Magazin in die Hosentasche ihres Overalls, und griff hinter sich. Als sie die Hand wieder hervorzog, hielt sie einen Dolch darin. John erkannte an ihrer Körperhaltung, dass sie damit umzugehen wusste.

»Das also sind die Waffen einer Frau«, sagte John.

»Nicht die einzigen, das wissen Sie doch am besten.«

»Immerhin passender als ein Seilknoten ...«

»Oh, das schmerzt immer noch, nicht wahr? Ein schwerer Schlag fürs männliche Selbstbewusstsein.«

»Wie steht es denn mit Ihrem Selbstbewusstsein, Yu? Nachdem Ihr schmutziger kleiner Plan aufgeflogen ist?«

Sie grinste noch breiter und sagte: »Wollen wir ein Tänzchen wagen, John?« Dann machte sie einen erschreckend schnellen Ausfallschritt und stach zu, so plötzlich, dass John ins Taumeln geriet. Der Dolchstoß ritzte den Ärmel seines Anoraks auf. Daunen quollen daraus hervor, dick und weiß wie Schneeflocken im arktischen Frühling. John keuchte.

»Schon außer Atem?«, spottete Yu, »dabei haben wir gerade erst angefangen ...«. Noch während sie sprach, flog die schlanke Klinge aus ihrer rechten in die linke Hand. Mit einem einzigen Satz war sie bei John und stach erneut zu. Diesmal erwischte sie ihn. Es knirschte. Yu zog sich ein paar Meter zurück, als wolle sie ihr Werk begutachten. Diesmal hatte die Klinge die Brusttasche seiner Jacke durchbohrt. Er musste tödlich getroffen sein.

John sah an sich hinab. Aber seltsamerweise war da kein Blut. Keine Schmerzen. Was war das für ein Knirschen gewesen? Dann begriff er. Der Dolch hatte sich in Akas *Tupilak* gebohrt, den er in der Brusttasche trug. John spürte Eiseskälte in seinen Adern. Aka, wunderbare Aka. Wie gern er sie wiedersehen wollte. Das hier konnte nicht sein Ende sein.

»Keine Zeit zu sterben, Yu!«, sagte er entschieden und setzte ihr nach.

Sie hatte die Augen weit aufgerissen, Unglauben stand ihr ins Gesicht geschrieben. Sie wich zurück.

Und da sah John das Schlauchboot. Es dümpelte mit dem Heck im Flachwasser, der Bug lag auf dem Kies auf, der Außenborder war hochgeklappt. War das das Boot, mit dem Yu entkommen wollte?

Beide warfen zugleich einen Blick hinüber. John, um sich zu vergewissern, dass keine Gefahr drohte. Yu wohl in der Hoffnung auf die ersehnte Unterstützung, die sie jedoch nicht erhielt.

Neben dem Boot trieb der Körper eines Mannes. Wer hatte bloß auf ihn geschossen? John nahm es mit einer seltsamen Mischung aus Schock und Erleichterung zur Kenntnis. Das hier war noch nicht vorbei. Vielleicht würde er Aka wirklich wiedersehen. Einen Moment lang hielt er sich ihr Gesicht vor Augen. Die weichen Züge ihrer Lippen und ... Mit einem Schrei warf sich Yu auf ihn. Sie stürzten zu Boden. Yu wand sich um ihn wie eine Schlange, riss seinen Kopf nach hinten, umklammerte mit ihren Beinen seinen Unterleib, zog ihn rücklings zu Boden. Ihre Linke umfasste von hinten seine Stirn und zwang seinen Kopf zurück, an ihre Brust. Verdammt, sie hatte einen Dolch!

»Keine Zeit zu sterben?«, zischte sie, »ich glaube doch, John!«

Ein Schuss fiel. Er hallte lange nach, musste aus großer Entfernung gekommen sein. Die Kugel schlug irgendwo hinter ihnen ein.

Geschmeidig wie eine Katze sprang Yu auf und entließ John aus ihrem Griff. Dabei streifte die Klinge ihres Dolches seine Wange. Im Zickzack sprintete sie zum Schlauchboot, warf sich dagegen, um es ins Wasser zu schieben.

Da fiel ein weiterer Schuss, und diesmal traf er. Yu landete im Innern des Bootes und hielt sich das blutende Bein.

Doch bevor der Schütze aus der Ferne erneut zuschlagen konnte, schaffte sie es, das Boot freizubekommen und den Motor anzulassen.

John meinte, noch zu hören, wie sie rief: »Wir sehen uns wieder, John Kaunak!«, aber es hätte Einbildung sein können. In seinen Ohren vermischten sich das brummende Motorengeräusch und ein metallisches Klingeln.

Wie paralysiert lag er da. Blut tropfte aus der Schnittwunde an seiner Wange. Er bemerkte es kaum.

Da hörte er schwere Schritte im Kies. Sie kamen näher. Dann Stille. Oder war es Einbildung gewesen?

»Kutaa, John!«

Ein Lächeln breitete sich auf seinem Gesicht aus.

John erhob sich mühsam. »*Kutaa*, Moses.«

»Du siehst schlecht aus, John«, sagte der Alte.

»Nicht schlechter als sonst.«

»Du hattest es wohl mit einem Raubtier zu tun.«

John betastete vorsichtig den Schnitt in seinem Gesicht. »Schätze, ich eigne mich nicht zum Dompteur.«

»Sie ist entkommen.« Enoksen wies mit dem Daumen über die Schulter. Das Jagdgewehr hielt er in der Armbeuge.

John zuckte die Achseln.

»Früher hätte ich sie mit dem ersten Schuss erwischt«, sagte Enoksen.

»Hätte ich früher auch, vielleicht ...«, entgegnete John.

»Das Alter, John, das Alter.« Ein Bärenlachen folgte.

»Bei dir vielleicht, alter Mann. Ich bin einfach außer Übung. Wie hast du mich gefunden?«

»Ich kann *Qivittut* überall riechen, bin ja selber einer.«

»Vielleicht sollte ich mal wieder duschen.«

»Im Ernst. Ich war weiter oben im Kvanefjeld unterwegs. Wollte sehen, ob die Moschusochsen schon umherziehen. Da habe ich dieses Boot am Strand entdeckt. Das mit den beiden Chinesen. Es war das gleiche wie damals in Ivittuut.« Enoksen schnaubte.

»In letzter Zeit rettest du mir ein bisschen oft das Leben. Komm her ...«

Sie lagen sich eine ganze Weile in den Armen, bevor Enoksen sich von ihm löste und sagte: »Vielleicht solltest du mal nach deiner Aka schauen.« Er wischte sich etwas aus dem Augenwinkel. Es war sicher nur ein Staubkorn.

KAPITEL 27

Das Tattoo-Studio war im Anbau eines Cafés untergebracht, schräg gegenüber einem Friseursalon, im *Storesvej*
von Qaqortoq, einer Einkaufsstraße in der Hauptstadt des
gleichnamigen Distrikts im Süden Grönlands.

John rutschte auf seinem Stuhl herum.

Aka betrachtete ihn mit blitzenden Augen. Sie amüsierte sich über sein Unbehagen. Der Raum hätte ein
x-beliebiges Wartezimmer in einer x-beliebigen Arztpra-
xis sein können. Ein ovaler Tisch in der Mitte, darauf
ein paar verblichene Zeitschriften, hauptsächlich Tat-
too-Magazine, obenauf eine Ausgabe des *Inuit Art Quar-
terly*, entlang der Wände standen Holz- und Alustühle.
Ein paar Fotografien von *Tunniit*, wie die Inuit ihre traditionellen Tattoos nannten, waren aufgehängt worden,
daneben historische Aufnahmen dieser wiederentdeck-
ten Kunst.

»Habt ihr noch irgendetwas von Yu gehört?«, fragte
Aka. John war dankbar für die Ablenkung.

»Nein. Sie ist und bleibt verschwunden. Keine Ahnung,
ob sie überhaupt noch lebt.«

»Und? Was wirst du jetzt tun?« Aka legte ihre warme
Hand auf seine.

»Mit Moses übers Land ziehen, jagen, noch mal über alles nachdenken, vielleicht eine Tour übers Inlandeis ...«

»Und dein Job?«

»Der hat sich erledigt mit Brownings Tod. Nach dem Täter oder der Täterin suchen sie immer noch. Ich habe dem GREEC-Vorstand empfohlen, Sørensen als meinen offiziellen Nachfolger einzusetzen. Sie haben sofort zugestimmt. Ein wenig zu schnell für meinen Geschmack, aber na ja. Ich will mit dem Tagebauprojekt nichts mehr zu tun haben. Zu viel Dreck, zu viel Abraum, zu viel Chemie. Auch wenn GREEC Geld locker macht, um den Damm zu verstärken.«

»Und wovon wirst du dann leben? Die Jagd bringt heutzutage kaum noch etwas ein.«

»In Nuuk denken sie darüber nach, eine Sonderabteilung einzurichten, irgendwas zwischen Polizei, Terrorabwehr und Geheimdienst. Sie haben mir die Leitung angeboten.«

»Aber das wäre doch phantastisch, John! Wirst du annehmen?«

»Weiß nicht, vielleicht. Meine Chefin in Aarhus hat nichts dagegen. Das hat sie Nuuk bereits mitgeteilt. Wundert mich nicht. Dann wäre ich schließlich endgültig aus dem Weg. Die Kolleginnen und Kollegen wird es auch freuen.«

»Und wenn schon. Alle Welt weiß, dass du der Held bist, der uns vor einer riesigen Umweltkatastrophe bewahrt hat.«

»Held ...« schnaubte John. »In der Hauptstadt haben sie alle pikanten Details unter den Teppich gekehrt. Wollten den Chinesen wohl nicht zu sehr auf die Füße treten. Und den Amerikanern schon gar nicht, nachdem sich beim Entschärfen der Bombe rausgestellt hatte, dass es sich um ein US-Modell handelte. Die Chinesen hatten es nur modifiziert. Washington schwört Stein und Bein, nicht zu wissen, wie das Teil aus einem ihrer Arsenale verschwinden konnte.« John schüttelte den Kopf. »Es ist doch immer dasselbe. Wirtschaftliche Interessen, Investorenkram, das liebe Geld eben. Wäre die Bombe hochgegangen, wäre es nicht so einfach gewesen, das alles zu verschleiern.«

»Wieso ist sie eigentlich nicht explodiert?«

John lachte.

»Das ist wirklich lustig. Die überaus raffinierte Yu ist wohl in ihre eigene Falle gegangen. Statt den Sprengsatz mit einer üblichen Fernzündung hochzujagen, wie das jeder ordentliche Terrorist getan hätte, hat sie eine besondere High-Tech-Steuerung eingesetzt – einen vollautomatischen GPS-Zünder, der genau dann die Sprengung auslösen sollte, wenn der Sender an der Verklappungsstelle auf dem Damm angekommen wäre. Selbstverständlich nachdem Yu sich auf dem Pick-up in Sicherheit gebracht hätte. Ihr Pech, dass Byager den Muldenkipper ein paar hundert Meter vorm Ziel gestoppt hat und wir der Sache ein Ende machen konnten.«

»Und dieser NAW-Aktivist? Was ist aus dem geworden?«

»Er hatte einiges abbekommen. Der Notarzt im Rettungshubschrauber konnte ihn aber stabilisieren, bis sie die Klinik in Nuuk erreicht hatten. Dort haben sie ihn dann zusammengeflickt. Er wird wohl ausgewiesen werden, wegen gefälschter Dokumente. Weil er aber im letzten Moment doch noch die richtige Entscheidung getroffen hat, hat er weiter nichts zu befürchten. Andersen vom PET hatte leider nicht so viel Glück ...«. John drückte Akas Hand.

»Ist er tot?«

»Nein ... Aber ... eine der Kugeln hat seine Wirbelsäule verletzt. Er wird wohl zeitlebens auf einen Rollstuhl angewiesen sein.«

»Das ist furchtbar«, sagte Aka, die jetzt aussah, als bedauerte sie, das Gespräch überhaupt auf den Vorfall gelenkt zu haben. Sie strich mit dem Daumen über seinen Handrücken.

»Es gibt bei uns ein Sprichwort: *Das Gestern ist Asche, das Morgen noch Holz. Nur heute brennt das Feuer.*«

John schmunzelte. Dann ging gegenüber von ihnen eine Tür auf. »Es wird wohl Zeit, sich ins Feuer zu begeben«, sagte er und erhob sich. Ihre Hand ließ er nicht los.

Sie betraten ein kleines Zimmer mit einer Liege, und eine junge Inuk, die sich als Maya vorstellte, bat ihn, darauf Platz zu nehmen. Sie trug Gummihandschuhe und einen Mundschutz.

»Sie sind also dieser John Kaunak, von dem alle hier reden?«

»Und Sie sind die Frau, die mir ans Leder will?«

Die junge Frau lachte. Ein freundliches, rollendes Lachen, in das Aka einfiel.

»Sie müssen ihn entschuldigen«, sagte Aka, und tätschelte Johns Hand, »er kann nun mal nicht aus seiner Haut.« Die beiden kicherten.

»Können wir jetzt endlich anfangen?« John schluckte nervös.

»Was haben Sie sich denn vorgestellt?«

»Ich weiß nicht ... Aka?« John sah hilfesuchend zu seiner Begleiterin.

»John ist ein Held und ein Jäger. Er hat uns hier im Süden vor einer Katastrophe bewahrt. Er muss unter dem Schutz der Mutter des Meeres stehen«, sagte Aka ernst.

Die Tätowiererin nickte.

»Ihr wisst sicher, dass die *Tunniit*, die traditionellen Tattoos, ausschließlich Inuit vorbehalten sind. Kaunak ... das klingt, als hätten Sie Inuit-Wurzeln?«

»Ja, die hat er. Sein Vater stammt aus Nunavut, der kanadischen Inuit-Enklave, und seine Mutter ist eine Inuk, die von einem dänischen Paar adoptiert wurde. Außerdem verbürgt sich Moses Enoksen für ihn ... und ich auch.« Sie lächelte ihn an.

Maya nickte erneut, sichtlich erleichtert.

»Dann sollte er ein *Tuukkat*-Muster tragen, am besten auf dem Handrücken oder am Handgelenk. Es steht für erfolgreiche Jagd und das Wohl der Gemeinschaft.«

Eine Stunde später wand sich eine Kette aus Y-Symbolen um Johns Handgelenk, von Doppelstrichen getrennt, oben und unten durch eine Linie begrenzt. Außerdem stach ihm Maya drei kleine Punkte in die linke Schläfe, auf Höhe seiner Augenlinie.

»Und was bedeuten die?« John sah in den Spiegel an der Wand und kniff die Augen zusammen. Die drei Punkte hüpften.

Die beiden jungen Frauen lachten wieder. »Keine Ahnung, sieht aber hübsch aus!«

»Wusste gar nicht, dass Grönländerinnen so viel

Humor haben.« John schnaubte, legte den Kopf schief und besah sich das Muster an seinem Handgelenk. Eine erfolgreiche Jagd zum Wohle der Gemeinschaft? Ja, so konnte man das nennen, was er hinter sich gebracht hatte. Machte ihn das zu einem der Ihren? Maya schien dieser Meinung zu sein, ebenso wie Aka. Wer war er, dass er das abstreiten wollte? Je länger er die Symbole betrachtete, die sich um sein Handgelenk schlangen, umso stärker wurde in ihm ein Gefühl der Vertrautheit, das Gefühl, dazuzugehören. Zu Aka, zu den Menschen an diesem kalten Ende der Welt. Ein ungewohntes Gefühl. Laut sagte er: »Tut sauweh. Ich hoffe, damit sind wir jetzt am Ende.«

Die junge Inukkünstlerin legte ihr Tätowierbesteck beiseite, erhob sich und sagte: »Das ist der Anfang von etwas, John Kaunak, nicht das Ende.«

ENDE

NACHWORT DES AUTORS

Die Figuren und weite Teile der Handlung von *Eisrausch* mögen fiktiv sein, wesentliche Aspekte jedoch beruhen auf sorgfältig recherchierten Tatsachen.

Wie Sie sich denken können, gab es einen konkreten Auslöser, der mich motivierte, diesen Thriller niederzuschreiben. Es handelt sich dabei um eine gemeinsame Studie des Think-and-Do-Tanks Adelphi und der Montanuniversität Leoben in Österreich. Adelphi gilt als eine der führenden Institutionen für Politikanalyse und Strategieberatung in Bezug auf Klima, Umwelt und Entwicklung, während die Montanuniversität Leoben zu den akademischen Top-Adressen für Bergbau und den damit verbundenen Wertschöpfungskreislauf zählt. Die im Auftrag des Umweltbundesamts erstellte Studie wurde im August 2015 unter dem Titel »Fallstudie zu den Umwelt- und Sozialauswirkungen der Gewinnung Seltener Erden in Grönland, Kvanefjeld« veröffentlicht.

Es war eine Art Initialzündung, dass ich während des Lockdowns bei den Recherchen zu diesem Buch über eben jene Fallstudie gestolpert bin. Eine wahre Goldgrube. Seit Jahren vom »Arktis-Virus«, wie ich es gern nenne, infiziert und aufgrund der Corona-Pandemie der Möglichkeit beraubt, nach Grönland zu reisen, begann ich, mich in diese Studie zu vertiefen. Mir war damals zwar schon zu Ohren gekommen, dass im Zuge der Klimakrise große Rohstofflagerstätten in der Arktis buchstäblich zutage getreten waren, mit den Details war ich jedoch nicht vertraut. Und schon gar nicht mit den Risiken des Abbaus dieser Rohstoffe. Die Fallstudie füllte meine Wissenslücken und erschreckte mich zutiefst. In aller Ausführlichkeit beschreibt sie das Projekt eines groß angelegten Seltene-Erden-Tagebaus im Süden Grönlands und die möglichen Auswirkungen auf die Umwelt und die indigene Bevölkerung. Purer Sprengstoff für mich.

In weiteren Recherchen fand ich heraus, dass auf Grönland bereits eine Projektgesellschaft existierte, die erste Vorbereitungen traf, ein Tagebauprojekt in Kvanefjeld zu realisieren. Immerhin gibt es dort nach Bayan Obo in China das zweitgrößte Vorkommen Seltener Erden und zugleich die sechstgrößte Uran-Lagerstätte der Welt. Ich fragte mich: Was würde ein solches Projekt für die Menschen vor Ort bedeuten? Wie würde man in Grönlands Hauptstadt Nuuk reagieren? Wie würde sich die dänische Regierung dazu positionieren? Und vor allem: Wie würde sich die Volksrepublik China verhalten, die ein weltweites Quasi-Monopol auf Seltene Erden besitzt – und damit auf Rohstoffe wie beispielsweise Neodym, ohne die keine Windturbine, keine Elektromobilität, keine Energiewende möglich wäre? Von diesen Fragen getrieben entstand das Grundgerüst des vorliegenden Thrillers.

Noch während des Schreibens kam es im Zuge der grönländischen Parlamentswahlen 2021 zu einem überraschenden Regierungswechsel. Mit der Folge, dass das Tagebauprojekt in Kvanefjeld wieder auf Eis gelegt wurde. Unter anderem ausgelöst durch Proteste der lokalen indigenen Bevölkerung, die sich um die Auswirkungen des Tagebaus auf ihren Haupterwerb, die Fischerei, und das fragile arktische Ökosystem sorgten. Die Investoren zogen sich zurück, die Projektgesellschaft wurde geschlossen. Doch es stand fest: Sollte sich das politische Klima in Grönland erneut ändern, könnte das Projekt jederzeit wieder Thema werden. Immerhin geht es dabei um sehr viel Geld. Geld, das ein nach größerer, vielleicht sogar vollständiger Unabhängigkeit strebendes Grönland dringend benötigt. Zwischenzeitlich hatten Geologen an der Westküste der Insel weitere vielversprechende Lagerstätten entdeckt, mit wesentlich geringerer Belastung durch Uran und Thorium. Die ganze Sache wird also aller Voraussicht nach in den kommenden Jahren wieder interessant werden. Und wer weiß, was das abtauende Eis der Arktis in Zukunft noch so alles freilegt …

Nachdem die Folgen der Klimakrise in der Arktis immer offensichtlicher werden, treten zunehmend internationale Umweltschutzorganisationen auf den Plan. Die allermeisten der im Roman erwähnten NGOs, Unabhängigkeitsbewegungen und sonstigen Institutionen sind fiktiv. Es mag Organisationen ähnlichen Namens geben wie die, die in diesem Roman vorkommen, diese Ähnlichkeiten sind jedoch rein zufällig.

Ganz und gar nicht fiktiv ist hingegen die erwähnte Geschichte rund um die französische Schauspielerin Brigitte Bardot und ihren medienwirksamen Feldzug gegen die Robbenjagd, der eine ganze Generation indigener Jäger um ihren Broterwerb gebracht hat; mit bis heute bestehenden Auswirkungen auf das Selbstverständnis und den psychosozialen Zustand der grönländischen Gesellschaft. Tatsache ist auch, dass die Umweltschutzorganisation Greenpeace sich viele Jahre später für ihre Unterstützung diesbezüglich entschuldigt hat.

Das im Roman von einem ebenfalls fiktiven chinesischen Baukonzern betriebene gigantische Straßenbauprojekt Great Greenland Circle, das eine Straße zum Ziel hat, die von Tasiilaq im Osten der Insel bis zur Südspitze und auf der Westseite bis hinauf zur Diskobucht reicht, ist frei erfunden. Ein solches Projekt wäre theoretisch möglich, in der praktischen Umsetzung jedoch schwer kalkulierbar. Aktuell verfügt Grönland über kein überregionales Straßennetz. Transporte finden über See oder durch die Luft statt. Die weniger als 180 Kilometer Straße, von denen allenfalls 60 Kilometer asphaltiert sind, befinden sich in und um die wenigen Städte. Allerdings wird in Nuuk derzeit über ein wesentlich kleiner dimensioniertes Straßenbauprojekt namens Arctic Circle Road nachgedacht, das die Küstenstadt Sisimiut mit der Siedlung Kangerlussuaq und dem dortigen wichtigsten Flughafen der Insel verbinden soll. Dieses Vorhaben diente als Vorbild für mein oben erwähntes Großprojekt. Tatsächlich verlässt sich die grönländische Regierung primär auf den weiteren Ausbau des Netzes von Helikopter-Ports und Flughäfen. In Anbetracht der gigantischen Fläche des Landes sicher der sinnvollere Ansatz.

DANKSAGUNG

Folgenden Personen möchte ich dafür danken, dass sie mich so überaus freigiebig an ihrem Fachwissen haben teilhaben lassen und *Eisrausch* damit erst ermöglicht haben: Birgit Lutz, Arktis-Expeditionsleiterin und Autorin, die wie ich dem »Arktis-Virus« verfallen ist; Rasmus Enoksen Holt, der Inhaber der Galleri Enoksen in Nuuk, der mir die Welt der *Tupilait* eröffnet hat; Carsten Egevang in Kopenhagen, der vielleicht beste dänische Arktisfotograf und Mitarbeiter des Greenland Institute of Natural Resources, dessen Bildbände mir unter anderem die faszinierende Welt der Grönlandhunde erschlossen haben; Per Arnfjord, Head of Internationalization & Communication der University of Greenland, der mir wertvolle Kontakte vermittelt hat; Stefan Moster, dessen literarische Arktisreise *Das Fundament des Eisbergs* mich den Mut fassen ließ, die Gunst der Corona-Pause zu nutzen und Eisrausch zu schreiben; Rachel von Münchow, meiner wunderbaren Lektorin beim Aufbau Verlag, die mir geholfen hat, all jene Fehler im Manuskript auszubügeln, die sich vor meinem Tunnelblick verborgen hielten; Dirk Meynecke, meinem Literaturagenten, der mich auf festes Eis geführt hat; meiner geliebten Gattin Gila, die es bis heute erträgt, dass ich selbst in der größten Sommerhitze mit dem Kopf im grönländischen Eis steckte; und nicht zuletzt Sedna, der Meeresgöttin der Inuit, die, da bin ich mir sicher, bei der Entstehung dieses Buches irgendwie ihre Hand mit im Spiel hatte.